गांधी चौक

गांधी चौक

डॉ. आनंद कश्यप

हिन्द युग्म
hindyugm.com
BLUE

ISBN : 978-81-951286-3-1

प्रकाशक:
हिंद युग्म ब्लू
सी-31, सेक्टर-20, नोएडा (उ.प्र.)-201301
फ़ोन- +91-120-4374046

मुद्रक : थॉमसन प्रेस, दिल्ली
कला-निर्देशन : विजेन्द्र एस विज

पहला संस्करण : जून 2021
दूसरा संस्करण : अक्टूबर 2021
मूल्य : ₹150

Gandhi Chowk
A novel by *Dr. Anand Kashyap*

Published By
Hind Yugm Blue
C-31, Sector-20, Noida (UP)-201301
Phone- +91-120-4374046
Email : sampadak@hindyugm.com
Website : www.hindyugm.com

First Edition : Jun 2021
Second Edition : Oct 2021
Price : ₹150

पूज्य पिताश्री स्वर्गीय पूरनलाल कश्यप जी
को सादर समर्पित !

लेखक की कलम से

गांधी चौक उपन्यास में मैंने अनगढ़ शब्दों के साथ सुगठित भावों को उकेरने का प्रयास किया है। उपन्यास को वास्तव में संघर्षों का सागर की जगह अनुभव का सागर कहना ज्यादा उचित होगा। इसमें मेरे अनुभव हैं और यह उपन्यास मेरी जवानी की कीमत पर लिखी गई है। इस उपन्यास के सभी पात्र हमारे आस-पास के जीवन से ही प्रेरित हैं। इसमें जीवन के कठोर यथार्थ को उकेरने का प्रयास किया गया है और बताया गया है कि सफलता और असफलता के मायने हर व्यक्ति के लिए अलग-अलग होते हैं। हर व्यक्ति का अपना संघर्ष है। मानव जीवन संघर्षों की महागाथा है। इस महागाथा की शुरुआत जन्म लेते ही तब शुरू होती है जब आप पहली बार ऑक्सीजन लेने के लिए व्याकुल होते हैं, रोते हैं, हाथ-पैर मारते हैं। यह व्यक्तिगत संघर्ष तब समाप्त होता है जब आप जीवन की शेष बची एक-एक साँस को अपनी ओर खींचते हैं। एक-एक साँस के लिए पुन: तड़प उठते हैं, लेकिन शरीर साथ छोड़ देता है। जीवन की डोर टूट जाती है।

सिविल सर्विस की यज्ञशाला में मैंने भी आहूति दी है। आहूति देने का काम अभी भी निरंतर जारी है। पता नहीं मेरा यह यज्ञ सफल होगा या नहीं! पर इस यज्ञ का पावन-प्रसाद इस उपन्यास के रूप में प्राप्त कर चुका हूँ। प्रसाद कभी भी अकेले ग्रहण नहीं किया जाता, इसको आप तक पहुँचाने के प्रयास का नाम ही गांधी चौक है। गांधी चौक रूपी प्रसाद को मैं अपने गुरुओं की वजह से तैयार कर पाया हूँ। स्कूल जीवन में जाधव सर, विश्वविद्यालयीन जीवन में डॉ. राजेंद्र यादव सर, इसके पश्चात डॉ. शिवप्रिया महापात्र ने मुझे शब्द-ज्ञान कराया। इनकी वजह से ही मैं थोड़ा-बहुत लिख पा रहा हूँ। महापात्र मैडम की जो डाँट मुझे कभी सबसे अधिक खराब लगती थी, उसी डाँट के लिए मैं आज बेचैन हो जाता हूँ। उनकी डाँट की वजह से ही मैं शब्दों को बुनने और चुनने लगा हूँ।

मेरे पूज्य पिताजी स्वर्गीय पूरनलाल कश्यप की आत्मा कहीं से देख रही होगी तो निश्चित ही खुश हो रही होगी। पिताजी ने हमेशा अपने संघर्षों के बीच हमारी पढ़ाई को सबसे ऊपर रखा। मेरी माताजी श्रीमती राजकुमारी कश्यप एवं भाईयों- देव कश्यप, विनय कश्यप, नीरज कश्यप- के बगैर मैं यह उपन्यास कभी भी पूरा नहीं कर पाता। मेरी अर्धांगिनी वेदस्वरूपा कश्यप ने हमेशा पग-पग पर साथ दिया और मुझे हमेशा इस उपन्यास को पूरा करने के लिए प्रोत्साहित करती रही। उपन्यास के प्रति उनकी जिज्ञासा ने मुझे और अच्छा लिखने के लिए मजबूर किया। मैं अपनी भतीजी आद्या एवं भतीजा अक्षत के साथ-साथ अपने दोनों पुत्री श्रुति एवं नव्या एवं सबसे छोटी भतीजी अन्वी के प्रति भी स्नेह ज्ञापित करता हूँ! छत्तीगसढ़ रत्न से सम्मानित मेरे रंगमंचीय गुरु श्री भरत-वेद जी, जिन्होंने मुझे उपन्यास के लिए समय-समय पर प्रोत्साहित किया, उनका आभारी हूँ। माननीय बड़े भईया वेदव्यास मिश्रा जी जिन्होंने 'निकल पड़ा मैं गांधी चौक' गीत को खुबसूरती से निभाया है, उनका भी सादर आभार!

कोई भी बड़ा काम किसी मित्र के बगैर कर पाना संभव नहीं है। फिर भी कुछ मित्रों ने कुछ अधिक ही सक्रिय योगदान दिया है। उनमें सर्वप्रमुख मेरे आदरणीय बड़े भईया पंकज मिश्रा जी हैं, जो लॉकडाउन में बहुत व्यस्तता के बाद भी घंटों ग्राउंड में बैठकर मुझे सुनते रहते थे। वाद और संवाद की प्रक्रिया निरंतर जारी थी, इसी प्रक्रिया के बाद उपन्यास का जन्म हुआ। अपने स्तर पर किए जाने वाले प्रूफ रीडिंग में भी पंकज भईया एवं सत्येंद्र शाह भईया ने महत्त्वपूर्ण योगदान दिया। सचिन बाजपेयी का भी तहे दिल से शुक्रगुजार हूँ, जिन्होंने प्रेरित और प्रोत्साहित किया। आपके द्वारा कई महत्त्वपूर्ण सुझाव भी समय-समय पर मिलता रहा। हिमांशु गुप्ता भईया, ऐश्वर्य चंद्राकर, भागवत जायसवाल, प्रेमप्रकाश सिन्हा, अजय सिंह, शंभू गुप्ता, अनिरुद्ध राठौर सर, आशीष राव, दिव्यकांत पांडे, चंदन, देव सिंह ठाकुर आदि ने भी समय-समय पर टेलीफोनिक चर्चा के माध्यम से मेरा उत्साह बढ़ाया।

अंत में, गांधी चौक की मेरी साधना स्वामी वेदानंद सरस्वती जी के श्रीचरणों में सादर समर्पित है।

– डॉ. आनंद कश्यप

भूमिका

हमारी ऊबड़-खाबड़ धरती पर ही हरी-भरी फसलें उगती हैं। इसी मटमैली धरती पर ही ऑक्सीजन है, पानी है, जीवन है, इंसान हैं। जहाँ इंसान बसते हैं वहीं सपने पलते हैं। सपने इंसानों के ऊबड़-खाबड़ मन की फसल हैं। गांधी चौक भी एक हरा-भरा खेत है। ऐसा खेत जिसमें डिप्टी कलेक्टर, डीएसपी, आबकारी अधिकारी जैसी अनेक फसलों का उत्पादन होता है। यह चौक अमरत्व लेकर आया है। देशकाल, परिस्थितियाँ, परिदृश्य, सब कुछ बदल गया है, लेकिन यह चौक नहीं बदला है। सिविल सर्विस की तैयारी करने वाले लोगों की परंपराएँ नहीं बदली हैं। यदि कोई चीज बदली है तो प्रतियोगियों की मनोवृत्ति।

गंगा गंगोत्री से निकलती है, लेकिन सिविल सर्विस की गंगा दिल्ली के मुखर्जी नगर से निकलती है, जिसकी शाखाएँ इलाहाबाद के अल्लापुर, इंदौर के राजबाड़ा, बिहार में पटना के विभिन्न हिस्सों और राँची के लालपुर के साथ-साथ छत्तीसगढ़ में बिलासपुर के गांधी चौक तक फैली हुई हैं।

नदियों के किनारे बड़ी-बड़ी सभ्यता-संस्कृतियों ने जन्म लिया है, जैसे सिंधु नदी के किनारे सिंधु घाटी सभ्यता और नील नदी के किनारे मिस्त्र की संस्कृति फली-फूली। इसी तरह अरपा नदी के किनारे गांधी चौक के आस-पास 'किताबी-संस्कृति' ने जन्म लिया है। हर बच्चे के हाथ में प्रतियोगिता दर्पण और क्रॉनिकल से लेकर मोटी-मोटी पुस्तकें देखने को मिल जाती हैं। यहाँ की हवाओं में भी पीएससी (पब्लिक सर्विस कमीशन- लोक सेवा आयोग) का रसायन घुला हुआ है। साँस लेते ही यह केमिकल अंदर चला जाता है और रिएक्शन स्वरूप, यदि आपकी उम्र तैयारी करने की है तो आप खुद ही तैयारी करने लगते हैं और उम्र ज्यादा हो गई है तो अपने बच्चों से तैयारी कराए बिना नहीं रह सकते हैं।

छत्तीसगढ़ की न्यायधानी बिलासपुर का एक चौराहा है गांधी चौक। गांधीजी की प्रतिमा होने के कारण उसे यह नाम मिला है। यह चौराहा छत्तीसगढ़ पीएससी की तैयारी करने वालों के लिए अनिवार्य ठिकाना है। इसी चौराहे के आस-पास पीएससी की तैयारी कराने वाले सारे कोचिंग सेंटर फैले हुए हैं। यहाँ एक-एक

होर्डिंग पर दो-दो, तीन-तीन कोचिंग सेंटर के नाम छपे हुए हैं। हम गांधी चौक की तुलना मुंबई की मायानगरी से कर सकते हैं। लोग इस चौक के आस-पास अधिकारी बनने के सपने लिए हुए आते हैं।

गांधी चौक बहुत से अधिकारी-कर्मचारी बनने वाले लोगों का साक्षी रहा है, तो बहुत से लोगों के सपने टूटने का भी। इसने बहुत से विद्यार्थियों को नीली बत्ती मिलते देखा है, तो बहुत विद्यार्थियों को बोरिया-बिस्तर उठाकर वापस गाँव जाते भी देखा है। यह चौक वस्तुतः हास्य, उल्लास, घुटन, त्रास, निराशा आदि का गवाह रहा है।

गांधी चौक सपनों का महासागर है। ऐसा महासागर जो अपने भीतर बहुत से रत्न छिपाकर रखता है और ऐसे उन रत्नों को ज्वार-भाटा रूपी प्रतियोगी परीक्षाओं के माध्यम से बाहर निकालता है। जो रत्न महासागर से नहीं निकल पाए हैं वे भी रत्न ही हैं। ऐसे रत्न जो महासागर से बाहर आने के लिए व्याकुल हैं, कतार में हैं, उनका महासागर से बाहर न निकल पाना उनकी नियति नहीं उनके कर्म पर निर्भर है। पवित्र कर्म ही पवित्र नियति प्रदान करता है।

छत्तीसगढ़ के गाँव-गाँव से विद्यार्थी यहीं आकर इन कोचिंग सेंटरों में प्रवेश लेते हैं, पढ़ते-लिखते हैं, और अपने सपने की यात्रा प्रारंभ करते हैं। सारे कोचिंग सेंटर वाले भी बहुत ईमानदारी से अपने दायित्वों का निर्वहन करते हैं, पर वे तो किसी विद्यार्थी का केवल सिलेबस पूरा करा सकते हैं, उसके बाद की यात्रा तो स्वयं विद्यार्थी की ही होती है।

सिविल सर्विस की तैयारी करने वालों को मुख्यतः चार भागों में बाँटा जा सकता है-

1. मौलिक- मौलिक रूप से पढ़ने वाला।

2. भ्रातृक- जो पढ़ने वाला न हो, फिर भी दूसरों की देखादेखी तैयारी करता है।

3. श्रेणीबल- अपने को उच्च दिखाने के लिए। जैसे- लड़की का विवाह करना हो तो तैयारी के लिए भेज देते हैं, ताकि विवाह में सहूलियत हो।

4. मित्रक- अधिकारी मित्र बनाने के लिए तैयारी करने वाला।

सिविल सर्विस चक्रव्यूह से कम नहीं है। यह तीन घेरों वाला कवच है जिसमें पहला छोटा कवच प्रारंभिक परीक्षा का, दूसरा कवच मेन्स यानी मुख्य परीक्षा का और तीसरा कवच इंटरव्यू का होता है। इन तीनों कवचों को भेदने के बाद ही कोई अभिमन्यु बनता है। अश्वनी, सूर्यकांत और नीलिमा इस चक्रव्यूह को भेद पाते हैं कि नहीं, इसको जानने का प्रयास करते हैं।

सपनों का बीज

पाँच फीट सात इंच का एक दुबला-पतला लड़का कुछ सामानों के साथ बिलासपुर रेलवे स्टेशन पर उतरा। उसकी आँखों पर पावर वाला चश्मा था। उसके एक हाथ में कपड़े से बना थैला था और दूसरे हाथ में रेगजिन का चमड़े जैसा दिखने वाला बैग। उसके चेहरे पर भय पसरा था। कोई भी देखकर बता सकता था कि वह डरा हुआ है। वह स्टेशन से कुछ दूर जाता, फिर तुरंत वापस आ जाता। ऐसा लग रहा था कि वह कहीं जाने की कोशिश तो कर रहा है, लेकिन जाने का साहस नहीं कर पा रहा है। वह अश्वनी था। यूँ तो संस्कृत में नाम अश्विनी कुमार होता है परंतु छत्तीसगढ़ के गाँवों में अश्वनी नाम ही रखा जाता है।

रात के 11 बजे चुके थे। वह जाए तो जाए कहाँ! फिर वह सहसा स्टेशन के प्रतीक्षालय की ओर चल दिया। वहाँ उसने अपना सामान जोर से पटका और रात वहीं गुजारने का निर्णय करके लेट गया। ठंड की रात थी, तेज सर्द हवाएँ चल रही थीं। लड़का ठिठुरकर लेटा हुआ था। उसकी आँखें खुली थीं। वह खुली आँखों से सपना देख रहा था। फिर उसने एक करवट ली। अब वह चिंतित मुद्रा में दिख रहा था। शायद जीवन के पुराने दिनों को याद कर रहा था। कुछ देर बाद उठकर उकड़ूँ बैठ गया। अपने दोनों हाथों की उँगलियों को कान में डालकर बैठा रहा। उसके कानों में गूँज रहा था- 'तू निकम्मा है', 'तू निठल्ला है', 'किताब के बहाने कामचोरी करता है'।

वह पुराने दिनों को याद करने लगा जब बाबूजी उसे कंधों पर बिठाकर गाँव में लगने वाले सब्जी बाजार ले जाया करते थे। साइकिल पर बिठाकर गाँव लेकर जाते थे। खिलौनों की माँग करने पर लकड़ी के खिलौने बनाकर देते थे। कितना प्यार करते थे! बचपन में उसकी माताजी की तबियत खराब होने पर बाबूजी ने जमीन बेचकर इलाज कराया, लेकिन न तो माताजी बचीं न ही खेत बचा। तब से

बाबूजी को दूसरों के खेतों में मजदूरी करने की आवश्यकता पड़ी।

इस तरह मजदूरी करना बहुत कठिन होता है। वहाँ जितना काम कर लो, जमींदार आपको गाली अवश्य देगा। न तो बैठने की फुरसत, न खाने की। बर्ताव जानवरों की भाँति ही होता है। बाबूजी भी जानवर बन ही गए थे। ऐसे में हिंसक होना तो स्वाभाविक था। बाबूजी अश्वनी को किसी-न-किसी बहाने से पीटने लगे थे। माताजी को गुजरे तीन वर्ष हो गए थे, इस दौरान एक दिन भी ऐसा नहीं था जब अश्वनी ने मार न खाई हो।

अश्वनी पितृभक्त था। वह जानता था कि पिताजी अपनी इच्छाओं और बच्चों के सपनों को पूरा नहीं कर पा रहे हैं। अवसाद में उनका मार-पीट करना स्वाभाविक क्रिया है। अश्वनी का मन पढ़ने में खूब रमता था, वह दिनभर घर में बैठकर पढ़ता रहता था। दोस्तों से किताबें माँगकर पढ़ता था। एक किताब खत्म होने पर दूसरी किताब माँग लाता। कुछ मूलभूत किताबों के लिए स्कूल का लाइब्रेरियन भी सहयोग कर देता था।

बाबूजी चाहते थे कि अब अश्वनी भी काम करे। वह मजदूरी करने बाबूजी के साथ कई बार खेत भी गया, लेकिन एक बार धान की लुआई करते वक्त अपने ही हाथ में चोट पहुँचा बैठा। तब से घर पर रहकर ही पढ़ाई करता रहता है। कुछ दिनों में ही उसका बीए अंतिम वर्ष का रिजल्ट आने वाला था।

एक दिन बाबूजी की जमींदार से बहस हो गई और मजदूरी भी चली गई। जमींदार का नाम बलभद्र सिंह था। उसके सौ एकड़ पुरखौती खेत हैं। क्षेत्र के विधायक के साथ भी उठना-बैठना है। दबदबा ऐसा कि उसने जिस मजदूर को काम से निकाल दिया, फिर गाँव में कोई और उसे मजदूरी देने की हिम्मत नहीं करता है। इसलिए बाबूजी तनाव में थे। अब वो अपने दोनों बच्चों को कैसे पालेंगे। अश्वनी की बारहवीं में पढ़ने वाली एक बहन भी थी। एक बार बाबूजी की सारी चिंताओं का गुस्सा अश्वनी पर उतरा और रात भर उसकी खाल उधेड़ी गई। सबेरे वह कराह रहा था। पीठ पर बेल्ट के निशान थे। उस पर खून के धब्बे स्पष्ट दिख रहे थे।

अश्वनी की बहन माया ने उसके पास आकर पूछा- "भैया, तू रोज इतनी मार क्यों खाता है?"

"तेरे लिए बहन।" अश्वनी ने जवाब दिया।

"मार तुझे पड़ती है, रोती मैं हूँ। चोट तुझे आती है, दर्द मुझको होता है भैया।

तू कहीं चला क्यों नहीं जाता?" माया ने रोते हुए कहा।

अश्वनी अपनी बहन की रुँधी हुई आवाज सुनकर सब दर्द भूलकर बैठ गया। उसने माया के आँसू पोंछते हुए कहा- "पगली, तेरा भाई यहाँ इसलिए तो है कि तुझे कोई परेशानी न हो।"

"भाई, तुझे यहाँ देखती हूँ तो मुझे पीड़ा होती है।" माया ने कहा।

"पीड़ा मत कहो। बहन, तुम्हारे हाथ पीले होने तक मैं कहीं नहीं जाऊँगा।" माया शरमा गई और घर के अंदर चली गई। अश्वनी का दर्द अपनी बहन से बात करके कम हो चुका था। उसके जीवन का आधार स्तंभ ही उसकी बहन थी। वह अपनी बहन को खूब पढ़ाना-लिखाना चाहता था। उसकी शादी किसी अच्छे घर में करना चाहता था। अश्वनी अपनी बहन से अपनी जान से ज्यादा स्नेह करता था। भाई-बहन का प्रेम अद्भुत था।

अश्वनी को रोज अखबार पढ़ने का शौक था। वह अखबार पढ़ने भागीरथी के चाय के ठेले पर जाता था। गाँव में यह इकलौता चाय ठेला अश्वनी के घर से लगभग एक किलोमीटर की दूरी पर था। वह भागीरथी को चाचा कहकर बुलाता। समय-समय पर भागीरथी उसकी मदद भी करते थे। पढ़ाई के लिए भी कुछ पैसे उसे दिया करते थे। अश्वनी अपना दुख-दर्द भागीरथी चाचा से ही कहता था। भागीरथी भी पढ़े-लिखे थे, अपने समय के बीए पास थे। बीए के बाद पीएससी की तैयारी करने के लिए बिलासपुर गए थे। एक साल तैयारी के बाद जब पीएससी का प्रारंभिक पेपर भी नहीं निकला, तो फिर गाँव आकर चाय बेचने लगे थे। भागीरथी चाचा अश्वनी को पीएससी की तैयारी के लिए प्रेरित करते रहते थे। वे हमेशा कहते- "बेटा, जीवन में कुछ बनना है तो अधिकारी बनना।"

"चाचा, अधिकारी कैसे बनते हैं?"

"बेटा, पीएससी की परीक्षा पास करके।"

अश्वनी उत्सुकता से पूछता- "इसकी तैयारी कहाँ कराई जाती है चाचा?"

"बिलासपुर के गांधी चौक में।" भागीरथी चाचा उसे विस्तार से बताते।

भागीरथी चाचा से अश्वनी ने सिविल सर्विस के बारे में पूरी जानकारी ले रखी थी। उसके भी मन में कभी-कभी सिविल सर्विस की तैयारी करने का खयाल आता लेकिन अपनी बहन और आर्थिक स्थिति दोनों के बारे में सोचकर वह साहस नहीं कर पा रहा था।

सबेरे के सात बज गए थे। सुनहरी किरणें फूट चुकी थीं। अश्वनी दैनिक

क्रिया के बाद भागीरथी की दुकान पर अखबार पढ़ने निकला। रास्ते में वह मन में सोचने लगा- 'मैं अधिकारी बनूँगा। गांधी चौक जाऊँगा।' तभी अचानक उसे सामने कोई आदमी जमीन पर गिरा हुआ दिखा। उस आदमी का मुँह जमीन पर और पीठ आसमान की ओर थी। अश्वनी ने जैसे ही आदमी को सीधा किया उसके होश उड़ गए। अश्वनी के मुँह से चीख निकली- "बाबू उठ, बाबू तोला का होगे?" छत्तीसगढ़ी में पुकारते हुए वह रोने लगा।

अब तक भीड़ जमा हो चुकी थी। लोग मूक दर्शक बने खड़े थे। तभी भागीरथी चाचा भी वहाँ पहुँच गए। उन्होंने कहा- "बेटा, रोने का समय नहीं है। हॉस्पिटल ले चलते हैं।"

हॉस्पिटल का नाम सुनते ही अश्वनी ने अपनी जेब को टटोला और फिर भागीरथी चाचा की आँखों में देखा। चाचा ने आँखों से इशारा किया- 'मैं हूँ न।'

कभी-कभी लगता है कि 'मैं हूँ न' और 'आई लव यू' के बीच द्वंद्व युद्ध होगा तो 'मैं हूँ न' ही जीतेगा। इन तीन शब्दों में ब्रह्मांड समाया है। इनमें आस्था है, विश्वास है कि मेरे पीछे भी कोई खड़ा है, जो सब सँभाल लेगा। आजकल तो 'आई लव यू' बेगाना-सा जान पड़ता है, जैसे थककर बूढ़ा हो गया हो। इसमें अब वह बात नहीं रह गई जो पहले कभी हुआ करता थी। उस समय प्रेम आँखों-आँखों में हुआ करता था। लेकिन अब प्रेम लड़की की आँख और लड़के की जेब के बीच होता हैं। लगभग अस्सी प्रतिशत प्रेम इसी प्रकार के होते हैं। इस प्रेम का आकर्षण भौतिक है, न कि आत्मिक। 'मैं हूँ न' के शब्द प्रेम से बढ़कर हैं क्योंकि इनमें आत्मिक प्रेम भी सम्मिलित है।

भागीरथी चाचा के साथ अश्वनी अपने पिता समयलाल को हॉस्पिटल लेकर गया। अश्वनी ने डॉक्टर से गुहार लगाई- "इन्हें बचा लीजिए।" डॉक्टर ने तुरंत आकर चेकअप किया। सौभाग्य से कोई गंभीर बात नहीं थी। डॉक्टर ने कहा- "इनका ब्लड प्रेशर काफी बढ़ गया है। इनको आराम की जरूरत है।"

भागीरथी चाचा और अश्वनी दोनों ने हाथ जोड़े और डॉक्टर साहब से एक स्वर में कहा- "जी सर।" डॉक्टर ने इस बीच समयलाल को कुछ इंजेक्शन दिए थे जिससे उसको होश आ गया था। डॉक्टर की सारी बातें वह भी सुन रहा था। डॉक्टर की बात को सुनते ही वह फिर से शंका से भर गया जैसे उस पर कोई पहाड़ टूटा हो। अब क्या होगा? जीवन कैसे चलेगा? समयलाल इन्हीं विचारों में खोया हुआ धीरे-धीरे कदम बढ़ाता हुआ अस्पताल से बाहर निकल गया। वह

चिंता से डूबा हुआ जीवित लाश की भाँति पगडंडियों की ओर जा रहा था। तभी पीछे से आवाज आई।

"समयलाल! समयलाल! समयलाल! समयलाल!"

जब आवाज चौथी बार लगाई तब वह उसके कानों में पहुँची। समयलाल ने दायीं ओर देखा- एक खेत में विशाल वटवृक्ष के नीचे कुछ लोग बैठे हैं। चंगूलाल भी उसी वटवृक्ष के नीचे बैठा था। वह समयलाल का बचपन का मित्र था। चंगूलाल शराबी था, इसलिए समयलाल उसको पसंद नहीं करता था। लेकिन चंगूलाल के मन में हमेशा समयलाल के लिए सहानुभूति रही थी। समयलाल पगडंडियों से खेत की मेड़ होते हुए चंगूलाल के पास पहुँचा।

चंगूलाल ने पूछा- "आज सुरुज किधर से निकला है भाई, जो आज काम पर नहीं गए?"

समयलाल- "काम से तो बलभद्र ने पहले ही निकाल दिया है। बलभद्र के निकाले को कौन काम पर रखेगा।"

"मैं बलभद्र से बात करता हूँ।" चंगूलाल ने कहा।

"वह तुम्हारी बात क्यों मानेगा भला?" समयलाल ने जवाब दिया।

"ये शराब है मजेदार, बात मानते हैं बड़े-बड़े सरदार।" यह कहकर चंगूलाल हँस पड़ा।

समयलाल गुस्से से देखते हुए बोला- "हँस मत चंगू, मेरा मजाक न बना!"

चंगूलाल- "मैं मजाक नहीं कर रहा हूँ समय। मैं बलभद्र को मना लूँगा। उसके लिए शराब की व्यवस्था मैं ही करता हूँ।"

समयलाल इतना सुनते ही चंगू के चरणों में गिर पड़ा और दोनों हाथ जोड़कर बोला- "कल मेरा काम लगा दे चंगू। तेरे भतीजे और भतीजी को दो वक्त की रोटी मिलना भी मुश्किल हो रहा है।"

चंगूलाल ने उसे उठाते हुए कहा- "चिंता न कर समयलाल, मैं आज ही बात कर लूँगा।"

बलभद्र सिंह लगभग छह फीट का लंबा-चौड़ा, बलिष्ठ व्यक्ति था। उसने अपने घर के पास अखाड़ा बना रखा था जहाँ वह खाली समय बिताता था। वह कसरत कर रहा था तभी उसकी नजर चंगूलाल पर पड़ी। बलभद्र सिंह के लिए शराब और कभी-कभी शबाब लेकर चंगूलाल अक्सर शाम के समय ही आता था। आज सुबह-सुबह उसे देखकर वह चौंक गया। बलभद्र सिंह ने कहा- "आज

सबेरे-सबेरे यहाँ कैसे चंगू?"

"हुजूर, आपसे एक काम था।"

"कैसा काम?" बलभद्र ने रोबदार आवाज में पूछा।

काँपते हुए होंठों से चंगू ने कहा- "जी सरकार, जी... जी।" जुबान से बात बाहर नहीं आ रही थी।

"बोलो चंगू, ऐसी कौन-सी बात है जो बोल नहीं पा रहे हो?" बलभद्र ने थोड़े धीमे स्वर में कहा।

हिम्मत करते हुए चंगू ने कहा- "जी हुजूर, समयलाल को काम दे देते तो मेहरबानी होती।"

बलभद्र ने आँखें तरेरीं- "तुझे उसकी इतनी क्या पड़ी है?"

"साथ में खेले, पले, बढ़े हैं हुजूर, भतीजे-भतीजी को भूख से मरने की नौबत आ गई है।" चंगूलाल ने रुँधे गले से कहा।

बलभद्र ने कहा- "ठीक है, कल काम पर भेज देना।"

इतना सुनते ही चंगू उछलने लगा और उछलते-उछलते समयलाल के घर की ओर भागा। वहाँ पहुँचकर उसने आवाज दी- "समयलाल! समयलाल!"

"कौन है?"

"मैं चंगू।"

"क्या हुआ चंगू?"

"कल से हुजूर ने काम पर बुलाया है।"

"सच चंगू! मजाक तो नहीं कर रहा है, मजाक सहने की हिम्मत मुझमें नहीं बची है।" समयलाल ने कहा।

"मैं मजाक नहीं कर रहा हूँ। सचमुच कल से तुमको काम पर जाना है।" चंगूलाल ने गंभीर स्वर में जवाब दिया।

समयलाल को विश्वास नहीं हो रहा था। आज वह बहुत खुश था क्योंकि डूबते को तिनके का सहारा मिल गया था। काम न मिलता तो निश्चित रूप से उसके परिवार को दो वक्त का खाना मिलना भी मुश्किल हो जाता। सबका संघर्ष अलग होता है। समयलाल का संघर्ष दो वक्त की रोटी के लिए था। भूख जीवन की सच्चाई है। भूख वह आग है, जिसकी लपेट में आकर कानून की किताब भी जल जाती है। भूख व्यक्ति से कुछ भी करा सकती है।

चंगू समयलाल को एक सूने मकान में लेकर गया। वहाँ से देसी शराब की

बोतल खरीदी, बाजू की दुकान से एक गिलास माँगा। तभी आवाज आई- "एक नहीं दो गिलास ले चंगू।" वह समझ गया कि यह आवाज समयलाल की है। दोनों एक सुनसान जगह पर शराब पीने बैठ गए। चंगू तो शराबी था, लेकिन समयलाल पहली बार पी रहा था। उसका सिर घूमने लगा लेकिन फिर कुछ देर में उसे अच्छा लगने लगा। उसके भाव धीरे-धीरे निकलने लगे। समयलाल शराब के नशे में कहने लगा।

"चंगू, मैं अपराधी हूँ। अपने बच्चे को रोज मारता हूँ। लेकिन क्या करूँ, मैं कुछ कर भी तो नहीं सकता। इस गाँव में उसका जीवन बर्बाद हो जाएगा। यहाँ से कहीं चला जाएगा, तो मजदूरी करके उसका जीवन तो बन जाएगा। लेकिन मेरे बेटे को पढ़ाई से बहुत लगाव है। पढ़ाई से दो वक्त की रोटी मिलना भी मुश्किल है। काम-धंधे में लग जाएगा तो कम-से-कम भूखा नहीं मरेगा। अपना और हम लोगों के पेट पाल लेगा। वह पढ़ाई के झूठे प्रेम में फँसा है।"

चंगू ने समझाते हुए कहा- "पढ़ाई कभी झूठी नहीं होती। झूठा तो तू है जो अपने बच्चे की लगन और त्याग को नहीं समझ पा रहा है। तू नहीं जानता कि त्याग के बिना जीवन में कुछ हासिल नहीं होता। यदि राम जी अपने महलों से निकलकर जंगल नहीं जाते, लोगों से नहीं मिलते तो राजा राम, भगवान राम कभी नहीं बनते। कान्हा भी माता यशोदा के हाथ के बने पकवान, उनके प्रेम के मोह का, गोपियों संग अठखेलियों का त्याग करके मथुरा न जाते तो वे कभी भी भगवान कृष्ण नहीं बन सकते थे। गौतम बुद्ध अपने राजमहलों को नहीं त्यागते तो वो कभी भी भगवान बुद्ध नहीं बनते। माँ का त्याग क्या कम होता है जो नौ माह तक अपने बच्चे के लिए क्षण-प्रतिक्षण दर्द सहती है। त्याग से जीवन आगे बढ़ता है। सपना पूरा होता है। त्याग व्यक्ति को समाज में स्थापित करने में सहयोग करता है। आज यदि कोई भी सफल है तो उसके पीछे उसका त्याग है।"

चंगू की बात सुनकर समयलाल के दिमाग में बत्ती जली। "तू तो एक देसी मारते ही दार्शनिक बन गया, चंगू।"

चंगू ने मस्तीभरे अंदाज में कहा- "तू भी रोज एक देसी मार लिया कर, फिर देखना, मेरी तरह तू भी दार्शनिक बन जाएगा।"

"मैं दार्शनिक नहीं बन पाया लेकिन शराबी तो बन ही गया।" समयलाल ने लड़खड़ाती जुबान से कहा।

"शराबी का मतलब जानते हो समयलाल?" चंगू ने पूछा।

"शराबी मतलब शराबी।" उसने कहा।

"शराबी मतलब शराबी नहीं होता।" चंगू बोला।

"तो क्या होता है ?" समयलाल ने पूछा।

"शराबी मतलब अमिताभ बच्चन।" चंगू ने कहा।

"अच्छा, तू अमिताभ बच्चन हो गया!" समयलाल ने झूमते हुए पूछा।

चंगू ने तुरंत उत्तर देते हुए कहा- "अमिताभ का अर्थ है- अग्नि और ताप से बचा। अग्नि-ताप से बचा मतलब तेरी भाभी से बचा।"

दोनों को नशे का सुरूर चढ़ चुका था। अब दोनों मस्ती-मजाक करते हुए अपने-अपने घर की ओर बढ़ गए।

समयलाल नशे की हालत में घर पहुँचा तो रात हो चुकी थी। दोनों बच्चे सो चुके थे। घर में एक ही कमरा था। वही कमरा उसकी रसोई, वही उसकी बैठक, वही उसके सोने का कमरा था। शुक्र है कि ईश्वर की नीली छतरी के नीचे एक छतरी तो है जिसके नीचे बैठकर नीली छतरी वाले की लीला को देख सकता है। नीली छतरी से निकलने वाली धूप, ठंड और बरसात से छोटी छतरी बचा लेती है। कइयों के सिर पर तो नीली छतरी ही होती है। इस मामले में समयलाल भाग्यवान निकला।

घास-फूस की एक कमरे वाली झोपड़ी ही समयलाल का पूरा घर था। एक कोने में माया सोई थी और एक कोने में अश्वनी सोया था। समयलाल को आज अश्वनी के प्रति प्रेम उमड़ रहा था। वह उसके सिरहाने जाकर बैठ गया और उसके सिर को सहलाने लगा। आज अपने बच्चे के पास बैठकर उसे अलौकिक आनंद की अनुभूति हुई। कुछ देर बाद अश्वनी की आँखें खुल गईं। लेकिन वह सोने का बहाना ही करता रहा, उसे बाबूजी का प्यार बहुत दिनों के बाद मिल रहा था। वह बाबूजी के मुँह से आने वाली गंध से समझ गया कि वो पीकर आए हैं। लेकिन यदि शराब पीने से किसी को बाबूजी का प्यार मिले तो कोई बुराई नहीं है। अश्वनी चुपचाप लेटा ही रहा। समयलाल भी कुछ देर बाद उसी के बगल में सो गया। बाबूजी की नींद पड़ने के बाद अश्वनी ने उनको एक चादर ओढ़ा दी। सिरहाने पर साड़ी से बना हुआ तकिया भी दिया। दोनों आज की खुशी को जीवन भर नहीं भूल पाएँगे।

अगले दिन सुबह की सुनहरी धूप चमकने लगी थी। समयलाल सुबह उठने में लेट हो गया। जागने के बाद उसके सिर में हल्का दर्द हो रहा था। वह समझ

गया कि कल रात की शराब की वजह से है। वह नहा-धोकर तैयार हो गया क्योंकि उसे फिर से काम पर जाना था। डॉक्टर के मना करने के बावजूद वह काम पर जा रहा था, और जाए भी क्यों न, बड़ी मुश्किल से तो काम मिला था। जब वह बलभद्र के फार्म हाउस पर पहुँचा तो उसने देखा कि वह किसी के स्वागत की तैयारी में लगा हुआ है। वह फार्म हाउस में एक मंच बनवा रहा था और सीटें व्यवस्थित करवा रहा था। समयलाल बलभद्र के चरणों में लोट गया। लेकिन बलभद्र के पास समय नहीं था। उसने कहा- "ठीक है, काम पर लगो।"

समयलाल- "जी, बड़ी मेहरबानी हुजूर।"

बलभद्र- "समयलाल, कुर्सी ठीक से जमाना"

समयलाल- "जी! हुजूर।" फिर वह कुर्सी लगाने लगा।

धीरे-धीरे मंच के सामने रखी सभी कुर्सियाँ भर गईं। आज तारीख 21 जून थी। योग दिवस का आयोजन होना था जिसमें शामिल होने विधायक जी आने वाले थे। अचानक से एक पुलिस गाड़ी सायरन बजाते हुए आई, उसके पीछे एक बड़ी गाड़ी थी। बड़ी गाड़ी के पीछे सफारी लिखा था। उस गाड़ी से नेता जी निकले। सभी दर्शक नेता सत्यप्रकाश की जय बोलने लगे। बलभद्र ने नेता सत्यप्रकाश के चरण छूकर मंच पर बिठाया। नेताजी ने बलभद्र की पीठ थपथपाई। सारी औपचारिकताओं के बाद नेता जी को भाषण के लिए बुलाया गया।

भाषण चल रहा था कि इसी बीच विधायक के साथ आए डीएसपी को सिगरेट की तलब हुई। पूरा महकमा अपने अधिकारी को खुश करने लग गया। लेकिन संयोग से किसी के पास सिगरेट नहीं थी। तब डीएसपी सिगरेट पीने भागीरथी के ठेले के पास चले गए। उनके साथ ड्राइवर और गार्ड भी थे। गाड़ी से उतरकर गार्ड ने रोबदार आवाज में पूछा- "ऐ, सिगरेट है क्या ?"

"जी सर।" भागीरथी ने जवाब दिया। भागीरथी ने सिगरेट का एक पैकेट निकाल कर दे दिया।

गार्ड ने पैकेट साहब को ले जाकर दे दिया। साहब गाड़ी से नीचे उतरे। उनके सुडौल शरीर पर बड़ी-बड़ी रोबदार मूँछों में वर्दी चार चाँद लगा रही थी। वर्दी के बैज पर आरुष सिंह लिखा था।

जैसे ही गाड़ी से साहब नीचे उतरे, भागीरथी ने जोर से कहा- "आरुष!" परंतु साहब ने ध्यान नहीं दिया।

भागीरथी को लगा शायद आरुष ने सुना नहीं। वे साहब के सामने आकर

खड़े हो गए।

"कौन है बे तू?" साहब ने पूछा।

"मैं भागीरथी!"

"कौन भागीरथी?"

"तेरे रूम के बाजू में रहता था। मेरे घर के लड्डू तुझे पसंद थे। माँ हमेशा तेरे लिए अलग से लड्डू बनाकर भेजती थी।"

आरुष साहब सब कुछ समझकर भी जान-बूझकर कुछ समझना नहीं चाह रहे थे। उन्होंने कहा- "तू जबरदस्ती क्यों मेरे गले पड़ रहा है भाई?"

इतना सुनते ही साहब के साथ आए सिपाहियों ने भागीरथी को धक्का दिया और वो जमीन पर गिर पड़े। अश्वनी उनकी दुकान पर पेपर पढ़ रहा था। वह 'चाचा... चाचा' करके भागीरथी की ओर दौड़ा और उन्हें उठाया। भागीरथी की आँखें नम थीं। वो अपनी आँखों के आँसू छिपाना चाह रहे थे। लेकिन आँसू तो बड़े बेवफा होते हैं, धड़कन को धक्का पहुँचते ही निकल आते हैं।

"गमों में अपने ही पहले आते हैं, पर हमारे तो आँसू ही लुढ़क जाते हैं।"

भागीरथी चाचा को किसी शायर की लिखी हुई शायरी याद आई। भागीरथी सब कुछ समझ चुके थे। आज उनका दोस्त अधिकारी बन गया है इसलिए उन जैसे चाय-ठेला चलाने वाले अपने दोस्त को पहचानने से इनकार कर रहा था। अश्वनी अपने भागीरथी चाचा के आँसू पोंछ रहा था।

भागीरथी ने रुँधे गले से कहा- "देख रहा है अश्वनी बेटा, आजीविका के साधन पर इतना घमंड। इस निर्बुद्धि को कौन समझाए! कलेक्टर और चपरासी दोनों पद हैं। दोनों आजीविका के साधन हैं। वह जीवन नहीं है। दोनों के अपने-अपने कर्मक्षेत्र हैं। दोनों का कर्म अपने मूल रूप में सुंदर है। जब कलेक्टर किसी मंत्री के यहाँ मिलने जाता है, वहाँ उसे चपरासी भी मिलने से रोक सकता है। वहाँ चपरासी की भूमिका बड़ी अहम होती है।"

समयलाल के अपने पुत्र अश्वनी से रिश्ते पहले से बेहतर हो गए थे। वह अश्वनी को मानसिक रूप से सपोर्ट करने लगा था। अश्वनी के मन में भी पीएससी का खयाल रह-रहकर आता था। अब तक वह पीएससी की तैयारी का निर्णय ले चुका था। आर्थिक स्थिति ठीक न होने के बाद भी उसने संकल्प ले लिया था। अब चाहे कुछ भी हो मैं पीएससी की तैयारी अवश्य करूँगा। दिन-प्रतिदिन उसकी इच्छाशक्ति मजबूत होती गई।

भागीरथी भागते हुए आए- "अश्वनी! अश्वनी!"

अश्वनी घर के अंदर से बोला- "जी चाचा जी।"

"तेरा रिजल्ट आ गया।"

"क्या सचमुच?"

"हाँ, तेरा रिजल्ट। तेरा प्रवेश पत्र ला, जल्दी देखें।"

अश्वनी ने एक संदूक से प्रवेश पत्र निकालकर उन्हें दिया। भागीरथी ने देखा।

"क्या हुआ चाचा, मुझे भी तो बताओ।" अश्वनी ने कहा।

"फर्स्ट डिविजन से पास हो गया है तू।" भागीरथी चाचा ने जवाब दिया।

अश्वनी जोर से उछल पड़ा और अपनी बहन को आवाज दी- "माया, पिताजी कहाँ हैं?"

"हाँ भैया, पिताजी घर पर ही हैं।" माया ने कहा।

इतने में पिताजी भी घर से निकलकर बाहर आ गए- "क्या हो गया?"

"मैं फर्स्ट डिविजन से बीए पास हो गया हूँ।"

माया खुश होकर अपने भाई से बोली- "बधाई हो भैया। आज खाने में तेरे लिए इड़हर की सब्जी बनाऊँगी।"

भागीरथी छत्तीसगढ़ी में बोले- "बेटी महुँ इँहे खाहूँ। इड़हर के साग ह अब्बड़ मिठाथे।"

अश्वनी ने बाबूजी के चरण छुए। बाबूजी की आँखों से आँसू बह निकले। भागीरथी ने समयलाल के चेहरे को देखते हुए तपाक से कहा- "भैया, खुशी के समय आँसू नहीं बहाते।"

समयलाल- "ये खुशी के आँसू हैं भागीरथी।"

समयलाल ने कहा- "काम पर जाना है।" और लंबी-लंबी चाल से वह अपने काम पर निकल गया।

इधर भागीरथी ने अश्वनी से चर्चा शुरू की- "भतीजे, अब क्या सोच रहा है?"

अश्वनी- "वही जो आपसे वादा किया है, चाचा।"

"मतलब गांधी चौक, बिलासपुर, पीएससी की तैयारी करने के लिए जाना है?"

"हाँ चाचा, बिल्कुल।"

भागीरथी का ठेला खोलने का समय हो रहा था।

"मैं चलता हूँ भतीजे, तुम ठेले पर आना, वहीं आगे की रणनीति बनाएँगे।"

माया ने आज अपने भाई के पसंद की सब्जी इड़हर और चरपनिया भाजी बनाई थी। अश्वनी ने दोपहर के खाने के लिए भागीरथी को भी बुलाया था। माया अपने भाई और मुँहबोले चाचा को परोस रही थी। दोनों मजे के साथ खा रहे थे। भोजन बहुत स्वादिष्ट बना था। जिस खाने में प्रेम का नमक मिला हो उसका स्वादिष्ट होना स्वाभाविक था।

खाना खाते-खाते भागीरथी ने पूछा- "बिलासपुर कब जा रहा है ?"

"पैसे का इंतजाम होते ही चला जाऊँगा।"

"अभी मेरे पास पच्चीस सौ रुपए हैं। ये रख ले और सोमवार को चले जाना। पढ़ाई के लिए देर मत करना।"

"आप जैसा कहें चाचा।"

"आज शनिवार है। सोमवार रात की जो ट्रेन है, उससे शिव जी का नाम लेकर चले जाना।"

"ठीक है चाचा।"

रोज की तरह आज भी सुबह हुई, पर आज की सुबह में उमंग था, उत्साह था, उल्लास था। अश्वनी सपने को साकार करने वाली राह पर चल पड़ था। सपने को साकार करने के लिए कोई-न-कोई कठोर निर्णय कभी-न-कभी तो लेना ही पड़ता है। आज रोज की तरह नाश्ते में माया ने अश्वनी को बासी, नमक, गोंदली और लाल मिर्च निकालकर दी। आज तीखी बासी का स्वाद भी बढ़ गया था। वह गाँव के सभी दोस्तों से मिला। उसने छाँटकर अपना सामान पैक कर लिया। माया भी अश्वनी के पीएससी की तैयारी के लिए बिलासपुर जाने को लेकर खुश थी। बाबूजी भी खूब खुश थे, लेकिन अंदर ही अंदर वो सोच रहे थे कि अश्वनी के पढ़ने के लिए पैसों को इंतजाम कैसे होगा।

शाम हो चुकी है। निकलने का समय हो गया है। भागीरथी चाचा अपनी साइकिल लेकर आ चुके थे। अश्वनी की आँखों में आँसू थे।

अश्वनी- "बहन, तू चिंता मत करना, मैं बीच-बीच में आता रहूँगा।"

माया- "भैया, वहाँ खूब मन लगाकर पढ़ना। यहाँ की चिंता मत करना।"

"तू भी अपनी पढ़ाई अच्छे से करना।" अश्वनी ने रुँधे गले से कहा। फिर वह पिताजी के पास गया, उनके चरण छुए। पिता ने बेटे को भींच लिया। माँ के

मरने के बाद पहली बार बाबूजी ने अश्वनी को गले से लगाया था।

भागीरथी- "जल्दी चल भतीजे, कहीं देर न हो जाए।"

अश्वनी आकर भागीरथी की साइकल पर बैठ गया। दोनों स्टेशन की ओर चल पड़े। धीरे-धीरे दोनों माया और बाबूजी की नजरों से ओझल हो गए।

भागीरथी चाचा ने अश्वनी को रास्ते भर समझाते हुए कहा- "भतीजे, पढ़ाई में कोई कमी न करना। मुझसे जितना बन पड़ा मैंने किया। वहाँ तुझे अकेले संघर्ष करना है। वहाँ के खर्चे बहुत हैं, तुझे कोई पार्ट टाइम जॉब करना पड़ेगा। प्रयास करना कि काम भी पढ़ाई से संबंधित हो।"

जैसे ही वे स्टेशन पहुँचे, बिलासपुर जाने वाली गाड़ी का अनाउंसमेंट हो गया। थोड़ी देर में ट्रेन भी आ गई। ट्रेन का स्टॉपेज केवल तीन मिनट का था। ट्रेन धीरे-धीरे सीटी की आवाज के साथ बढ़ने लगी। अश्वनी खिड़की से भागीरथी चाचा को देखता रहा।

भागीरथी चाचा भी अपनी आँखों के आँसू पोंछते हुए घर की ओर लौट चले। वो अंदर से खुश थे। अश्वनी में अपने बीते कल को देख रहे थे। अब अश्वनी का सपना ही भागीरथी का सपना हो गया था।

यसमैन-सुपरमैन

रात के करीब ग्यारह बज रहे थे। सड़क पर गहमागहमी थी। 102 नंबर वाली एंबुलेस खड़ी थी। एक ट्रक और महँगी गाड़ी के बीच टक्कर हो गई थी। ट्रक गाड़ी के बोनट में घुस गया था। देखने से लगता था कि गाड़ी में बैठने वाला नहीं बच पाया होगा। लेकिन भाग्य ने उस हट्टे-कट्टे नौजवान का साथ दिया था। समय पर एयरबैग खुल जाने की वजह से यमराज की भैंस उसके किनारे से निकल गई और यमराज जी को खाली हाथ ही जाना पड़ा। गांधी चौक ने यमराज जी को भी असफलता का स्वाद चखाकर लौटा दिया। गांधी चौक अच्छे-अच्छों को खाली हाथ लौटा चुका है।

नौजवान छह फीट का लंबा-चौड़ा, हट्टा-कट्टा, गोरा-नारा था। सिर पर गंभीर चोट थी। उसे अपोलो हॉस्पिटल ले जाया गया। अपोलो बिलासपुर का सबसे बड़ा हॉस्पिटल है। वहाँ लगभग सभी प्रकार की सुविधाएँ उपलब्ध हैं। अपोलो पहुँचने के बाद डॉक्टर ने एम.आर.आई. कराया। उसकी रिपोर्ट देखकर डॉक्टर ने कहा कि हल्की-सी चोट है, फिर भी हम रात भर ऑब्जर्वेशन में रखेंगे।

अपोलो के गेट के सामने एक महँगी गाड़ी आकर रुकी। गाड़ी के पीछे दो इनोवा थीं। दोनों इनोवा गाड़ियों में लालबत्ती लगी हुई थी। महँगी गाड़ी से एक कम कद का व्यक्ति उतरा, जिसके सिर के सामने के बाल उड़े हुए थे। उसके साथ एक महिला भी उतरी। दोनों के माथे पर चिंता की रेखाएँ थीं। एक इनोवा से कलेक्टर बिलासपुर और दूसरी से एसपी उतरे। कलेक्टर और एसपी साहब के आने की खबर सुनकर हॉस्पिटल के सारे डॉक्टर रात्रिकालीन सेवा के लिए उपलब्ध हो गए। कलेक्टर साहब ने पूछा- “बच्चे की स्थिति कैसी है ?”

“ठीक है, सर।” डॉक्टर ने जवाब दिया।

कम हाइट वाला व्यक्ति योगानंद थे। सूर्यकांत सिंघानिया के पिता और

महिला उसकी माता। योगानंद सिंघानिया बड़े सज्जन पुरुष थे। धार्मिक व्यक्ति, स्वभाव से बड़े विनम्र, वो हर मंगलवार को व्रत रखते थे। बचपन से ही व्रत रखते आए हैं। उनका कपड़े का बहुत बड़ा कारोबार है। उनकी पहुँच दोनों प्रमुख दलों में ऊपर तक है। वे चुनाव के समय दोनों पार्टियों को बड़ा चंदा देते हैं। सूर्यकांत सिंघानिया उनका इकलौता बेटा था। सूर्यकांत की माता भी पूजा-पाठ में विश्वास रखने वाली महिला हैं। सूर्यकांत माता-पिता का लाड़ला था। माता जयंती देवी की आँखों से आँसू टपक रहे थे।

सूर्यकांत बहुत घमंडी लड़का था। इकलौता होने की वजह से उसकी सारी इच्छाएं पूरी की जाती थीं। वह किसी को इंसान ही नहीं समझता था, सबको जानवर जैसा समझता। सूर्यकांत इंसान नहीं हैवान हो गया था। वह शराब और सिगरेट पीने का शौकीन था। जीवन हमेशा अपने हिसाब से जीता। उसके कुछ दोस्त थे, जिनमें प्रमुख था राजा भैया।

हॉस्पिटल में बैठे योगानंद के मन में यादें घुमड़ रही थीं कि कैसे वे अपने बच्चे सूर्यकांत को गोद में बिठाकर खिलाते थे। उसके लिए घोड़ा भी बनते थे। सूर्यकांत को एक छींक आ जाने पर घर में डॉक्टरों की लाइन लग जाती थी।

सूर्यकांत तुतलाते हुए कहता- "पापा-पापा, लुका-छिपी खेलना है।"

योगानंद- "आज नहीं बेटा, कल खेल लेंगे। आज कुछ काम कर रहा हूँ।"

सूर्यकांत जिद में पैर पटकते हुए कहता- "मुझे तो अभी खेलना है।"

योगानंद सब काम छोड़कर उठ जाते- "ठीक है, अभी खेलेंगे प्यारे बेटे के लिए।"

योगानंद को याद आया, एक बार वे कुछ टेंडर भर रहे थे जिसकी अंतिम तिथि थी। इस लुका-छिपी के खेल में उन्हें एक करोड़ का नुकसान होने वाला था, फिर भी वे बच्चे के साथ खेलने लगे। पिता को पुत्र के साथ खेलकर जो आनंद मिलता है उसे दौलत में नहीं तौला जा सकता। वह आनंद तो असीम है। बच्चों का खेल ही जीवन है, खिलौना उनका स्वर्ग।

सूर्यकांत बचपन से ही हठीला और गुस्सैल था। वो जिस चीज के लिए जिद करता वह कुछ समय में उसके सामने होती थी। धीरे-धीरे उसकी जिद बढ़ती गई। जब वह कक्षा छठी में पढ़ता था तब उसने एक नौकर का सिर फोड़ दिया था। बारहवीं में तो अपने शिक्षक को ही पीट दिया था। सूर्यकांत के बड़े होते-होते उसकी बुरी प्रवृत्ति भी बढ़ती गई। अब वह कॉलेज में पहुँच गया था। कॉलेज का

नेता राजा भैया उसका अच्छा मित्र था। दोनों की खूब जमती थी। जो भी अच्छे-बुरे काम थे, सब साथ में करते थे।

ऐसे ही एक बार चाँदनी रात में दोनों बैठे थे। ठंडी-ठंडी हवाएँ चल रही थीं। बीयर के साथ सूर्यकांत और राजा भैया के बीच बातचीत चल रही थी।

सूर्यकांत- "तुझे पता है राजा..."

राजा भैया ने मुस्कराकर कहा- "क्या बे ?"

सूर्यकांत ने कहा- "सोमरस के बारे में।"

राजा भैया- "सोमरस के बारे में क्या ?"

सूर्यकांत- "छोड़, अच्छा ये बता, गंगा धरती पर कैसे आई ?"

राजा भैया- "भगीरथ ने कठोर तपस्या करके गंगा को स्वर्ग से धरती पर लाया था।"

सूर्यकांत- "गंगा और सोमरस दोनों स्वर्ग की वस्तुएँ हैं। भगीरथ जैसे महापुरुष ने तपस्या करके गंगा को पृथ्वी पर उतार लिया, लेकिन सोमरस को देवों ने अपने पास ही रख लिया। धरती पर भी किसी ने इसके लिए तपस्या नहीं की। इसको उपेक्षित रखा गया, इसीलिए धरती पर प्रवाहित नहीं हुई।"

राजा भैया- "छोड़ ये बातें। अच्छा ये बता, तू अपने पापा को नाराज क्यों करता है ?"

सूर्यकांत- "मैं शराब तो नहीं हूँ जो सबको खुश रखूँ।"

दोनों हँसते हुए और फिर लड़खड़ाते हुए कार में बैठकर घर के लिए रवाना हो जाते हैं। आगे सूर्यकांत गाड़ी अचानक सड़क से उतारकर एक घर में घुसा देता है। इस घटना में एक व्यक्ति की मौत हो जाती है। आस-पास के लोग दोनों को थाने लेकर पहुँचते हैं।

थानेदार भीम सिंह- "क्यों, दारू पीकर गाड़ी चलाता है ?"

तभी थाने में रखे फोन की घंटी बजती है। फोन एसपी साहब का था। भीम सिंह सावधान की मुद्रा में 'जय हिंद सर' कहता है। फिर 'जी सर, जी सर' के अतिरिक्त उसके मुँह से कुछ भी नहीं निकलता।

सभी सरकारी कर्मचारी 'यसमैन' होते हैं, जबकि अधिकारी 'सुपरमैन' होते हैं। जनता बेचारी बकरा। ऐसा बकरा जो यसमैन और सुपरमैन के फंदे में कभी-न-कभी फँसेगा ही। बकरे को आज नहीं तो कल हलाल होना ही पड़ेगा। बकरे का कीमा बनेगा। यसमैन और सुपरमैन दोनों मिल-बाँटकर बड़े चाव से

खाएँगे। बकरा भी हलाल होने में गौरवान्वित महसूस करता है। वह खुद भी उछल-उछलकर यसमैन और सुपरमैन के पास जाता है। सूर्यकांत के पिता भी एक बकरा थे।

भीम सिंह- "दावड़े!"

मूँछों वाला एक आदमी आकर जोर से बोला- "जी सर।"

भीम सिंह- "इन दोनों को जाने दे।"

दावड़े- "मगर सर...!"

भीम सिंह- "अगर-मगर मत कर, मैं जितना बोलता हूँ उतना कर।"

दावड़े सैल्यूट करके 'जी सर' कहता है और चल देता है।

सूर्यकांत का शराब पीकर घर जाना आम बात थी। पिताजी समझा-समझाकर थक चुके थे। वो उसे अपना बिजनेस सँभालने के लिए बोल-बोलकर हार गए थे। लेकिन सूर्यकांत को इन सबके लिए कोई फुरसत नहीं थी। उसका कोई लक्ष्य ही नहीं था। उसे तो पता ही नहीं था कि जिंदगी में क्या करना है। वह कुछ करे भी तो क्यों? उसके लिए कुछ भी करने की वजह नहीं थी। कुछ हासिल करने के लिए व्यक्ति के पास एक वजह होनी चाहिए। वजह वह सीढ़ी है जिसके सहारे आदमी किसी भी लक्ष्य को साध सकता है। हर आदमी को अपनी वजह खुद ढूँढनी चाहिए। आपको यह वजह जिस दिन मिल जाएगी, समझिए आधी सफलता भी उसी दिन मिल जाएगी।

माँ भी सूर्यकांत को हमेशा समझाती थी। पर माँ तो माँ होती है। माँ का प्रेम बच्चे के लिए अगाध होता है। सूर्यकांत पिताजी की डाँट खाकर बिस्तर पर जा चुका था लेकिन अभी नींद नहीं आई थी। उसकी माँ पास जाकर कहती है- "ये सब क्यों करता है?"

सूर्यकांत- "माँ, मैं मजबूर हूँ।"

माँ उसके गालों पर प्रेम से चिकोटी काटते हुए बोली- "आखिर क्या मजबूरी है?"

सूर्यकांत- "माँ, मैं शराब छोड़ना चाहता हूँ लेकिन छोड़ नहीं पाता।"

माँ- "इच्छाशक्ति बढ़ा बेटा।"

सूर्यकांत- "हाँ, माँ।"

माँ- "तुझे नींद नहीं आ रही है?"

सूर्यकांत- "हाँ।"

माँ- "चल लेट जा।"

सूर्यकांत लेट गया। माँ उसके सिर पर हाथ फेरने लगी। कुछ समय में उसे नींद आ गई। माँ लाइट बंद करके कमरे से बाहर आ गई और बरामदे में बैठकर रोने लगी।

आज राजा भैया का जन्मदिन है। सूर्यकांत ने पार्टी रखी है। पार्टी 'अनाया रिजॉर्ट' में है। यह रिजॉर्ट अचानकमार के जंगलों के बीच में बना हुआ है। रिजॉर्ट बहुत भव्य है। दुनिया की सारी सुविधाएँ यहाँ उपलब्ध हैं। दाम भी वैसे ही हैं। सूर्यकांत के लिए पैसा तो पानी था। सूर्यकांत और राजा के कुछ मित्र आ गए थे। पार्टी शुरू हो चुकी थी। नाच-गाना, मस्ती-मजाक चल रहा था।

सूर्यकांत- "राजा कैसा लगा?"

राजा- "मैं तो यहाँ पार्टी देने के बारे में सपने में भी नहीं सोच सकता था बे।"

सूर्यकांत- "सोचने का काम मुझ पर छोड़ दे। इस पार्टी से तू खुश तो है न?"

राजा उछलकर- "हाँ भाई, खुश क्यों नहीं होऊँगा।"

सूर्यकांत- "घना जंगल कितना मादक है। कितना अच्छा लगता है।"

राजा- "हाँ भाई। रात में जंगल घूमने का मजा ही अलग है।"

सूर्यकांत- "ठीक है भाई, थोड़ी देर में चलते हैं जंगल में मंगल करने।"

पार्टी समाप्त होते ही सभी अपने-अपने घर की ओर रवाना हो गए। केवल सूर्यकांत और राजा का रिजॉर्ट में रुकने का प्लान था। दोनों वहीं थे। अभी रात के साढ़े बारह बज रहे थे। तभी सूर्यकांत ने कहा- "चल राजा जंगल चलते हैं।"

राजा- "अभी रात में?"

सूर्यकांत- "रात में ही तो जंगल घूमने का मजा है।"

राजा को भी रात में जंगल घूमने की इच्छा थी। सूर्यकांत ने गाड़ी में जानवरों के शिकार के लिए बंदूक रख रखी थी। अचानकमार का घना जंगल रात को बहुत डरावना लगता है। चारों ओर शांति थी। केवल मेंढकों और झींगुरों की आवाजें सुनाई पड़ रही थीं। सूर्यकांत गाड़ी को धीरे-धीरे आगे ले जा रहा था। तभी अचानक ब्रेक लगाते हुए कहता है- "देख राजा, वनभैंसा।"

वनभैंसे अक्सर झुंड में चलते हैं। काले-काले, ऊँचे, लंबे-लंबे अर्द्धचंद्राकर सींगों वाले वनभैंसे अपनी अल्हड़ मस्ती में निश्चिंत होकर अचानकमार के बीच से गुजरने वाली सड़क को पार कर रहे थे। वनभैंसों के क्रॉस होते ही वो आगे

बढ़े। आगे उन्हें एक जगह हिरण पसरे दिखाई दिए। वो निश्चिंत होकर बैठे थे। तभी सूर्यकांत ने पीछे की सीट से बंदूक निकालकर गोली चला दी। राजा के होश उड़ गए।

"अबे पागल हो गया है क्या?"

सूर्यकांत- "पागल नहीं हुआ हूँ। हिरण का शिकार किया है। तेरे लिए।"

राजा- "अबे कोई देख लेगा तो अनर्थ हो जाएगा।"

सूर्यकांत- "कुछ नहीं होगा। फालतू की चिंता मत कर।"

राजा- "अबे जल्दी गाड़ी मोड़। रिजॉर्ट वापस चल।"

सूर्यकांत- "अब तो हिरण लिए बिना नहीं जाऊँगा।"

राजा- "मुझे बहुत डर लग रहा है, भाई। प्लीज भाई। चल भाई।"

सूर्यकांत ने उसकी एक नहीं सुनी और कार से नीचे उतरकर मृत हिरण को लेने चला गया।

गोली की आवाज से पास के गाँव वाले जग गए थे। गाँव में एक 'वन निगरानी समिति' भी थी। समिति वाले गाँव के अन्य लोगों को इकट्ठा करके गोली की आवाज की दिशा में चल पड़े। सूर्यकांत हिरण को कंधे पर उठाकर ला रहा था तभी कुछ लोगों का शोर सुनाई दिया, कुछ लोग मशाल लिए उनकी ओर बढ़ रहे थे। हिरण के साथ ही वह गाड़ी की ओर दौड़ने का प्रयास करता है। लेकिन गाँव वाले दोनों को पकड़ लेते हैं और पुलिस के हवाले कर देते हैं। इस बार सूर्यकांत का अपराध बहुत बड़ा था। मामला वन विभाग का था। संयोग से छत्तीसगढ़ के वनमंत्री, बिलासपुर डीएफओ और अचानकमार रेंज के रेंजर बहुत ईमानदार थे।

रात में एक बजे फिर से योगानंद सिंघानिया के घर के फोन की घंटी बजी। घंटी की आवाज सुनकर वे पलंग से उठकर बैठ गए, फिर घड़ी की ओर देखा। समझ गए कि सुपुत्र साहब का कोई नया कारनामा होगा। फोन उठाते ही उन्हें सुपुत्र के कारनामे से अवगत कराया गया। योगानंद जी ने कलेक्टर साहब को फोन लगाया। कलेक्टर साहब ने डीएफओ को फोन घुमाया। डीएफओ साहब इस पद पर नए-नए आए थे। मुद्दा तो बड़ा था। डीएफओ साहब ने कलेक्टर को हाँ तो बोल दिया, लेकिन मातहत अधिकारियों को फोन करके सख्त कार्रवाई के निर्देश दिए।

डीएफओ साहब को ईमानदारी के कीड़े ने काट रखा था। यह कदम उसी

का साइड इफेक्ट था। हालाँकि उन्हें अभी पता नहीं था कि यहाँ की राजनीति के योगानंद जैसे डायनासोर हैं जो सबको निगलकर हजम कर जाते हैं। ये डायनासोर शाकाहारी और मांसाहारी दोनों हैं। पहले तो विनम्रता के पत्ते चबाते हैं, फिर जब इससे पेट नहीं भरता तो आदमी को ही निगल जाते हैं।

डीएफओ साहब के फोन के बाद हिरण के शिकार के मामले में कार्रवाई तेज कर दी गई। योगानंद को वन विभाग के किसी अफसर ने इस बात की सूचना दी कि सूर्यकांत की गिरफ्तारी निश्चित है, आप जल्दी ही कुछ करिए वरना इस केस में जमानत मुश्किल हो जाएगी।

योगानंद ने हड़बड़ी में सीएम साहब को फोन लगाया- "सर नमस्कार! मैं योगानंद बोल रहा हूँ।"

सीएम साहब- "हाँ योगानंद जी, बताइए कैसे याद किया।"

योगानंद ने अपने बेटे का पूरा किस्सा उन्हें कह सुनाया और सहयोग की अपेक्षा की। अधिकारी के रवैये के बारे में भी बताया।

सीएम साहब ने "ठीक है, मैं देखता हूँ" कहकर फोन रख दिया। रात के दो बजे सीएम हाउस से एक आदेश फॉरेस्ट ऑफिस में फैक्स किया गया। इसके अनुसार डीएफओ को तत्काल प्रभाव से हटाकर रात्रि में ही नए डीएफओ को प्रभार दिलाया गया और रातोंरात पूरे मामले को रफा-दफा किया गया। इस बार सूर्यकांत जेल जाते बाल-बाल बचा था।

सूर्यकांत जंगल वाली घटना के बाद रोज कॉलेज जाने लगा। राजा भैया का तो कॉलेज अड्डा ही था। अब सूर्यकांत भी दिन-दिन भर वहीं बिताने लगा। वह क्लास भी अटैंड करने लगा था। आज पहली बार हिंदी साहित्य की कक्षा में बैठा था। कल प्रेमचंद का उन्यास गोदान समाप्त हुआ था, आज उससे संबंधित प्रश्न पूछे जाने थे।

यादव सर ने कक्षा में प्रवेश किया। सभी छात्र खड़े हो गए। सर ने बैठने का इशारा किया तो सभी बैठ गए।

यादव सर ने पूछा- "गोदान के होरी के बारे कोई बता पाएगा?"

नीली आँखों वाली, एक लंबी, छरहरी, सुंदर-सी लड़की ने हाथ उठाया। उसने नीला सूट पहन रखा था। पूरी कक्षा में कुल तीस विद्यार्थी बैठे थे, उनमें से उस अकेली लड़की ने हाथ उठाया। सर ने कहा- "बताओ नीलिमा।"

सूर्यकांत मन ही मन सोचने लगा कि नीली आँखों और नीले सूट के साथ

नीलिमा नाम भी फिट बैठ रहा है।

नीलिमा ने जवाब दिया- "सर, गोदान का मुख्य पात्र होरी केवल भारतीय किसान का प्रतिनिधि नहीं है। वह तो भारत की मिट्टी के कण-कण में, फूलों में, पत्तों में सब जगह है। जहाँ कोई भी संघर्ष कर रहा है वहाँ होरी है। होरी तो संघर्ष का प्रतीक है। यह संघर्ष केवल कृषि क्षेत्र में नहीं बल्कि उद्योगों में, आईटी सेक्टर में, सर्विस सेक्टर में भी है। हर सेक्टर में कोई-न-कोई होरी संघर्ष करते हुए मुस्करा रहा होगा।"

नीलिमा का जवाब सुनते ही यादव सर के मुँह से निकल पड़ा- "शाबाश बेटा!"

पीछे बैठा सूर्यकांत भी प्रभावित हुए बिना नहीं रह सका। अब वह नीलिमा की वजह से प्रतिदिन कक्षा में उपस्थित होने लगा। कक्षा में पीछे बैठकर नीलिमा को देखता रहता था। पर नीलिमा हमेशा अपनी पढ़ाई से मतलब रखती थी, कभी भूलकर भी इधर-उधर नहीं देखती थी। खाली समय में भी वह एक कोने में बैठकर पढ़ती रहती थी। उसे किसी से बात करने तक की फुरसत नहीं थी।

सूर्यकांत अब नीलिमा का पीछा करने लगा। उसकी झलक पाने के लिए उसके घर के आस-पास जाकर खड़ा रहता था। अब सूर्यकांत की दिनचर्या फिक्स हो गई थी। कॉलेज से पहले और कॉलेज के बाद का समय नीलिमा के घर के आस-पास गुजरने लगा।

ऐसा करते-करते तीन माह बीत गए थे। अब सूर्यकांत नीलिमा से दोस्ती करने के लिए बेचैन हो रहा था। राजा भी उसकी स्थिति देखकर दुखी था। अब वह भी समझ चुका था कि सूर्यकांत को प्रेम का रोग लग चुका है।

एकतरफा प्रेम कभी-कभी गले में फँसी हुई हड्डी के समान होता है जिसे न तो निगलते बनता है और न ही उगलते बनता है। सूर्यकांत पूरे मन से प्रयास में लगा था कि नीलिमा से किसी तरह परिचय हो जाए। इस काम के लिए उसने सब उपाय कर लिए थे लेकिन कोई भी उपाय काम नहीं आया। अर्जुन की भाँति सूर्यकांत को आँख दिख रही थी। वह आँख मछली की नहीं नीलिमा की थी और उसमें तीर की जगह अपने आपको डुबाना चाह रहा था। किसी भी तरह नीलिमा की आँखों का सपना बनना चाह रहा था।

आज सूर्यकांत सोचकर ही कॉलेज आया था कि वह नीलिमा को अपने प्रेम के बारे में सब कुछ बता देगा। वह ईदगाह चौक स्थित फूल बाजार से एक

गुलाब का फूल लेकर आया था। राजा भी घड़ी-घड़ी उसका हौसला बढ़ा रहा था। सूर्यकांत जैसे तेज-तर्रार लड़के की धड़कनें भी डबल स्पीड से चल रही थीं। गला सूखा जा रहा था। ब्लड प्रेशर का बढ़ना तो स्वाभाविक था। आज उसकी निगाहें बार-बार गेट की ओर जा रही थीं। वह इंतजार कर रहा था नीलिमा के आने का।

नीली आँखों वाली नीलिमा ने आज पीला सूट पहना था। वह उसकी खूबसूरती को और बढ़ा रहा था। उसके घने काले लंबे-लंबे बालों पर गोरा-गोरा चेहरा ऐसा जान पड़ रहा था मानो काले-काले बादलों के बीच से पूर्णिमा का चाँद निकल रहा हो।

नीलिमा के गेट में प्रवेश करते ही सूर्यकांत आगे बढ़कर उसके पास जाने का प्रयास करने लगा, लेकिन उसके पैर काँप रहे थे। धड़कनें तो पहले से ही तेज हो रही थीं। उसे ऐसा लग रहा था मानो आज कोई युद्ध लड़ने जा रहा हो। ऐसा युद्ध जिसमें हारना लगभग तय था। प्रेम में विफलता भी एक बड़ी सफलता है। प्रेम की विफलता दोस्ती की पहली सीढ़ी होती है, और दोस्ती प्रेम की पहली सीढ़ी है।

डरा-सहमा सूर्यकांत आगे बढ़ता हुआ नीलिमा के ठीक सामने आ गया।

नीलिमा ने गुस्से भरे स्वर में कहा- "हमारा रास्ता छोड़िए।"

सूर्यकांत- "हैलो नीलिमा, मैं सूर्यकांत।"

नीलिमा तपाक से बोली- "तो मैं क्या करूँ ? जल्दी बता बात क्या है ?"

सूर्यकांत- "मुझको तुम अच्छी लगती हो।"

नीलिमा ने उसके गाल पर एक जोर का थप्पड़ रसीद कर दिया और गुस्से से पैर पटकते हुए चली गई। सूर्यकांत खड़े-खड़े नीलिमा को देखता रहा।

वह प्रेम-सिद्धांत के पाठ से अपरिचित था। वह दोस्ती की जगह सीधे प्यार जैसे शब्द के साथ नीलिमा से मुठभेड़ कर बैठा। इस मुठभेड़ में उसे झटका लगना ही था।

यह सूर्यकांत के जीवन का पहला थप्पड़ था। माता-पिता ने भी कभी उस पर हाथ नहीं उठाया था। वैसे, उसके माता-पिता ने पहले ही थप्पड़ लगा दिए होते तो उसका जीवन दूसरा होता। उसके व्यक्तित्व का निखार भी दूसरा होता। सूर्यकांत के बिगड़ैल स्वभाव के पीछे माता-पिता भी काफी हद तक जिम्मेदार थे।

परमात्मा का कुत्ता

सुबह हो चुकी थी। धूप भी खिल आई थी। ठंड में धूप कुछ राहत दे रही थी। अश्वनी का स्वप्न भंग हो चुका था। पुरानी यादों से गुजरते हुए वह किसी तरह से अपनी रात गुजार चुका था। अपने सामान को लेकर चाय ठेले के पास रुका।

"भैया, एक चाय दे दो।"

चाय पीते हुए उसका ध्यान अपने गाँव, अपने पिता तो कभी अपनी बहन पर जा रहा था। चाय समाप्त होते ही उसने अपना बटुआ टटोला। पेट के दाहिनी ओर की जेब को, फिर बायीं ओर की जेब, फिर से रिवर्स मोड में एक बार टटोला। बैग को देखा। पर बटुआ नहीं दिखा। उसका बटुआ चोरी हो चुका था। अब उसके सारे पैसे समाप्त हो चुके थे, चायवाले को देने के लिए भी पैसे नहीं थे। झिझकते हुए उसने कहा- "भाई मेरे पास पैसे नहीं हैं।"

चायवाला- "चल पैसे निकाल।"

अश्वनी- "सचमुच पैसे नहीं हैं।"

चाय वाला- "देख, होशियारी मत कर।"

अश्वनी- "पैसे नहीं हैं। बटुआ कहीं खो गया है, भैया।"

"मुझसे होशियारी करता है!" यह कहते हुए चायवाले ने एक थप्पड़ जड़ दिया।

चायवाले के थप्पड़ मारते ही आस-पास के लोग जमा हो गए। भीड़ लग गई। अगल-बगल के कुछ दुकानदार अश्वनी को पीटने लगे। कुछ अन्य भी उस पर हाथ साफ करने लगे।

जनता जब भीड़ का रूप धारण करती है तब वह अपनी घुटन, संत्रास और कुंठा को किसी-न-किसी रूप में बाहर निकालती है। भीड़ कभी बस-ट्रक जला देती है तो कभी बिना कारण जाने किसी की भी पिटाई कर देती है। भीड़ भूखे

भेड़िए की भाँति होती है, जिसे सामने केवल अपना शिकार ही नजर आता है। अश्वनी को इन भेड़ियों से बचाने ऊपरवाले ने एक आरक्षक को भेज दिया था।

भीड़ से बचकर अश्वनी धीरे-धीरे गांधी चौक की ओर बढ़ने लगा। बिलासपुर रेलवे स्टेशन से गांधी चौक की दूरी तीन किमी है। यह दूरी उसके लिए बहुत ज्यादा नहीं थी। गाँव में तो इससे अधिक दूरी वह रोजाना पैदल तय करता था। वह चलने का अभ्यस्त था। उसके जीवन में भगवान ने यही अच्छी चीज दी थी कि पैदल चलना उसकी आदत में शुमार था।

कुछ दूर चलने के बाद अश्वनी ने देखा कि रोड के किनारे पेड़ के पास भीड़ लगी हुई है। उस जैसे भूखे व्यक्ति को लगा कि शायद कोई लंगर चल रहा है। थोड़ा नजदीक पहुँचा तो समझ में आया कि लोग नाश्ते के लिए खड़े हैं। यह नाश्ते का ठेला था। लोग अपनी पसंद और भूख के अनुसार ऑर्डर कर रहे थे। "अन्ना एक प्लेट दोसा, एक प्लेट इडली देना।" अश्वनी ने केवल पानी पिया और वहीं थोड़ी देर रुक गया।

वह अपनी आँखों से देख रहा था कि शहर में कितनी व्यस्तता है। लोगों के पास आराम से खाने के लिए भी समय नहीं था। लोग एक-दो कौर खाकर आधे नाश्ते को फेंककर चले जाते थे। कुछ कुत्ते उस फेंके हुए नाश्ते को बड़े चाव से खा रहे थे। अश्वनी मन में सोचता है- 'हे भगवान! इंसान तो तेरी सर्वश्रेष्ठ कृति हैं लेकिन तू उन्हें ही भूखा रखता है। तू उनको ही दर्द देता है। तू इतना बेरहम क्यों है? तूने अपनी ही बनाई पेंटिंग को ब्लैक एंड व्हॉइट क्यों रखा है? इसमें थोड़ा-सा रंग भर देता तो तेरा क्या बिगड़ जाता? यदि तू हाथों में लकीरें बनाता है, तो उनमें भूख की लकीर और जोड़ दे। इस लकीर को आधे में छोड़कर किसी को भूखा मत रखना।'

अश्वनी बैठे-बैठे सोचता रहा। उसकी भूख बढ़ रही थी। ठेले के पास एक नगर निगम का नल था। वह नल के पास गया। उसने नल खोलकर देखा तो पानी आ रहा था। अश्वनी ने वहीं नहाने का निश्चय किया। वह तालाबों में नहाने वाला था। उसे नल में नहाकर मजा नहीं आ रहा था। लेकिन उसे शहरी जीवन और संस्कृति को सीखना ही होगा। वह धीरे-धीरे नहाने के बाद फिर से उसी ठेले के पास आ गया।

अश्वनी की भूख बढ़ने लगी थी। उसके मन में विचार आया कि कुत्ते भी तो ईश्वर की संतान हैं, हम भी ईश्वर की संतान हैं। दोनों तो एक ही हैं। इंसान

भी तो परमात्मा का कुत्ता है। ये कुत्ता गली-गली में घूमता है, इसलिए आवारा हो गया, लेकिन इसी को कोई घर में पाल लेता तो यह सभ्य हो जाता। इसे मालिक का प्यार प्राप्त होता। मालिक इसे नहलाता और घुमाने ले जाता। जब दर्शन में भी कहा गया है कि सभी जीवों में परमात्मा वास करते हैं, तो इस कुत्ते में भी तो परमात्मा वास करते होंगे। इस कुत्ते के साथ मैं भी खा लूँ तो क्या होगा? कुछ नहीं! हाँ, मेरा पेट जरूर भर जाएगा।

अश्वनी का मन करता है कि वह फेंके गए नाश्ते को उठाकर खा ले। वह एक झटके में उठकर तेजी से कुत्ते के पास पहुँच गया। वह उस नाश्ते को उठाने के लिए झुका ही था कि उसका स्वाभिमान जाग गया। फिर से वह अपने पुराने स्थान पर आकर बैठ गया।

अश्वनी धीरे-धीरे थके मन, हारे मन, भूखे मन से आगे बढ़ा। आगे बढ़ने पर उसे तितली चौक मिला। उस चौक पर एक तितली बनी हुई है, इसलिए उसे तितली चौक कहते हैं। तितली को देखकर वह सोचने लगा- 'मानव से कितनी सुंदर है यह तितली। यह कितनी खुशनसीब है जो हमेशा बाग-बगीचों में रहती है। फूलों का रस पीती है। कितना सुकून भरा जीवन है इसका।' अश्वनी विचारों में मग्न हो गया था इसलिए वह अपनी भूख को कुछ समय के लिए भूल गया था। चौराहे से किस तरफ जाना है, वह समझ नहीं पा रहा था। वहाँ से गुजरने वाले एक व्यक्ति से उसने पूछा- "भैया, गांधी चौक किधर है?" उस व्यक्ति ने कहा- "लिफ्ट लेकर सीधे जाकर राइट मुड़कर सीधे चले जाना।"

अश्वनी को लिफ्ट लेने का साहस भी नहीं हो रहा था, क्योंकि सबेरे की मार ने उसके आत्मविश्वास की धज्जियाँ उड़ा दी थीं। उसने पैदल ही जाना बेहतर समझा।

अश्वनी अपने लंबे-लंबे कदमों से चल रहा था। उसकी मदमाती चाल स्वाभाविक चाल से धीमी थी। जोरों की भूख शरीर की अन्य गतिविधियों को धीमा कर देती है, पर धीमी कदमों से ही सही वह गांधी चौक की ओर बढ़ रहा था। मानो वह अपने सपनों की ओर बढ़ रहा था।

स्टेशन की तरफ से आते हुए, उसने अपनी दायीं ओर देखा तो एक बहुत बड़ा होटल था। वहाँ अच्छा नाश्ता, भोजन सब मिल रहा था। उस होटल के बोर्ड पर रमेश स्वीट्स लिखा था। अश्वनी होटल में जाकर सहयोग लेने के लिए सोचता है। वह कदम आगे बढ़ाता है लेकिन फिर बाहर आ जाता है। वह

हिम्मत जुटाने की कोशिश कर रहा है कि होटल वाले से जाकर कुछ माँग ले। आखिरकार वह सारी लाज-शरम छोड़कर अंदर जाता है और खाने के लिए माँगता है। पर उसे होटल का कर्मचारी धक्के देकर बाहर निकाल देता है। वह दरवाजे के पास गिर जाता है। उठकर फिर चल देता है। अश्वनी को ग्लानि होती है। वह अपने आप को धिक्कारता है। खुद को धिक्कारते हुए शिव टॉकीज की ओर बढ़ चलता है।

शिव टॉकीज बहुत जानी-मानी टॉकीज थी। उसमें बहुत अच्छी-अच्छी फिल्में लगती थीं। अश्वनी शिव टॉकीज के पास पहुँचा। वह इतनी बड़ी टॉकीज पहली बार देख रहा था। टॉकीज परिसर में घुसता है। वहाँ गंगाजल फिल्म लगी हुई थी। वह पोस्टर देखने लगा। पोस्टर में खाकी वर्दी पहने अजय देवगन बड़ी-बड़ी मूँछों के साथ चिंतित मुद्रा में दिखाया गया था। हीरो के बाजू में हीरोइन बड़ी-बड़ी आँखों में डर के भाव लिए खड़ी थी।

बाहर निकलकर अश्वनी कुछ दूर और चला, तभी बहुत देर बाद उसके चेहरे पर मुस्कान आई। उसे दाहिनी ओर एक होर्डिंग नजर आई। उसमें बड़े-बड़े अक्षरों में लिखा था- विनय कोचिंग क्लास, यहाँ पीएससी, रेलवे, बैंकिंग की कोचिंग कराई जाती है। यह वही कोचिंग थी जिसका होर्डिंग रेलवे स्टेशन में था। कुछ दूर पर नर्मदा बुक डिपो था। इस बुक डिपो के ऊपरी माले पर गुरुकुल कोचिंग लिखा जिसके संचालक शुक्ला जी थे। अश्वनी समझ गया था कि वह गांधी चौक के आस-पास पहुँच चुका है। फिर कुछ आगे बढ़ा तो एलोरा बुक डिपो, श्री बुक डिपो, श्री कोचिंग, सब लाइन से दिखते जाते हैं। और भी बहुत-सी कोचिंग के होर्डिंग्स कतार में लगे हुए थे।

अंततः अश्वनी अपने गंतव्य स्थान गांधी चौक तक पहुँच जाता है। सपनों का चौराहा, गांधी चौक। छत्तीसगढ़ सिविल सर्विस का मक्का, गांधी चौक।

अश्वनी का भूख से हाल बेहाल हो गया था। गांधी चौक पर गांधीजी की मूर्ति के दायीं ओर एक होटल था। वहाँ से अश्वनी ने पानी पिया। गांधीजी के सामने की तरफ रोड के उस पार एक पेड़ था। वह उसके नीचे कुछ देर बैठा रहा। कुछ देर आराम करने के बाद वहीं पर एक होटल में काम माँगने गया लेकिन वहाँ कोई काम खाली नहीं था। अश्वनी ने आस-पास की कुछ और दुकानों में काम तलाशने का प्रयत्न किया लेकिन उसे कहीं भी काम नहीं मिला।

धीरे-धीरे शाम होने लगी। रात भी घिर आई। आज की रात अश्वनी को बाहर

ही बितानी पड़ेगी। पर वह सोए तो सोए कहाँ? सड़क पर ही। वह इधर-उधर सोने की जगह तलाशने लगा। गांधी चौक के सामने एक लॉज दिखा- पूनम लॉज। उसी लॉज की सीढ़ियों पर उसने अपने बैग से कथरी (पुरानी साड़ी की चादर) निकालकर बिछाई और फिर लेट गया। लेकिन भूखे पेट किसी को नींद आए तो आए कैसे? वह रात भर करवटें बदलता रहा।

सुबह उठते ही अश्वनी के सामने यही यक्ष प्रश्न था कि चाय, नाश्ता, खाना, रुकने की व्यवस्था कहाँ से होगी। यह यक्ष अपना प्रश्न अदृश्य होकर कर रहा था, इसलिए और कठिन था। अगर यक्ष प्रकट रूप में प्रश्न करता तो उसके पैर पकड़ लेता और कहता कि यक्ष जी, आपके सवाल का जवाब हमें पता नहीं है। कृपया आप ही हमें बताइए कि रुकने और खाने की व्यवस्था कैसे करें।

अश्वनी ने पूनम लॉज से कुछ दूर पर नगर निगम के नल में पुनः स्नान किया। फिर वहीं जायसवाल क्लासेस के नीचे बैठकर दुकान खुलने का इंतजार करने लगा। अश्वनी की स्थिति धीरे-धीरे खराब हो रही थी। उसे भूख बर्दाश्त नहीं हो रही थी। उसकी ऐसी स्थिति हो गई थी कि अगले कुछ घंटों में खाना नहीं मिलता तो शायद वह युद्ध में जाने से पहले ही शहीद हो जाता।

अश्वनी उदास मन से सीढ़ी पर बैठा था, उसी सीढ़ी से तीन लोग नीचे उतरे और बाजू स्थित ठेले में चले गए। उनमें से कम हाइट वाला व्यक्ति मजाकिया स्वभाव का था। तीनों चाय पी रहे थे। तभी उस कम हाइट वाले ने अचानक उससे पूछा- "तुम कौन हो?"

अश्वनी- "जी भइया। मैं अश्वनी।"

"यहाँ कैसे बैठो हो, चाय पियोगे?" उस आदमी ने पूछा।

अश्वनी को जैसे संजीवनी बूटी मिल गई हो। उसने जवाब दिया- "जी भैया।"

चायवाले ने चाय और दो टोस्ट लाकर अश्वनी को दिए। फिर से तीनों ऊपर चले गए। अश्वनी ने उनको भगवान के रूप में देखा। आसमान की ओर देखते हुए वह बोला- "हे ईश्वर! मुझे काम भी दिला दो।"

दुकानों के खुलते ही वह काम माँगने चल पड़ा। एक मेडिकल स्टोर दिखा तो वहाँ जाकर पूछा- "भैया, कोई काम मिलेगा क्या?"

मेडिकल स्टोर वाले ने कहा- "काम का कोई अनुभव है?"

अश्वनी- "नहीं।"

मेडिकल स्टोर वाला- "बिना अनुभव के काम नहीं दे पाएँगे।"

आगे एक किताबों की दुकान थी। वहाँ भी काम के बारे में पूछा लेकिन निराशा ही हाथ लगी। पास में ही नागोराव शेष स्कूल है। वहीं दो-तीन होटल हैं। वहाँ उसने पूछा तो एक होटलवाले ने कहा- "काम मिल जाएगा। रहता कहाँ है?"

"जी, रहने का भी ठिकाना नहीं है।" उसने जवाब दिया।

होटलवाला- "ठीक है। रहने-खाने का भी दूँगा, ऊपर से डेढ़ हजार रुपए प्रति महीना दूँगा।"

अश्वनी ने तुरंत हामी भर दी। वह ईश्वर को धन्यवाद देने लगा। उसकी आँखों में आँसू थे। ये खुशी के आँसू थे। गांधी चौक में पैर जमाने, अपनी भूख मिटाने के साक्षी यही आँसू थे। आँसुओं के छलकने से हमारे मन का बोझ कम हो जाता है। अश्वनी भी अपने मन का बोझ कम कर रहा था। गांधी चौक में सफलता की पहली सीढ़ी पर पैर रख चुका था।

प्यार भीख नहीं है

नीलिमा से थप्पड़ खाने के बाद सूर्यकांत घर पर ही रहने लगा था। उसका बंगला बिलासपुर जैसे शहर के बीच में लगभग एक एकड़ में बना था। घर के सामने गार्डन था, जिसमें भिन्न-भिन्न किस्म के फूल-पौधे लगे हुए थे। मैदान, जिम, स्विमिंग पूल जैसी सुविधाएँ थीं। गेस्ट हाउस भी बना था। घर भी 10 कमरों का था। इन्हीं में से ऊपर का एक कमरा सूर्यकांत का था। उसने स्वयं को इसी कमरे में बंद कर रखा था।

उसकी रुचि खाने-पीने से भी हट चुकी थी। उसका मन कहीं भी नहीं लगता था। वह नौकरों से शराब की बोतलें मँगवाता और रूम में बैठकर ही पीता रहता। यदि कोई नौकर खाना लेकर आता तो वह खाना ही फेंक देता था। सूर्यकांत को अब लगने लगा था कि उसका सारा जीवन ही बेकार है।

प्रेम की असफलता, प्रेमी को जीवन की असफलता लगने लगती है। कुछ प्रेमी जीवन की इस असफलता को बर्दाश्त नहीं कर पाते और आत्महत्या कर लेते हैं। प्रेम जीवन का चौराहा है, यदि एक ओर का रास्ता बंद है तो तीन अन्य रास्ते तो खुले ही रहते हैं। बार-बार का असफल प्रयास हमारे लिए सफलता का कोई-न-कोई नया द्वार अवश्य खोलता है। इस सफलता के लिए मन में श्रद्धा, विश्वास और समर्पण का होना आवश्यक है।

सूर्यकांत की माता जयंती देवी भी उसकी हरकतों को कुछ दिनों से देख रही थी। जयंती देवी को लग रहा था कि वह एक-दो दिन में ठीक हो जाएगा, लेकिन उसका पागलपन बढ़ता ही जा रहा था। अब तो माता को डर सताने लगा कि वह कहीं कुछ कर न ले। जयंती देवी समझ नहीं पा रही थी कि वह ऐसा क्यों कर रहा है। हाँ, इतना जरूर समझ गई थी कि सूर्यकांत को किसी-न-किसी बात से झटका लगा है। वह अब बेटे की हरकतों के पीछे का कारण जानना चाह रही थी।

जयंती देवी ने एक दिन सूर्यकांत के सबसे अच्छे मित्र राजा को अपने घर पर बुलाया। राजा ने आकर पहले प्रणाम किया।

जयंती देवी- "खुश रहो बेटा।"

राजा- "आपने मुझको बुलाया है आंटी।"

जयंती देवी- "हाँ बेटा, एक बात पूछनी है।"

राजा- "पूछिए न आंटी।"

जयंती देवी- "कॉलेज में सूर्यकांत के साथ कुछ हुआ है क्या?"

राजा झेंपते हुए- "नहीं आंटी।"

जयंती देवी राजा के हाव-भाव देखते हुए समझ गई कि कॉलेज का ही कोई मामला है। वह बोली- "देखो बेटा, अपने दोस्त की भलाई के लिए जो भी मैटर है, बता दो। नहीं तो वह पागल हो जाएगा।"

एक पल सोचने के बाद राजा ने नीलिमा वाली सारी घटना बयान कर दी। जयंती देवी सब समझते हुए बोली- "ठीक है बेटा, तुम सूर्यकांत से मिल लो, बाकी मैं देख लूँगी।"

राजा 'जी आंटी' कहकर सूर्यकांत के कमरे की ओर बढ़ गया। वहाँ पहुँचकर देखा तो सूर्यकांत बिस्तर पर उल्टा लेटा हुआ था। एक हाथ बिस्तर के नीचे था। जमीन पर खून की बूँदें टप-टप टपक रही थीं। हाथ में कलाई पर एक कट का निशान दिखाई दे रहा था। राजा को समझते देर नहीं लगी। वह जोर से चिल्लाया- "आंटी, आंटी जल्दी आइए।" राजा दोनों हाथों से सूर्यकांत को उठाकर मुड़ा, तब तक जयंती देवी भी आ चुकी थी।

बेटे की हालत देखकर माँ के होश उड़ गए थे। मन ने कहा- "वही हुआ जिसका डर था।"

राजा चिल्लाकर बोला- "आंटी आप अपोलो आइए।"

राजा ने सूर्यकांत को पिछली सीट पर लिटाकर बड़ी स्पीड से गाड़ी आगे बढ़ाई। उसी स्पीड से अपोलो के सामने जाकर उसकी गाड़ी रुकी। वहाँ तुरंत इमरजेंसी कक्ष में ले जाया गया। उसका इलाज तुरंत शुरू हो गया। डॉक्टर ने कहा- "तुम सही समय पर ले आए, वरना बचाना मुश्किल हो जाता। हाँ एक यूनिट 'ओ' निगेटिव ब्लड ग्रुप की व्यवस्था करके रखना। हमें ब्लड चढ़ाने की जरूरत पड़ेगी।"

राजा सोच में पड़ गया कि 'ओ' निगेटिव ब्लड ग्रुप कहाँ से मिल पाएगा,

फिर उसे अपने कॉलेज का ध्यान आया।

डी.पी. कॉलेज बड़ा कॉलेज था। राजा वहाँ का छात्र नेता भी था। इस कॉलेज में लगभग दो हजार विद्यार्थी पढ़ते थे। राजा को पूरी उम्मीद थी कि यहाँ कोई-न-कोई 'ओ' निगेटिव ग्रुप का विद्यार्थी मिल जाएगा। इस कॉलेज की सबसे बड़ी विशेषता थी कि फॉर्म भराते समय ही सभी विद्यार्थियों का ब्लड ग्रुप व एड्रेस लिया जाता है, जिसकी अलग से लिस्टिंग की जाती है। राजा ने कॉलेज पहुँचकर वहाँ के बाबू से कहा- "श्रीवास्तव जी, ब्लड ग्रुप की लिस्ट लाकर दीजिए, अर्जेंट है।"

वह अंदर चला गया और कुछ देर में बाहर आकर फाइल देते हुए बोला- "ये पूरी लिस्ट है।"

"ठीक है। मैं देख लेता हूँ।"

राजा ने 'ओ' निगेटिव ब्लड ग्रुप वालों की सूची देखी तो उसमें केवल दो नाम थे- पहला नाम था राम प्रसाद ठाकुर और दूसरा नीलिमा चौहान।

राजा ने पहले राम प्रसाद के घर जाना ठीक समझा। वह ढूँढते हुए उसके घर पहुँचा। राम प्रसाद घर पर नहीं था। वह किसी काम से गाँव गया हुआ था। उसे आने में कम-से-कम दस दिन थे। लेकिन ब्लड की जरूरत तो कल ही थी।

राजा के होश उड़ गए। अब नीलिमा के पास जाने के अलावा कोई रास्ता ही नहीं बचा था। मजबूरी में राजा, नीलिमा के घर पहुँचा। उसने दरवाजा खटखटाया।

अंदर से आवाज आई- "कौन है?" फिर से राजा ने दरवाजा खटखटाया।

"कौन मर गया है?" अंदर से आवाज आई।

कुछ देर में कुंडी खोलने की आवाज हुई। दरवाजा नीलिमा ने ही खोला था।

वह राजा को देखकर हैरान रह गई। वह तो राजा को नेता-गुंडा-बदमाश के रूप में जानती थी। नीलिमा यह भी जानती थी कि उसको प्रपोज करने वाला राजा का अभिन्न मित्र है।

वह तेज आवाज में बोली- "क्या है?"

राजा रुँधे गले से बोला- "आपकी मदद की जरूरत है।"

नीलिमा- "कैसी मदद?"

राजा- "आपका ब्लड चाहिए।"

नीलिमा- "किसके लिए?"

राजा- "सूर्यकांत के लिए।"

नीलिमा- "कौन सूर्यकांत ?"

राजा- "जिसको आपने थप्पड़ मारा था।"

नीलिमा इतना सुनते ही तिलमिला उठी- "नहीं दूँगी। यहाँ से चले जाओ।"

राजा ने दोनों हाथ जोड़ते हुए कहा- "मेरा दोस्त है। मर जाएगा।"

नीलिमा- "उसको तो मर ही जाना चाहिए। उसका मरना ही अच्छा है। वो धरती पर बोझ है। वो मर जाएगा फिर मेरे पास आना, मैं श्मशान जरूर जाऊँगी।"

इतना सुनते ही राजा ने नीलिमा को एक थप्पड़ जड़ते हुए कहा- "वो मेरे भाई जैसा है। तुम अपने आपको समझती क्या हो ? मेरी नजर में उसने कोई गलती नहीं की है। तुम्हें देखा, तुम उसे अच्छी लगी तो उसने प्रपोज किया। तुमने थप्पड़ मारकर इनकार कर दिया, बात वहीं खत्म हो गई। इसके बाद उसने न तो तुम्हारा कभी पीछा किया, न कभी मिलने की कोशिश की। तुमको दुबारा कभी भी परेशान नहीं किया तो बुरा कहाँ से हुआ। बुरा होता तो थप्पड़ का जवाब थप्पड़ से देता, तुम्हारा पीछा करता, तुमको परेशान करता।"

संविधान ने हमें अभिव्यक्ति की स्वतंत्रता दी है। कला, संस्कृति और साहित्य जगत में इस स्वतंत्रता की नई-नई व्याख्याएँ होती रहती हैं। प्रेम की अभिव्यक्ति के बारे में तो कोई बात ही नहीं करता। प्रेम को गूँगा बना दिया गया है। प्रेम की अभिव्यक्ति का कानूनी प्रावधान होना चाहिए, जिससे कोई लड़का किसी लड़की को पसंद करे तो वो अपना प्रेम जता सके। पहली बार प्रेम की अभिव्यक्ति की पूर्ण स्वतंत्रता होनी चाहिए। पहली बार मना करने के बाद दूसरी बार किसी तरह दुस्साहस करता है, तो कठोर सजा का प्रावधान किया जाना चाहिए। समाज द्वारा भी उसे बहिष्कृत किया जाना चाहिए। सामाजिक कानून, वैधानिक कानून से ज्यादा प्रभावी होते हैं।

राजा की बात सुनकर नीलिमा का पत्थर दिल भी पिघलने लगा और क्यों नहीं पिघलता, वह भी तो इंसान ही थी। साफ मन की लड़की। यदि सूर्यकांत की जगह कोई दूसरा होता तो वह बिना सोचे ब्लड दे देती, तो सूर्यकांत को क्यों नहीं ?

राजा वापस जाने के लिए पलट चुका था, तभी नीलिमा ने आवाज दी- "राजा भैया, राजा भैया।"

राजा जैसे ही रुका, नीलिमा ने कहा- "भैया जरा रुकिए, मैं भी हॉस्पिटल

चलती हूँ। लेकिन आप मुझसे एक वादा करिए कि कभी किसी को नहीं बताएँगे कि ब्लड मैंने दिया है।"

राजा ने मुस्कराते हुए कहा- "अब जब भैया बोल ही दिया है, तो बहन की बात मैं कैसे टाल सकता हूँ।"

राजा उसे लेकर अपोलो हॉस्पिटल के ब्लड बैंक पहुँचा। उसका ब्लड निकाला गया। प्रक्रिया पूरी होने के बाद राजा ने धन्यवाद देते हुए कहा-"चलो, मैं तुम्हें घर छोड़ देता हूँ।"

नीलिमा खोई-खोई सी हॉस्पिटल के बाहर आने लगी। उसकी बड़ी इच्छा थी कि हॉस्पिटल आ ही गई है तो सूर्यकांत को देख लेती। लेकिन राजा से बोलने की हिम्मत नहीं कर पा रही थी।

लेकिन नीलिमा ने आखिर अपनी दुविधा पर विजय प्राप्त करते हुए आवाज दी- "राजा भैया..." राजा कुछ कदम आगे चल रहा था। उसने पीछे पलटकर देखा, और कहा- "हाँ बोल।"

नीलिमा- "भैया, यहाँ तक आई हूँ तो दूर से सूर्यकांत को भी देख लेती। मुझे भी तसल्ली मिल जाएगी। किसी से मत कहना भैया, प्लीज!"

राजा- "ठीक है, चल आई.सी.यू. में लेकर चलता हूँ।"

नीलिमा ने गेट के पास से ही सूर्यकांत को देखा। वह हट्टा-कट्टा नौजवान मृत्यु से जूझ रहा था। उसके मुँह-नाक पर ऑक्सीजन का पाइप लगा हुआ था। नीलिमा की आँखों से आँसू छलक पड़े।

नीलिमा को अभी तक यह पता नहीं था कि इस हालत की जिम्मेदार वह ही है। राजा ने नीलिमा को जान-बूझकर नहीं बताया था। आई.सी.यू. के पास अक्सर सूर्यकांत की माता जी ही रहती थी लेकिन संयोगवश वह कुछ रिपोर्ट लेने गई थी।

नीलिमा- "भैया, अंकल-आंटी, कोई नहीं दिख रहे हैं।"

राजा- "आंटी यहीं रहती हैं, कहीं आस-पास होंगी।"

राजा नीलिमा को घर छोड़ने चला गया। सूर्यकांत अभी भी बेहोश था, हालाँकि उसने दूसरी बार यमराज को शिकस्त दे दी थी। मानो उसने यमराज से संघर्ष करने के लिए ही जन्म लिया हो। यमराज इस नौजवान से जरूर नाराज होंगे कि काफी समय खराब कर दिया मेरा।

दूसरे दिन सूर्यकांत को होश आ गया। डॉक्टर के बाहर निकलते ही जयंती देवी ने पूछा- "घबराने की कोई बात तो नहीं है न?"

डॉक्टर- "नहीं! सब ठीक। आपके बच्चे को होश आ गया है। आप सब चाहें तो उससे मिल सकते हैं।"

जयंती देवी- "जी, धन्यवाद डॉक्टर साहब!"

डॉक्टर चले गए तो जयंती देवी अपने बेटे के पास पहुँची। आँखें आँसू से भरी थीं।

सूर्यकांत ने अपनी माँ की आँखों से आँसू बहते देखे तो बोला- "क्यों रोती हो माँ?"

जयंती देवी- "तेरे लिए बेटा।"

सूर्यकांत- "मैं तो अब ठीक हूँ माँ।"

जयंती देवी- "हाँ बेटा, लेकिन ऐसी हरकत क्यों करता है?"

"नहीं माँ, अब से नहीं होगा, तू मत रो।" सूर्यकांत ने एक हाथ से माँ के आँसू पोंछते हुए कहा।

जयंती देवी- "तूने मुझे आँसुओं के सिवा दिया क्या है। तू ही आँसू देता है, तू ही आँसू पोंछता है। माँ से इतना प्यार है तो ये सब क्यों करता है, बेटा! तुझे जीवन में हम लोगों ने सब कुछ दिया। तुझे और क्या चाहिए?"

रुँधे स्वर में सूर्यकांत ने कहा- "नीलिमा।"

जयंती देवी- "बेटा, प्यार अंधा होता है। क्योंकि वह चाहता है मन की आँखों से देखो। केवल सुंदरता ही प्यार का आधार नहीं है। सूरदास भी अंधे थे, वो भी प्रेमी थे श्रीकृष्ण के। अंधेपन के बावजूद कृष्ण के जिस बाल रूप को उन्होंने महसूस किया, कोई और न कर सका। प्यार एहसास है बेटा। प्यार भीख नहीं है, जिसे आँचल फैलाकर माँग लिया जाए।"

सूर्यकांत- "माँ, मैं उसके बिना नहीं रह पाऊँगा।"

जयंती देवी- "बेटा, दुनिया में कोई भी व्यक्ति इतना महत्त्वपूर्ण नहीं है कि उसके बिना दुनिया न चल पाए।"

सूर्यकांत जिद करते हुए कहने लगा- "माँ प्लीज, मेरे लिए कुछ तो करो।"

जयंती देवी- "ठीक है बेटा। तू जिद कर रहा है तो मैं तेरे पापा से बात करती हूँ।"

नर्स ने आकर जयंती देवी से कहा- "चलिए मैडम, मरीज को आराम करने दीजिए।" जयंती देवी आई.सी.यू. से बाहर चली गई। उसी समय योगानंद भी वहाँ आ गए। उन्होंने पूछा- "मेरा बेटा ठीक तो है?"

जयंती देवी- "आपका लाड़ला ठीक है, पर जिद कर रहा है।"

"कैसी जिद, जयंती?" योगानंद ने आतुरता से पूछा।

जयंती देवी- "वो प्यार की भीख माँगने के लिए कह रहा है।"

योगानंद ऊँचे स्वर में- "क्या बकवास करती हो जयंती!"

उसी समय कुछ लोग सूर्यकांत से मिलने आए जिन्हें देखकर दोनों चुप हो गए।

सूर्यकांत को हॉस्पिटल से घर आए हुए सप्ताह हो चुका था। अब पहले से काफी स्वस्थ्य था। केवल शारीरिक कमजोरी थी। कुछ दिन के बेड रेस्ट के बाद वह पूर्ण रूप से ठीक हो जाएगा। राजा रोज ही सूर्यकांत से मिलने घर आता था। दोनों गप्पें मारते थे। समय देखकर दोनों बीयर की बॉटल भी मार लेते थे। समय धीरे-धीरे निकलता गया। अब सूर्यकांत पूर्ण रूप से ठीक हो चुका था।

राजा ने चुटकी लेते हुए सूर्यकांत से कहा- "बार-बार मौत से खेलना बंद कर भाई।"

"मौत के खेल में जीतता तो मैं ही हूँ।" सूर्यकांत ने कहा।

गुस्से से राजा बोला- "जीतता तू नहीं मेरे भाई। जीतती वो माँ है, जो रात-दिन तेरे लिए दुआ करती है, तेरे लिए व्रत रखती है। जैसे तेरा सपना नीलिमा है, वैसे ही माँ का सपना बेटे की खुशी है। जैसे तेरा जुनून नीलिमा का प्यार पाना है, वैसे ही माँ का जुनून बेटे को खुश देखना है। आज केवल माँ की दुआओं की वजह से यहाँ जिंदा है तू।"

सूर्यकांत ने बात टालते हुए पूछा- "अच्छा बता, 'ओ' निगेटिव ब्लड ग्रुप तुझे कैसे मिल गया भाई? किसने मुझे ब्लड दिया?"

राजा ने झूठ बोलते हुए कहा- "कॉलेज का एक लड़का है राम प्रसाद । उसी ने तुझे ब्लड दिया है। शुक्र कर, सही समय पर मिल गया, नहीं तो बड़ी मुश्किल में पड़ जाते।"

शाम के सात बज रहे थे। योगानंद ऑफिस से आकर बैग फेंकते हुए बोले- "जयंती, मेरे लिए चाय लाओ।"

जयंती ने किचन से ही कहा- "जी अभी लाई।"

वह चाय-पानी लेकर आ गई।

"बेटा कैसा है?" योगानंद ने पूछा।

"ठीक है।" जयंती ने जवाब दिया।

“उसने आगे का क्या सोचा है?”

जयंती देवी ने कहा- “उसका तो पता नहीं पर हम दोनों को उसके लिए कुछ सोचना पड़ेगा।”

“मैं उस लड़की का घर पता करता हूँ। वहाँ चलते हैं, रिश्ता लेकर। तुम क्या सोच रही हो?” योगानंद ने कहा।

जयंती देवी- “आप जैसा ठीक समझें।”

दो दिन बाद महँगी कारों का काफिला एक पुराने-से घर के सामने रुका। लगता था कि उस घर की पुताई भी चार-पाँच सालों से नहीं हुई थी। प्लास्टर भी एक-दो जगह से निकल रहा था। मकान भी मालिक को कोस रहा होगा। इतनी गाड़ियों का काफिला देखकर लोगों की भीड़ बढ़ गई। लग रहा था मानो सलमान खान की फिल्म की शूटिंग चल रही हो। योगानंद भी क्या सलमान खान से कम थे। वे भी एक बार जो कमिटमेंट कर देते थे फिर अपने आप की भी नहीं सुनते थे। घर का दरवाजा भी अपनी कहानी कह रहा था। चोर भी जीर्ण-शीर्ण दरवाजा देखकर समझ जाते थे कि यहाँ घुसना पाप है। जयंती देवी ने दरवाजा खटखटाया- “कोई है?”

“हाँ, कौन?” अंदर से आवाज आई। नीलिमा के पिताजी ने दरवाजा खोला- “जी कहिए।”

“मैं योगानंद सिंघानिया।”

इतना सुनते ही नीलिमा के पिता प्रमोद चौहान के होश उड़ गए। योगानंद बिलासपुर शहर के लिए एक जाना-माना नाम था।

प्रमोद- “आइए सर।” अंदर बुलाकर बैठने के लिए कहने लगे। प्रमोद के यहाँ का सोफा भी पुराने जमाने का, तार वाला था। वह भी चादर से ढंका हुआ। योगानंद और जयंती देवी बैठ गए।

प्रमोद चौहान- “बताइए सर। इस गरीब के घर कैसे आना हुआ?”

योगानंद- “अपने पास हीरा रखकर खुद को गरीब कह रहे हैं, प्रमोद जी!”

प्रमोद- “मैं आपका मतलब नहीं समझा!”

योगानंद- “आपकी बेटी के बारे में कह रहा हूँ।”

प्रमोद- “मैं समझ नहीं पा रहा हूँ। कृपया जो भी बात है, उसे स्पष्ट बताइए।”

योगानंद- “हम आपकी बेटी का हाथ माँगने आए हैं।”

प्रमोद- "माफ कीजिए योगानंद जी। पर... आपका बेटा करता क्या है?"

योगानंद- "उसे कुछ करने की जरूरत ही क्या है। वह योगानंद की संतान है। इकलौता पुत्र। लगभग दो हजार करोड़ रुपए का मालिक है।"

प्रमोद- "बुरा मत मानिएगा। मैं अपनी बेटी का हाथ आपके बेटे के हाथ में नहीं दे सकता। जिस दिन आपका बेटा अपने पैरों पर खड़ा होगा, उस दिन आइएगा योगानंद जी। उस दिन मैं विचार जरूर करूँगा।"

जयंती देवी अंदर ही अंदर मुस्करा रही थी। वह समझ गई थी कि परिवार खुद्दार है। ये पैसों से बिकने वाले लोग नहीं हैं। जयंती देवी ने मन-ही-मन ठान लिया कि बहू तो इसी घर से ले जाएँगे। पर वह सबसे ज्यादा खुश इस बात से थी कि पहली बार किसी ने योगानंद के प्रस्ताव को ठुकराया था। किसी ने पहली बार योगानंद के घमंड पर चोट की थी।

दोनों घर पहुँचे। सूर्यकांत इधर-उधर टहल रहा था। वह दौड़कर माता-पिता के पास पहुँच गया। वह जानना चाहता था कि नीलिमा के घर पर क्या हुआ। पिता ने कहा, 'उसे भूल जाओ' और अपने रूम में चले गए।

सूर्यकांत खाते-पीते, सोते-जागते केवल नीलिमा के सपने देखता था। उसे किसी भी तरह हासिल करना चाहता था। किसी भी लड़की का प्यार उसके मन को जीतकर ही पाया जा सकता है। धन-दौलत प्यार के सामने बहुत छोटी चीज है।

जब योगानंद घर पर आए थे, तब नीलिमा बाहर गई थी। नीलिमा के माता-पिता ने भी उसकी नौकरी की तैयारियों को देखते हुए योगानंद के शादी प्रस्ताव के बारे में उससे कोई चर्चा नहीं की।

संघर्ष

अश्वनी अब होटल में काम करने लगा था, बिलासपुर जैसे बड़े शहर में रुकने की व्यवस्था हो चुकी थी। दो वक्त की रोटी का संघर्ष समाप्त हो गया था, लेकिन सपनों के लिए संघर्ष तो बचा था- जिसके लिए वह बिलासपुर जैसे शहर में आया था।

अश्वनी को काम करते हुए लगभग एक महीना हो गया था। होटलवाले का सब्जी, भाजी, आलू, प्याज रखने का गोदाम ही उसका घर था। उसके लिए पाँच बाइ पाँच की जगह थी। वहाँ पर ठीक से पैर लंबे करते भी नहीं बनता था। लेकिन सर पर छत तो थी, अश्वनी इसी बात से खुश था। रात को गोदाम आते-आते लगभग बारह बज जाते थे, जबकि सुबह तीन बजकर तीस मिनट पर ही उठा दिया जाता था, क्योंकि होटल की तैयारी करनी होती थी। झाड़ू-पोंछा, बर्तन साफ करना, सारा काम अश्वनी के मत्थे ही छोड़ दिया गया था। होटलवाले को जैसे कोई 'अलादीन का चिराग' मिल गया था जिसे रगड़ते ही वह 'क्या हुक्म है मेरे आका' कहकर खड़ा हो जाता था।

अश्वनी बहुत लगन और मेहनत के साथ काम कर रहा था। वह हमेशा ईश्वर को धन्यवाद देता रहता था, कभी भी शिकायत नहीं करता था। होटल में थोड़ा भी समय मिलता तो अश्वनी पढ़ता रहता था। कभी-कभी होटल मालिक इसी वजह से गाली भी देता था- "अबे बैठे-बैठे पढ़ता रहेगा या कुछ काम भी करेगा।" अश्वनी अनमने से पुस्तक बंद करके फिर काम में लग जाता था।

होटल के पास सबेरे-शाम सिविल सर्विस की तैयारी करने वाले विद्यार्थी चाय-नाश्ते के लिए आते थे। अश्वनी की नजर चाय-नाश्ता देते समय विद्यार्थियों के हाथ पर रखी पुस्तकों पर रहती थी। वह सिविल सर्विस की तैयारी करने वाले बच्चों के हाथों में प्रतियोगिता दर्पण, घटनाचक्र, समाजशास्त्र की गुप्ता एंड शर्मा,

पब्लिक एड के लिए बी.एल. फड़िया की पुस्तकों को देखता था। अश्वनी के मन में उन पुस्तकों को पढ़ने की इच्छा होती थी लेकिन उनके पास न तो वो पुस्तकें थीं न ही पढ़ने के लिए समय था।

वह अपने आपको वैसे ही महसूस कर रहा था, जैसे कोई व्यक्ति नदी के पास रहकर प्यासा हो। नदी के पास प्यासा रहना अस्वाभाविक घटना है। वही अस्वाभाविक घटना अश्वनी के साथ घट रही थी। सिविल सर्विस के मक्का गांधी चौक के पास रहकर पढ़ न पाना बहुत ही दुखद था। अश्वनी किसी भी तरह पढ़ना चाहता था। वह इसके लिए किसी भी हद से गुजरने को तैयार था।

एक दिन अश्वनी ने साहस करके होटल में चाय पीने के लिए आए विद्यार्थी से पूछा- "भैया, आप भी तैयारी करते हैं?"

लड़के ने कहा- "हाँ तैयारी करता हूँ भाई।"

अश्वनी- "आप कहाँ तैयारी करते हैं, किस कोचिंग में जाते हैं?"

लड़का- "मैं तलरेजा कोचिंग जाता हूँ, वही सबसे अच्छा कोचिंग है, वहीं से सबसे ज्यादा सलेक्शन होते हैं।"

अश्वनी- "यह कोचिंग कहाँ पर है, भैया?"

लड़का- "गांधी चौक से सीधे चले जाना, फिर किसी से पूछ लेना। कोई भी बता देगा भाई। बहुत फेमस कोचिंग है।"

अश्वनी- "वहाँ कौन-सा सब्जेक्ट पढ़ाते हैं?"

लड़का- "वहाँ सभी सब्जेक्ट अच्छा पढ़ाते हैं, लेकिन समाजशास्त्र के लिए बहुत ही अच्छी कोचिंग है।"

पीछे से अचानक आवाज आई- "तू बात ही करता रहेगा कि काम भी करेगा! ये कप-प्लेट तेरा बाप उठाएगा?" अश्वनी तुरंत ही उस लड़के को धन्यवाद देते हुए कप-प्लेट उठाने चला गया।

अश्वनी के मन में गाँव के चाचा भागीरथी ने सिविल सर्विस के जो बीज बोए थे, धीरे-धीरे उनके अंकुरित होने का समय आ गया था। आज अश्वनी की जिज्ञासा ने बता दिया था कि सिविल सर्विस का बीज अंकुरित होने के साथ-साथ पुष्पित और पल्लवित होने की दिशा में बढ़ रहा है। अश्वनी की जिज्ञासा धीरे-धीरे और बढ़ने लगी थी। वह अब रोज सिविल सर्विस की तैयारी करने वाले विद्यार्थियों से कुछ न कुछ जानकारी जुटाता रहता था।

अश्वनी ने सिविल सर्विस की सभी कोचिंग संस्थाओं, पुस्तकों के बारे में

जानकारी हासिल कर ली थी। अब जरूरत थी ठोस निर्णय की, पर ठोस निर्णय लेने से अभी भी उसे डर लग रहा था कि यदि वह काम छोड़ेगा तो कहाँ रहेगा और क्या खाएगा?

एक दिन चाय पीने आए हुए युवक से फिर मौका देखकर अश्वनी ने पूछा- "भैया, सिविल सर्विस की जानकारी चाहिए।"

लड़का- "कैसी जानकारी?"

अश्वनी- "सिविल सर्विस में कितने पेपर होते हैं?"

लड़का- "दो सब्जेक्ट लेने पड़ते हैं। एक पेपर सामान्य अध्ययन, एक पेपर छत्तीसगढ़ का और एक पेपर लैंग्वेज का, कुल सात पेपर।"

लड़का साँवलापन लिए हुए था। उम्र 35-40 वर्ष रही होगी। घने-घने बाल थे लेकिन कान के पास के बाल पके हुए लग रहे थे। वह बातचीत से अनुभवी लग रहा था। उसने कहा- "मेरा नाम भीष्म सिंह ठाकुर है। तू भी सिविल सर्विस की तैयारी करता है क्या?"

"नहीं भैया, करना चाहता हूँ लेकिन मेरी अपनी समस्या है।"

भीष्म सिंह ने कहा- "तू अपनी समस्याओं में उलझा रहेगा तो कुछ नहीं कर पाएगा। कुछ करने के लिए समस्याओं के साथ जीना पड़ेगा। अपने अवसर को पहचानना पड़ेगा। अभी सही अवसर है। छत्तीसगढ़ लोक सेवा आयोग 2003 की भर्ती आने वाली है। उसकी तैयारी में अच्छे से जुट जाओ।"

अश्वनी- "भैया, मैं तैयारी करना चाहता हूँ। लेकिन बिलासपुर में मेरा कोई नहीं है। होटल में कमाता हूँ तो खाता हूँ। यहाँ मेरा कोई सहयोग करने वाला भी नहीं है।"

भीष्म सिंह- "तुझे कैसा सहयोग चाहिए मुझे बता?"

अश्वनी- "भैया, किसी कोचिंग में काम दिला दो न, मैं वहाँ काम करते हुए पढ़ भी लूँगा।"

भीष्म सिंह- "ठीक है, मैं कल देखता हूँ।" इतना कहकर वह चला गया। और अश्वनी फिर से चाय-नाश्ता परोसने में लग गया।

अगले दिन सबेरे भीष्म फिर से अकेले चाय पीने आया। लगभग नौ बजे रहे थे। उसने सीधे होटल के मालिक से कहा- "मैं अश्वनी को लेकर जा रहा हूँ। आधे घंटे में आता हूँ।" होटल का मालिक मना नहीं कर पाया, क्योंकि भीष्म पुराने कस्टमर थे। वो सालों से वहाँ चाय पीने आते थे।

भीष्म सिंह की सभी कोचिंग वालों से बहुत अच्छी पहचान थी, सभी कोचिंग वाले उनकी मेहनत का सम्मान करते थे। उन्होंने गाड़ी नर्मदा बुक डिपो के सामने खड़ी की और अश्वनी को ऊपर लेकर गए जहाँ लिखा था- 'गुरुकुल'। वहाँ एक चश्मा लगाए दुबले-पतले व्यक्ति ऑफिस में बैठे थे। गेट खोलते ही उन्होंने कहा- "आइए भीष्म सिंह भैया, आइए बैठिए।"

भीष्म सिंह बैठ गए। अश्वनी डरा-सहमा खड़ा रहा।

उस आदमी ने कहा- "तुम भी बैठो भाई।" अश्वनी एक चेयर पर बैठ गया

भीष्म सिंह ने कहा- "बृजेंद्र भाई, आपसे एक काम है।"

उस दुबले-पतले आदमी का नाम बृजेंद्र शुक्ला था जिसे सब शुक्ला सर कहते थे। वे एक भले और नेकदिल इंसान थे। हमेशा सबकी मदद को तैयार रहते थे। शुक्ला सर ने कहा- "बताओ भीष्म भैया, कैसी मदद चाहिए?"

भीष्म सिंह- "ये अश्वनी है। बाहर से यहाँ पढ़ने आया है। इसके लिए कोई काम होगा तो इसे रख लीजिए।"

शुक्ला सर- "ठीक है। कल से काम पर आ जाना। सबेरे-शाम कोचिंग में बैठना पड़ेगा। कर लोगे न?"

"जी सर, मैं कर लूँगा" अश्वनी उत्साह के साथ बोला।

शुक्ला सर- "पंद्रह सौ रुपए मिलेंगे।"

अश्वनी अंदर ही अंदर बहुत खुश था, उसका मन उछलने को कर रहा था, पर अपना धैर्य बनाकर बैठा हुआ था।

भीष्म सिंह- "ठीक है शुक्ला जी, हम चलते हैं।"

अश्वनी ने भी सर को नमस्कार किया। फिर दोनों बाहर आ गए थे। अश्वनी बार-बार धन्यवाद भैया, धन्यवाद भैया कह रहा था।

भीष्म सिंह- "पढ़ाई अच्छे से करना। मैं तेरी रिपोर्ट लेता रहूँगा, समझे।"

जी भैया- "अश्वनी ने कहा।"

अश्वनी ने भीष्म सिंह को प्रणाम किया। भीष्म सिंह- "ठीक है। अच्छा, रुकने की क्या व्यवस्था है?"

अश्वनी- "होटल के गोदाम में ही रुकता हूँ, भैया।"

भीष्म सिंह ने कहा- "चल गाड़ी में बैठ।"

भीष्म सिंह पहले पंजाबी कॉलोनी के अंदर सेठी हॉस्टल ले गया। वहाँ रूम तो खाली था मगर प्रति बेड आठ सौ रुपए चार्ज था।

भीष्म सिंह ने पूछा- "ठीक है ?"

अश्वनी ने सिर हिलाया और न बोला। आठ सौ रुपए उसके लिए ज्यादा थे। फिर भीष्म सिंह उसे गांधी चौक से कुछ मीटर की दूरी पर स्थित गोपी हॉस्टल लेकर गए। वहाँ भी प्रति बेड सात सौ रुपए चार्ज था।

अश्वनी ने फिर इनकार किया। अश्वनी अधिकतम पाँच सौ रुपए तक का बेड चाह रहा था। गांधी चौक के आस-पास के सारे हॉस्टल छानकर देख डाले, सभी में दर सात सौ रुपए या आठ सौ रुपए प्रति बेड ही थी। रूम खोजते-खोजते शाम हो गई थी। भीष्म सिंह ने कहा- "चल, आज मेरे रूम चल, वहीं सो जाना।"

भीष्म सिंह बिलासपुर के गांधी चौक से लगभग दो किमी दूर स्थित मधुबन रोड में रहते थे। उन्होंने एक बड़ा हॉल ले रखा था। उनके पास एक ही तखत था। बाथरूम अटैच था। रात में भीष्म सिंह ने खाना बनाया और अश्वनी के साथ मिलकर खाया।

भीष्म सिंह ने एक बिस्तर ऊपर लगाया और एक नीचे जमीन पर। भीष्म सिंह खुद नीचे सो गए और अश्वनी को ऊपर सोने के लिए कहा।

अश्वनी ने कहा- "पाप का भागीदार मत बनाइए भैया। मुझे नीचे सोने दीजिए।"

भीष्म सिंह ने कहा- "इसमें क्या पाप-पुण्य। चल ऊपर सो जा।"

अश्वनी, भीष्म सिंह की बात नहीं टाल सका। वह ऊपर सोने चला गया। तखत पर मुलायम गद्दा था। ऐसे गद्दे पर वह कभी नहीं सोया था। वह गाँव में भी जमीन पर ही कथरी बिछाकर सोता था। वह सोचने लगा- "मैं अधिकारी बनूँगा तो अपने बाबूजी के लिए ऐसा ही बिस्तर लूँगा, वो बड़े खुश होंगे।" कुछ देर में दोनों की नाक बजने लगी।

ईश्वरीय न्याय के तराजू में दोनों पलड़े हमेशा बराबर रहते हैं। एक तरफ संघर्ष देता है, तो दूसरी तरफ सहयोग। संघर्ष और सहयोग दोनों के मिलन से हर समाज तथा हर व्यक्ति आगे बढ़ता है। संघर्ष ज्यादा हो तो आत्मविश्वास टूट जाता है। टूटे हुए आत्मविश्वास से कोई बड़ा काम नहीं हो सकता, कोई सपना पूरा नहीं हो सकता। वहीं सहयोग की अधिकता से व्यक्ति दूसरों पर निर्भर हो जाता है। वह स्वयं प्रयास करना छोड़ देता है। वह निष्क्रिय हो जाता है। अत:जीवन में संतुलन आवश्यक है। संतुलन ठीक उसी प्रकार होना चाहिए जैसे खेल दिखाने वाले का रस्सी पर चलते हुए होता है।

सुबह हो चुकी थी। लगभग आठ बज गए थे। भीष्म सिंह उठ चुका था, लेकिन अश्वनी अभी भी सो रहा था। ऐसा लग रहा था मानो बरसों की थकान मिटा रहा हो। कुछ पल सुख के आते हैं, उन्हें पकड़कर रख लेना चाहिए। कभी साधारण-सी दिखने वाली चीजों में खुशियाँ असाधारण होती हैं। यह बिस्तर भी अश्वनी के लिए वैसा ही था।

सबेरे चाय-नाश्ते के बाद दोनों पुनः रूम खोजने चल दिए। मधुबन रोड जहाँ भीष्म सिंह रहते थे, वहीं आस-पास रूम देखने लगे। वहाँ सभी रूम आठ सौ रुपए प्रति बेड के हिसाब से थे, जो अश्वनी के लिए महँगा पड़ रहा था। अपने बजट में रूम खोजते हुए ऐसा लग रहा था मानो कोई देवता रूठकर चल दिया हो और उसको खोज रहे हों। उम्मीद टूट चुकी थी। दोनों ने ठान लिया था कि अब आखिरी हॉस्टल देख लेते हैं, वहाँ नहीं मिलेगा तो आठ सौ रुपए वाला ही ले लेंगे।

आखिरी हॉस्टल जूना बिलासपुर के नागोराव शेष स्कूल के पास था। जहाँ अश्वनी काम करता था उसी के आगे एक पाँच रूम वाला छोटा हॉस्टल था। वहाँ पहुँचकर दरवाजा खटखटाया। एक सुंदर-सी स्त्री बाहर आई। उसने पूछा- "क्या है?"

भीष्म सिंह- "रूम देखना है।"

स्त्री- "एक ही रूम खाली है।"

भीष्म सिंह- "किराया कितना है?"

स्त्री- "आठ सौ रुपए प्रति बेड।"

भीष्म सिंह समझ गया कि आठ सौ रुपए प्रति बेड से नीचे रूम खोजना सिविल सर्विस पास करने से भी कठिन काम है।

भीष्म सिंह ने कहा- "हमारे बजट से बाहर का है।"

स्त्री- "सबसे ऊपर एक स्टोर रूम है, जो खाली पड़ा है। आप चाहो तो उसे देख सकते हो।"

भीष्म सिंह और अश्वनी एक स्वर में बोले- "ठीक है, देख लेते हैं।"

स्त्री ने छत पर जाकर ताला खोला। वहाँ एक छोटा-सा रूम था। उसकी छत भी काफी नीचे बनी थी। ठंड के दिनों को तो जैसे-तैसे काटा जा सकता था परंतु गर्मी के दिनों में रहना मुश्किल ही होता। फिर भी अश्वनी ने कहा- "यह रूम ठीक है, भैया।"

भीष्म सिंह ने स्त्री से पूछा- "इसका किराया कितना है?"

स्त्री ने जवाब दिया- "पाँच सौ रुपए रूम का।"

भीष्म सिंह- "इस रूम में एक बेड तो आएगा। दूसरा तो रह ही नहीं सकता। इसका चार सौ रुपए देंगे।"

स्त्री ने कहा- "साढ़े चार सौ रुपए से नीचे नहीं दूँगी भैया। आपको रखना है तो रखिए वरना आप जा सकते हैं।"

भीष्म सिंह- "ठीक है, साढ़े चार सौ रुपए में यह पक्का हुआ।" अश्वनी की ओर इशारा करते हुए कहा- "कल से यह लड़का यहाँ रहने आएगा।"

स्त्री- "ठीक है, कल आ ही जाना नहीं तो मैं किसी और को दे दूँगी।"

दोनों बहुत खुश थे, जैसे उन्होंने पहाड़ तोड़ लिया हो। दोनों फिर भाऊ के चाय ठेले पर आए और एक-एक कप चाय पी। चाय के बाद दोनों शुक्ला सर की कोचिंग गए। शुक्ला सर अभी पहुँचने वाले थे। अश्वनी डरा सहमा-सा बैठा था। तभी शुक्ला सर आए।

शुक्ला सर ने पहुँचते ही अश्वनी को देखकर कहा- "अश्वनी, तुम सामने बैठकर काउंसलिंग करना। कोई आएगा तो उसे फीस वगैरह बताना। पम्फ्लेट में सब लिखा है।"

अश्वनी को बड़ा आश्चर्य हुआ कि सर ने उसके नाम को एक मुलाकात में ही याद रखा है।

वह ऑफिस के पास काउंसलिंग टेबल पर बैठने लगा। जो भी आता उसे फीस और क्लास की टाइम समझाने लगा।

समय बीतने के साथ अश्वनी अपने काम में एक्सपर्ट हो गया था। शुक्ला सर क्लास लेते थे तब वह बैठा-बैठा ध्यान से सुनता रहता था। एक दिन अश्वनी ने सर से परमिशन लेकर क्लास में बैठना भी शुरू कर दिया। वह क्लास की सबसे पीछे वाली बेंच पर बैठता और कोचिंग के बारे में पूछने के लिए कोई आता तो क्लास से बाहर आकर काउंसलिंग करता था।

शुक्ला सर समाजशास्त्र की नई परिभाषा गढ़ रहे थे। समाजशास्त्र प्रारंभिक परीक्षा और मुख्य परीक्षा में स्कोरिंग था। परीक्षा में जिस सब्जेक्ट में ज्यादा व्यक्ति बैठते थे, उस सब्जेक्ट को स्केलिंग में लाभ होता था।

अश्वनी भी प्रारंभिक परीक्षा के लिए समाजशास्त्र का अध्ययन बड़े मजे के साथ करता था। वह समाजशास्त्र में धीरे-धीरे अपनी पकड़ बनाने लगा। शुक्ला

सर की क्लास करने का बहुत लाभ हो रहा था।

समय-समय पर भीष्म सिंह भी शुक्ला सर से मिलकर अश्वनी की रिपोर्ट लेते रहते थे। शुक्ला सर भी उसके काम से खुश थे। कुछ ही दिनों में अश्वनी ने काम और पढ़ाई से सबके मन जीत लिए थे।

ठंड की एक दोपहर में कोचिंग क्लास में बैठकर अश्वनी गणित के प्रश्नों में उलझा हुआ था। तभी तीन नौजवान कोचिंग क्लास में आए। उनमें से एक ने कहा- "यहाँ कौन-कौन सी क्लास चलती हैं?"

अश्वनी ने बताया- "7 से 8 बजे तक गणित। फिर 8 से 9 तक सामान्य अध्ययन। फिर 9 से 10 तक समाजशास्त्र और 10 से 11 तक मुख्य परीक्षा हेतु समाजशास्त्र।"

उनमें से एक लड़के ने कहा- "इनका बेवकूफ बनाने का अभियान है।"

इतना सुनते ही अश्वनी ने कहा- "तमीज में रहो।"

तीसरे लड़के ने अश्वनी का कॉलर पकड़ लिया, तभी शुक्ला सर आ गए और मामला शांत कराया। उन्होंने अश्वनी को समझाया कि कोचिंग में कई प्रकार के लोग आते हैं, कुछ लोग जान-बूझकर यही हरकत करने आते हैं और कुछ लोगों को भेजा जाता है।

अश्वनी को सर की बात समझते देर नहीं लगी। "माफ कीजिए सर! मुझसे गलती हो गई।" उसने नम आँखों से कहा।

शुक्ला सर बोले- "कोई बात नहीं अश्वनी। अपना गुस्सा अपने लिए बचाकर रखो। इसे पढ़ाई में लगाओ।"

अश्वनी समझ गया था कि यह गाँव नहीं जहाँ युद्ध प्रत्यक्ष होता है। यह शहर है जहाँ युद्ध अप्रत्यक्ष होता है। हर वक्त युद्ध चलता रहता है। कोई-न-कोई व्यक्ति हर पल आपको नीचे गिराने में लगा रहता है। आत्मबल और मेहनत से ही इसका प्रतिरोध संभव है।

छूटती साँसें

सूर्यकांत समय के साथ नीलिमा को भूलने का प्रयास करने लगा। लेकिन जब भी वह कॉलेज जाता वो दिख ही जाती थी। उसको देखकर ऐसा लगता था, मानो किसी ने उसके पुराने जख्मों को कुरेद दिया हो। जैसे वह दर्द से काँप उठा हो। वह बहुत विचलित और व्याकुल हो उठता था। सूर्यकांत का मन कॉलेज में नहीं लगता था। वह केवल राजा से मिलने के नाम से जाता था।

सूर्यकांत और राजा कॉलेज परिसर में बैठे थे, तभी सूर्यकांत ने उससे पूछा- "तेरा क्या चल रहा है, घर में सब कैसे हैं?"

राजा ने बताया- "कुछ नहीं, बस कैरियर को लेकर चिंतित हूँ। सोच रहा हूँ कोचिंग ज्वॉइन करूँ। तू भी करेगा क्या?"

सूर्यकांत ने कहा- "मैं कहाँ तैयारी कर पाऊँगा।"

राजा- "चल न कोचिंग ज्वॉइन करते हैं।"

सूर्यकांत- "मैं पढ़ने वाला नहीं हूँ भाई, कोचिंग जाकर क्या करूँगा।"

राजा- "चल न, वहाँ कम-से-कम टाइम पास तो होगा।"

सूर्यकांत- "पहले शैक्षणिक भ्रमण से होकर आते हैं, फिर सोचते हैं।"

कॉलेज से प्रत्येक वर्ष शैक्षणिक भ्रमण पर जाते थे। इस वर्ष भी चार दिन बाद शैक्षणिक भ्रमण पर जाना था। कॉलेज से लगभग पचास लोग जा रहे थे। सूर्यकांत और राजा भी जा रहे थे। बस लग चुकी थी। सब बस में बैठ गए थे, यादव सर ने फिर से गिनती की, 49 लोग बैठे थे। एक विद्यार्थी नहीं पहुँचा था। यादव सर लिस्ट निकालकर मिलान करने लगे। एक-एक का नाम लेते गए।

महेश?

यस सर!

सार्थक?

यस सर!

सूर्यकांत?

यस सर!

राजा?

यस सर!

महेश्वरी-

यस सर!

नीलिमा...?

कोई आवाज नहीं आई।

लेकिन सूर्यकांत को दिल की आवाज आने लगी थी। सूर्यकांत समझ गया कि शैक्षणिक भ्रमण में नीलिमा भी जा रही है।

सूर्यकांत- "तू पहले बताता तो मैं नहीं जाता, राजा।"

राजा- "तू ओवर रिएक्ट क्यों करता है भाई, बाकी लोग भी हैं।"

सूर्यकांत गुस्से से बस के अंदर गया और अपना सामान उठाकर नीचे उतर आया- "मैं नहीं जा रहा हूँ।"

राजा ने समझाते हुए कहा- "सूर्यकांत, चल मेरे भाई, कुछ नहीं होगा।"

राजा ने सोचा कि नीलिमा के ब्लड देने वाली बात उसे बता दे लेकिन फिर कसम याद आ गई। मुँह से निकलते-निकलते रोक लिया।

नीलिमा आ गई थी। ब्लैक ड्रेस में वह बहुत सुंदर दिख रही थी। वह बस में सामान रखकर चिल्लाकर बोली- "चलो राजा भैया, जल्दी बैठो। पहले से ही देर हो गई है।"

राजा भी सूर्यकांत को छोड़कर बस में बैठ गया। सूर्यकांत सामान लेकर लौट रहा था, तभी उसके कानों में एक आवाज सुनाई पड़ी- "सूर्यकांत, तुम भी जल्दी से बैठो।"

वह नीलिमा की आवाज पहचान चुका था। वह अंदर ही अंदर बहुत खुश हुआ। जिसकी मूर्ति अपने मन में बिठाकर रखी थी उसने, उसी मूर्ति ने उसे पुकारा था। भला उस मूर्ति को सूर्यकांत निराश कैसे कर सकता था। वह भी बस में बैठ गया। राजा ने व्यंग्य से पूछा- "तू तो घर जा रहा था?"

सूर्यकांत ने धीरे से कहा- "पर तेरी बहन नीलिमा ने तो रोक लिया।"

दोनों हँसने लगे।

बस में सब मजा कर रहे थे। समय बिताने के लिए अंताक्षरी खेल रहे थे। नीलिमा की बारी 'श' शब्द से गाने की थी। उसने गाया- "शायद मेरी शादी का खयाल दिल में आया है, इसीलिए मम्मी ने मेरी तुझे चाय पे बुलाया है।"

'ह' शब्द से सूर्यकांत ने तुरंत गाया- "हमको तुमसे हो गया है प्यार क्या करें, बोलो तो जिएँ बोलो तो मर जाएँ।"

हँसी-मजाक के साथ बस बढ़ने लगी थी। रात एक ढाबे में भोजन के लिए बस रुकी। कुछ लोग घर से टिफिन लेकर गए थे और कुछ ढाबे से मँगाकर खा रहे थे। सूर्यकांत और राजा दोनों ने वेटर को ऑर्डर देते हुए कहा- "दो चिकन बिरयानी देना यार।"

'ठीक है साहब' कहकर वेटर चला गया। नीलिमा ने उन्हें खाने का ऑर्डर देते सुना तो पास आकर बोली- "राजा भैया, मेरे पास टिफिन में पर्याप्त खाने का है, मिलकर खाते हैं।"

राजा ने नरम स्वर में कहा- "वेटर, यहाँ का ऑर्डर कैंसिल कर दो।"

नीलिमा दोनों के लिए प्लेट में टिफिन से खाना निकालने लगी। नीलिमा और राजा खूब गप्पें मार रहे थे। सूर्यकांत चुपचाप बैठा था। बीच-बीच में नीलिमा बस इतना ही कहती थी- "तुम भी खाओ न सूर्यकांत।"

कभी-कभी कहती- "सब्जी माँ ने बनाई है, कैसी लग रही है, सूर्यकांत?" फिर खुद ही जवाब देती- "अच्छी ही बोलना, नहीं तो टाँगें तोड़ दूँगी।" फिर हँस पड़ती।

सूर्यकांत बैठे-बैठे सोचने लगा- 'मुकद्दर भी क्या शै होती है। जब हम किसी चीज को पकड़ने के लिए उसके पीछे भागते हैं तो वह चीज हमसे दूर होती जाती है, लेकिन जैसे ही हम उस चीज से दूर होने का प्रयास करते हैं, वही हमारे पीछे चलने लगती है। नीलिमा भी वैसी है। जब मैं उसके पास जाने का प्रयास कर रहा था तो वह मुझसे दूर हो रही थी। लेकिन अब मैं उससे दूर होने का प्रयास कर रहा हूँ तो वो वह मेरे पास आ रही है। आश्चर्य तो यह है कि इस बात का पता उसे भी नहीं है और करीब आते जा रही है।'

दूसरे दिन सबेरे बस आगरा पहुँची। वहाँ सब के सब एक बड़े-से होटल में रुके थे। सब तैयार होकर बस में बैठ गए थे। सभी बड़े उत्सुक थे क्योंकि ताजमहल देखने जा रहे थे। पुस्तकों में जिस ताजमहल के बारे में पढ़ते थे उसे साक्षात देखने के लिए जा रहे थे। सूर्यकांत भी बहुत खुश था लेकिन ताजमहल

के लिए नहीं, कल रात टिफिन और टाँगें तोड़ देने वाली बात को लेकर।

जैसे ही मुख्य प्रवेश द्वार से ताजमहल के परिसर में पहुँचे, विद्यार्थियों में किसी को भी यकीन नहीं हुआ कि वो कहाँ पहुँच गए थे। ऐसा लगा रहा था मानो कोई सपना देख रहे हों।

नीलिमा ने उछलकर कहा- "राजा भैया, मैं सपना देख रही हूँ क्या?"

राजा- "हाँ नीलिमा, ये किसी सपने से कम नहीं है।"

नीलिमा- "इसे मुमताज की याद में शाहजहाँ ने बनवाया है।"

नीलिमा- "कितनी खुशनसीब थी मुमताज जिसको बेइंतहा प्यार करने वाला मिला।"

राजा- "हाँ, लेकिन इसमें क्या बात है?" कहकर राजा ने कहीं पर पढ़ी हुई एक शायरी नीलिमा को सुना दी।

"कोई अपने को हीर कहता है
कोई अपने को राँझा
एक दिन हम यह भी दिखलाएँगे
राजा को मुमताज मिले तो
हम भी ताजमहल बनवाएँगे।"

नीलिमा- "आज राजा भैया शायर हो गए हैं, क्या बात है?"

सूर्यकांत इन भाई-बहन की बातों को सुन रहा था। तभी नीलिमा ने कहा- "सूर्यकांत, तू क्यों चुप है?" फिर खुद से बोल पड़ी- "तू तो नीरस है।"

'नीरस बनाया भी किसने?' सूर्यकांत ने सोचा बोल दे, लेकिन साहस नहीं हुआ।

ताजमहल के चबूतरे पर जाकर सबने संगमरमर को छूकर देखा। सभी खुश थे। सबको मजा आ रहा था।

ताजमहल शाहजहाँ और मुमताज के अटूट प्रेम का प्रतीक है। प्रवेश द्वार में कदम रखते ही दोनों ओर बगीचे हैं। बीच में तालाब जैसा बना है जिसमें फव्वारे लगे हुए हैं। ताजमहल के चारों ओर गुंबद बने हुए हैं। ताजमहल को संगमरमर से तराशा गया है। वह सबेरे गुलाबी, शाम को दूधिया, और चाँद की रोशनी में हल्का नीला नजर आता है। उसकी सुंदरता के वर्णन के लिए कोई शब्द ही नहीं है।

आगरे का किला और अजायबघर घूमने के बाद सभी दिल्ली के लिए निकल गए। बस में एक बार फिर से मस्ती-मजाक होने लगा था। सब एक-दूसरे

की टाँग खींचने में लगे थे। नीलिमा अपने राजा भैया की टाँग खींचते हुए बोली- "मजनू की औलाद तेरी लैला कहाँ।"

राजा ने सूर्यकांत के कंधे पर हाथ रखकर कहा- "ये मेरी लैला है।"

सब ठहाके लगाने लगे। नीलिमा सूर्यकांत को देखते हुए बोली- "ओ लैला!" फिर किसी ने पीछे से गाना शुरू कर दिया- "लैला मैं लैला, हर कोई चाहे मुझसे मिलना अकेला।"

हँसी-मजाक करते हुए कब दिल्ली पहुँच गए पता ही नहीं चला। यादव सर ने निर्णय लिया कि सब थके हुए हैं तो होटल पर ही आराम करेंगे। अगले दिन सुबह से दिल्ली घूमने चलेंगे। सब थके थे इसलिए अपने-अपने कमरे में सोने चले गए। सुबह होते ही सब तैयार होकर दिल्ली का लाल किला देखने पहुँचे। वह लाल किला जो बलुआ पत्थर से बना हुआ है, जिसकी ऊँची-ऊँची दीवारें सोचने पर मजबूर करती हैं कि पत्थरों को ऊपर कैसे ले जाया गया होगा, वह लाल किला जो भारत की एकता, अखंडता और राष्ट्रीयता का प्रतीक है। वह लाल किला जहाँ देश की शान तिरंगा लहराता है।

लाल किले के पास पहुँचते ही नीलिमा थोड़ी शांत हो गई थी। अब उसकी चंचलता गायब हो चुकी थी। वह उत्साहित नहीं दिख रही थी। नीलिमा बार-बार अपने हाथ को सिर पर रख रही थी। वह बहुत कोशिश करके एक-एक कदम आगे बढ़ा रही थी।

सूर्यकांत की नजर उस पर पड़ी तो उसने पूछा- "नीलिमा, तुम ठीक तो हो न?"

"हाँ, मैं ठीक हूँ। तुम लोग चलो, मैं धीरे-धीरे आती हूँ।" उसने कहा।

राजा थोड़ा आगे निकल चुका था। सूर्यकांत ने उसको आवाज दी- "राजा, इधर आ, शायद नीलिमा की तबियत ठीक नहीं है।"

राजा दौड़कर नीलिमा के पास पहुँचा- "नीलिमा, क्या हुआ?"

"कुछ नहीं भैया।" नीलिमा ने जवाब दिया फिर वह राजा और सूर्यकांत के बीच में चलने लगी।

कुछ दूर चलने के बाद ही नीलिमा का सिर घूमने लगा। वह जमीन पर चक्कर खाकर गिरने वाली थी कि सूर्यकांत ने दोनों हाथों से उसे थाम लिया। वह बेहोश हो चुकी थी। सूर्यकांत ने उसे एक पेड़ के नीचे बनी बेंच पर लिटाया। फिर दौड़कर पानी लाया और उसके चेहरे पर छींटे मारे। नीलिमा ने आँखें खोलीं

लेकिन सब चीजें बहुत अस्पष्ट दिख रही थीं। वह फिर बेहोश हो गई। सूर्यकांत ने नीलिमा को उठा लिया और चलते-चलते राजा से कहा- "इसको हॉस्पिटल लेकर जा रहा हूँ। तू जल्दी से सर को बताकर आ।"

राजा भी दौड़ते हुए यादव सर के पास गया और सारी बातें बता दीं। उसने कहा- "सर, आप लोग घबराइए मत, चक्कर आ रहा है, तो हो सकता है ब्लड प्रेशर बढ़ गया हो। हम इलाज कराके होटल में ही मिलेंगे। आप लोग आज का टूर कम्प्लीट करके वहीं आइएगा।"

राजा फिर भागते हुए रोड पर पहुँचा। तब तक सूर्यकांत ने नीलिमा को ऑटो में लिटा दिया था। ऑटोवाला स्टार्ट कर ही रहा था कि राजा तेजी से आकर सामने बैठ गया। पीछे सूर्यकांत ने नीलिमा का सिर अपनी गोद में रखा था।

ऑटोवाले ने पूछा- "कहाँ चलना है भैया ?" सूर्यकांत गुस्से से बोला- "तुझे कितनी बार बताऊँ! यहाँ का जो भी सबसे बड़ा हॉस्पिटल है वहाँ ले चल।"

ऑटोवाले ने सीधे एक बड़े हॉस्पिटल के सामने ले जाकर ऑटो खड़ा कर दिया। वह गंगाराम हॉस्पिटल था। दिल्ली के बड़े अस्पतालों में से एक।

हॉस्पिटल पहुँचते ही वार्डबॉय नीलिमा को इमरजेंसी वार्ड में लेकर गया। सूर्यकांत ने बताया- "चक्कर खाकर गिर गई थी, कुछ देर के लिए होश आया था लेकिन कुछ भी नहीं देख पा रही थी, फिर बेहोश हो गई।"

जूनियर डॉक्टरों ने स्थिति की गंभीरता को देखते हुए सीनियर डॉक्टरों को सूचित कर दिया और नीलिमा को एम.आर.आई. के लिए लेकर चले गए। प्रक्रिया पूरी होते ही एक सीनियर डॉक्टर ने रिपोर्ट का इंतजार किए बिना एम.आर.आई. कक्ष में आकर वहीं बैठकर नीलिमा की एम.आर.आई. फिल्म को देखा। एम.आर.आई. को देखते ही वे मामले की गंभीरता को समझ गए थे। बाहर निकलते ही उन्होंने पूछा- "इनके साथ कौन है ?"

"जी, मैं हूँ सर।" सूर्यकांत ने कहा।

डॉक्टर ने बताया- "इनको ब्रेन ट्यूमर है। स्थिति ऐसी है कि दो घंटे के अंदर ऑपरेशन करना होगा। ऑपरेशन नहीं हुआ तो कोमा में चली जाएँगी। उसके बाद इनका बच पाना असंभव है। ऑपरेशन में पाँच लाख रुपए लगेंगे। जितनी जल्दी हो सके आप डिसीजन ले लीजिए।"

सूर्यकांत तुरंत वहाँ से दौड़ पड़ा। उसने हॉस्पिटल के पास के टेलीफोन बूथ से एक फोन लगाया। उधर से जयंती देवी बोली- "हैलो!"

सूर्यकांत हड़बड़ी में बोला- "मम्मी, पापा कहाँ हैं?"

"क्या बात है बेटा?"

"पापा से बात कराइए।"

"ऑफिस गए हैं बेटा।"

सूर्यकांत फोन काटकर तुरंत ऑफिस में फोन लगाता है। योगानंद के ऑफिस वाले फोन की घंटी बार-बार बज रही थी। वे महत्त्वपूर्ण मीटिंग ले रहे थे। मीटिंग रूम से फोन की घंटी स्पष्ट रूप से सुनाई पड़ रही थी। योगानंद ने अपने चपरासी को बुलाया और कहा कि देखो फोन पर कौन है, जो भी हो उससे कहना मैं मीटिंग के बाद बात करूँगा।

चपरासी ने फोन उठाया- "हैलो, साहब बिजी हैं। मीटिंग के बाद आपको फोन लगाएँगे, अपना नाम बता दीजिए।"

"मैं सूर्यकांत बोल रहा हूँ। पापा से अर्जेंट बात करनी है, आप उनसे जाकर कहिए।"

'जी साहब' कहकर चपरासी ने योगानंद के पास जाकर कान में बताया- "छोटे मालिक हैं साहब, आपसे कुछ अर्जेंट बात करनी है उनको।"

योगानंद उठकर तुरंत फोन अटैंड करने चले गए। फोन उठाकर बोले- "बोलो बेटा।"

सूर्यकांत ने रोते हुए कहा- "पापा! पापा!"

योगानंद भी भावुक हो गए- "बोलो न बेटा, क्या बात है!"

सूर्यकांत- "पापा, मुझे पाँच लाख चाहिए।"

योगानंद- "इतनी बड़ी रकम का क्या करेगा बेटा?"

सूर्यकांत- "पापा, वो नीलिमा है न, उसका ऑपरेशन कराना है। दो घंटे के अंदर ऑपरेशन नहीं होगा तो मर जाएगी, पापा। वो मर जाएगी। मर जाएगी पापा। दिल्ली के गंगाराम हॉस्पिटल में हूँ।"

योगानंद समझ गए कि नीलिमा में ही उनके बेटे की जान है। नीलिमा की जान बचाना अपने बेटे की जान बचाने के बराबर है। योगानंद ने कहा- "ठीक है बेटा, पंद्रह-बीस मिनट में वहीं का व्यापारी तुम तक रुपए पहुँचा देगा।"

यह सुनकर सूर्यकांत को थोड़ी राहत मिली।

योगानंद- "ठीक है बेटा, मैं बोल देता हूँ। किसी भी चीज की जरूरत हो तो उसे ही कह देना।"

सूर्यकांत- "जी पापा।"

उधर हॉस्पिटल में, कुछ देर में एक आदमी ने आकर पूछा- "सूर्यकांत आप ही हैं?"

"हाँ-हाँ, मैं ही हूँ।"

एक ब्रीफकेस देते हुए उसने कहा- "योगानंद जी ने आपको देने के लिए कहा है। मेरे लायक कुछ और सेवा हो तो बताइएगा जरूर।" वह अपने घर और ऑफिस दोनों का नंबर देकर चला गया।

सूर्यकांत ने पैसे जमा किए। नीलिमा को ऑपरेशन के लिए ले जाया गया। ऑपरेशन थियेटर के बाहर लाल बत्ती जल रही थी। सूर्यकांत का जी घबरा रहा था। वह इधर से उधर बेचैनी में घूम रहा था। दो घंटे हो गए थे लेकिन ऑपरेशन अभी तक समाप्त नहीं हुआ था। कुछ देर में ऑपरेशन पूरा करके डॉक्टर बाहर आए।

सूर्यकांत ने डॉक्टर के पास जाकर पूछा- "उसकी हालत कैसी है सर?"

डॉक्टर- "ठीक है। ऑपरेशन सफल रहा। घबराने की बात नहीं है। ये ऑपरेशन समय पर नहीं होता तो वह बच ही नहीं पातीं। कल सबेरे तक ही होश में आ पाएँगी।"

सूर्यकांत और राजा दोनों अब थोड़े शांत थे। दोनों अच्छा महसूस कर रहे थे। दोनों के चेहरे पर हल्की-सी हँसी आ चुकी थी।

राजा ने मुस्कराते हुए कहा- "भाई! तूने बहुत बड़ा काम किया है। आज तेरी वजह से ही नीलिमा की जान बच पाई है।"

सूर्यकांत ने विनम्र भाव से कहा- "ईश्वर ने इसकी जान बचाने के लिए मुझे माध्यम बनाया है, इसलिए मैं ईश्वर का आभारी हूँ।"

"मैं नीलिमा के होश में आते ही बता दूँगा कि तूने कैसे उसकी जान बचाई। वो तेरी फीलिंग्स को जरूर समझेगी।" राजा ने उत्साह के साथ कहा।

सूर्यकांत उसके कंधे पर हाथ रखते हुए बोला- "नहीं राजा। तू नीलिमा को कभी मत बताना। यह घटना एक राज रहे। उसके ब्रेन ट्यूमर के बारे में जिक्र भी मत करना।"

राजा ने पूछा- "पर क्यों नहीं बताऊँ सूर्यकांत? यह बात बताने से वो तेरे बहुत करीब आ जाएगी। तेरा उसको पाने का सपना पूरा हो जाएगा।"

सूर्यकांत ने जवाब दिया- "मैं उसे एहसान तले दबाकर उसका प्रेम हासिल

नहीं करना चाहता। प्रेम तो निःस्वार्थ होता है। तुझे पता है राजा, हीर-राँझा, सोहनी-महिवाल दिखने में बहुत साधारण थे। बहुत सुंदर नहीं थे, फिर भी उनकी प्रेम कथाएँ अमर हैं क्योंकि उनके मन के भाव सुंदर थे। मैं नीलिमा को पाना तो चाहता हूँ लेकिन एहसान से नहीं।"

सूर्यकांत आई.सी.यू. के पास चला गया। राजा वहीं खड़ा रहा। सूर्यकांत के प्रेम के बारे में राजा जानता तो था, पर उसका प्रेम गंगाजल की भाँति इतना निर्मल है, आज जाना। राजा को भी एहसास हुआ कि सच्चा प्रेम होता क्या है।

सूर्यकांत आई.सी.यू. के पर्दे हटाकर बार-बार नीलिमा को ताक रहा था। वह उसकी सेवा के लिए बेचैन था। नीलिमा को होश नहीं आया था। सूर्यकांत आई.सी.यू. के बाहर ही खड़ा रहता। नीलिमा को देखता, फिर इधर-उधर टहलता। पूरी रात इसी तरह उसने निकाल दी। सूर्यकांत ने राजा को वेटिंग हॉल में सोने के लिए भेज दिया था। सबेरे नौ बजे के आस-पास सूर्यकांत नहाने गया था, उसी समय नीलिमा होश में आई। होश में आते ही उसने इधर-उधर देखा। फिर उसकी नजर राजा पर पड़ी। वह उसे होश में देखकर उसके पास पहुँच गया था।

"नीलिमा, तुम ठीक तो हो न?"

नीलिमा ने अपने सर पर स्ट्रिच देखकर पूछा- "ये क्या हो गया है? मेरे सिर में हल्का-सा दर्द क्यों हो रहा है?"

राजा ने धीमी आवाज में सच्चाई को छिपाते हुए जवाब दिया- "कल चक्कर खाकर गिर गई थी न, इसलिए सिर में चोट लग गई थी। चोट गहरी थी इसलिए स्ट्रिच की जरूरत पड़ी।"

नीलिमा ने कहा- "राजा भैया धन्यवाद!"

"धन्यवाद क्यों नीलिमा?" राजा ने पूछा।

"मुझे हॉस्पिटल लाने के लिए, और क्यों?" नीलिमा ने कहा।

तब तक सूर्यकांत भी वहाँ आ गया था। जैसे ही राजा ने सच्चाई बताने की कोशिश की, सूर्यकांत ने उसके कंधे पर हाथ रखा और सिर हिलाकर न बोला। राजा समझ गया कि सूर्यकांत सब बातें गुप्त रखना चाह रहा था।

प्रेम केवल समर्पण माँगता है। वह केवल देना जानता है, लेना तो उसने कभी जाना ही नहीं।

भीष्म ज्ञान

अश्वनी का कोचिंग के काम में मन रम गया था। उसे काम करते तीन माह हो गए थे। वह खूब मन लगाकर पढ़ने लगा था। अश्वनी अपने पिता और बहन को याद करता था। वह जानता था कि घर से लगाव सफलता में बहुत बड़ा बाधक हो सकता है। इसलिए अपने मन को बहला-फुसलाकर किताबों पर केंद्रित करता था। अब अश्वनी का कुछ लोगों से परिचय भी हो गया था। उसे क्लास रूम की बातें भी समझ में आने लगी थीं।

भीष्म सिंह का जन्म दिन था। वे चालीस बसंत देख चुके थे। अपनी पूरी जवानी उन्होंने गांधी चौक को समर्पित कर दी थी। पर अभी भी अपने सपने से काफी दूर थे। साँप-सीढ़ी का खेल उनके जीवन का एक अंग बन गया था। 99 में जाने के बाद साँप का काटना और फिर से शून्य में पहुँच जाना जैसे उनकी नियति बन चुकी थी। भीष्म जी कर्मदेव की पूजा में अभी भी लगे हुए थे ताकि सिविल सर्विस देवी प्रसन्न हो जाए, वैसे ही जैसे विष्णु जी की पूजा से लक्ष्मी जी भी प्रसन्न होती हैं। अनुभव की कोई कमी उनके पास नहीं थी। पाँच बार इंटरव्यू से वापस आने का अनुभव था। अविभाजित मध्य प्रदेश में पाँच बार इंटरव्यू तक पहुँचना माउंट एवरेस्ट की चोटी पर पहुँचने जैसा ही था।

वर्ष 1999 में जब सिविल सर्विस की वैकेंसी आई, तो उस समय सिविल सर्विस देवी प्रसन्न हुई थीं। भीष्म सिंह जी काफी खुश थे लेकिन वो एक गलती कर बैठे। सिविल सर्विस देवी पर नारियल चढ़ाना भूल गए। फिर क्या था, सिविल सर्विस देवी रुष्ट हो गईं और छत्तीसगढ़ राज्य बना जिससे पदों की संख्या कम हो गई। भीष्म जी फिर से चूक गए। छत्तीसगढ़ राज्य बनने पर सारी जनता खुशी मना रही थी, लेकिन भीष्म जी आँसू बहा रहे थे। सिविल सर्विस देवी भी म.प्र. से अलग होने पर आँसू बहा रही थी। छत्तीसगढ़ की हरी-भरी, वन और खनिज

संपन्न धरती पर सिविल सर्विस की फसल नहीं उग पाई थी, जबकि इसका बीज सन् 2000 में बोया गया था। भीष्म सिंह भी इसी फसल के उगने के इंतजार में बैठे खाद-पानी तो देते रहते थे।

जन्म दिन के अवसर पर अश्वनी का खाना भी भीष्म सिंह के यहाँ था। अश्वनी उनके घर पर पहुँच चुका था। भीष्म जी खीर-पूड़ी बना चुके थे और पनीर की सब्जी बना रहे थे। उन्हें खाना पकाने का भी लंबा अनुभव था। बहुत स्वादिष्ट खाना पकाते थे।

दोनों खाना खाने बैठ गए। एक कौर खाकर अश्वनी ने पूछा- "इतना स्वादिष्ट खाना कैसे पकाते हो भैया?"

"पढ़ाई के जैसे खाना पकाना भी एक कला है।" भीष्म सिंह ने कहा।

"पढ़ाई कला कैसे है भैया, बताइए न?" अश्वनी ने पूछा।

"केवल पढ़ने से याद नहीं रहता, उसका समय-समय पर रिविजन करना होता है। उसके बारे में चिंतन-मनन करना पड़ता है।" भीष्म सिंह ने कहा।

अश्वनी- "पढ़ाई के बारे में और बताइए न भैया।"

"वर्तमान ज्ञान को पूर्व ज्ञान से जोड़ना चाहिए।" भीष्म सिंह ने बताया।

अश्वनी- "भैया, आपकी बात को मैं समझा नहीं पाया। विस्तार से बताइए।"

भीष्म सिंह ने समझाया- "तुम जब समाजशास्त्र में किम्बाल यंग की परिभाषा में शक्तियों का जाल पढ़ते हो तो उसे मैकाइवर पेज की समाज की परिभाषा, सामाजिक संबंधों के जाल से जोड़ दो। तब वह स्थायी रूप से याद रहेगा।"

अश्वनी- "भैया और सरल शब्दों में समझाइए न।"

"जब हम चट्टानों के बारे में पढ़ते हैं तो उसके साथ ही खनिज को जोड़ते हैं। कडप्पा चट्टान में चूना-पत्थर मिलेगा, गोडवाना में कोयला। अब समझ में आया?" भीष्म ने पूछा।

अश्वनी ने सिर हिलाते हुए कहा- "हाँ भैया।"

भीष्म सिंह- "ग्रुप डिस्कशन जरूर करना, उससे कॉन्सेप्ट क्लीयर होगा। प्री ऑब्जेक्टिव है। इसलिए आए हुए प्रश्नों को अधिक से अधिक हल करना। कभी भी प्री टेस्ट नहीं रुकेगा।"

अश्वनी के लिए ये सब नई बातें थीं। वह बहुत खुश था। आज उसे परीक्षा-उपयोगी कुछ नई जानकारियाँ मिली थीं। अश्वनी ने फिर पूछा- "भैया, विगत तीन वर्षों से वैकेंसी नहीं आई है। इस वर्ष आएगी कि नहीं?"

भीष्म सिंह निराशा के भाव से बोले- "पता नहीं क्या होगा।"

अश्वनी- "भैया, आप लोग आंदोलन क्यों नहीं करते हो। आंदोलन तो अपनी अभिव्यक्ति का अच्छा माध्यम है। वैकेंसी के लिए आप लोग सड़क की लड़ाई क्यों नहीं लड़ते भैया?"

भीष्म सिंह- "यहाँ के युवक बहुत शांत हैं। साथ नहीं देते हैं। आंदोलन को तो झंझट समझते हैं। तीन वर्षों से कोई वैकेंसी नहीं आई है और किसी ने कोई सुध नहीं ली है।"

अश्वनी ने कहा- "भैया, आंदोलन की शुरुआत कहीं न कहीं से तो करनी होगी। मैं आपके साथ हूँ, आप और लोगों को जोड़िए। आंदोलन के लिए आपको ही पहल करनी होगी।"

भीष्म सिंह- "ठीक है अश्वनी, कल सब कोचिंग वालों से बात करते हैं। रायपुर, आयोग में जाकर ज्ञापन सौंपने के लिए।"

भीष्म सिंह को तैयारी करते लंबा समय हो गया था। उन्हें सब कोचिंग वाले जानते थे। उन्होंने सारे कोचिंग वालों के पास जाकर रायपुर ज्ञापन सौंपने के लिए समर्थन माँगा। लगभग सभी कोचिंग सेंटर वालों ने समर्थन किया और बच्चों को उनके अधिकारों के लिए जागरूक भी किया। टेलीफोन के माध्यम से अन्य जिलों के कोचिंग सेंटरों से भी संपर्क किया गया। दो दिन बाद रायपुर में एक दिवसीय आंदोलन और ज्ञापन सौंपने का कार्यक्रम तय हो गया।

लोक सेवा आयोग के सामने तय दिन और समय पर विद्यार्थियों की भीड़ लगने लगी। देखते ही देखते संख्या भी बढ़ने लगी। लगभग पाँच सौ लोग 'लोक सेवा आयोग' ऑफिस के सामने खड़े हो गए। यह भीड़ सिविल सर्विस की तैयारी करने वाले विद्यार्थियों के आक्रोश को दर्शा रही थी। भीष्म सिंह भीड़ को शांत कराते हुए बोले- "भाइयो और बहनो, आज हम लोग अपने अधिकारों के लिए आए हैं। विगत तीन वर्षों से सिविल सर्विस की कोई भी वैकेंसी नहीं आई है। इसका हम पर विपरीत प्रभाव पड़ रहा है। हमारा मनोबल टूट रहा है। विद्यार्थियों के हित में आयोग और सरकार को फैसला लेना पड़ेगा।"

भीष्म सिंह का भाषण समाप्त होते-होते पुलिस आ गई थी। पुलिस ने शांत भीड़ पर लाठी चार्ज कर दिया। विद्यार्थी जो अपना हक माँगने आए थे, उन्हें पीटा जाने लगे। ऐसा लग रहा था मानो सब के सपनों पर डंडे चल रहे हों। देखते ही देखते सिविल सर्विस के विद्यार्थी आरोपी बन गए थे। इसी समय डी.पी. कॉलेज

में पढ़ने वाले विद्यार्थी राम प्रसाद पर पुलिस का डंडा लग गया। राम प्रसाद ने गुस्से से पुलिसवाले को पत्थर मार दिया। आंदोलन और भी उग्र हो गया। पुलिसवालों ने और अधिक फोर्स बुला ली, फिर अच्छे से सबकी धुनाई हुई। एक लंबे-चौड़े अफसर ने भीष्म सिंह और राम प्रसाद की ओर इशारा करते हुए कहा- "इन दोनों को गिरफ्तार कर लो, इनकी खातिरदारी हम जेल में करेंगे।"

भीष्म सिंह और राम प्रसाद के जेल जाने की बात धीरे से न्यूज चैनलों में आने लगी। छत्तीसगढ़ राज्य बनने के बाद ऐसा पहली बार हुआ कि कोई सिविल सर्विस का विद्यार्थी आंदोलन करते हुए गिरफ्तार हुआ हो। इस न्यूज को सुनकर विद्यार्थियों के माता-पिता और अन्य विद्यार्थी भी रायपुर में एकत्रित होने लगे।

राम प्रसाद के अंदर होने से कॉलेजों के विद्यार्थी और भड़क गए। उन्होंने जगह-जगह चक्काजाम कर दिया। कॉलेज के विद्यार्थी अपने-अपने जिले में धरने पर बैठ गए। कुछ जगहों पर हिंसा होते-होते बची।

सरकार से कोई काम कराना हो तो कुर्सी खिसकने का भय दिखा दो, बस आपका काम बन सकता है। एक तरफ सत्ता की कुर्सी हो और दूसरी तरफ स्वयं भगवान, तो लोग सत्ता की कुर्सी को ही चुनेंगे। सत्ता की कुर्सी महोदया भी उसी से प्रसन्न होती हैं जिसके पास माता लक्ष्मी का आशीर्वाद हो। रोब, रुतबा, रुपया और रंगीनियाँ- ये कुर्सी के चार पाँव हैं, जिनको फेविकोल के जोड़ से चिपकाए रखने का पूरा प्रयास सरकार द्वारा किया जाता है।

चर्चा के लिए आनन-फानन में एक मीटिंग बुलाई गई। साहब ने पूछा वैकेंसी का क्या हाल है। जवाब दिया गया कि साहब, फाइल वित्त विभाग के पास है। वहाँ से स्वीकृत होकर पुनः सामान्य प्रशासन विभाग में आएगी और सामान्य प्रशासन से लीगल डिपार्टमेंट भेजेंगे, लीगल डिपार्टमेंट से फिर सामान्य प्रशासन विभाग, वहाँ से आयोग को भेजेंगे, फिर आयोग अपने हिसाब से निकालेगा।

अधिकारी ने पूछा- "पूरी कार्यवाही में कितना समय लगेगा?"

"सर, छह से आठ माह लग जाएँगे, यदि जल्दी-जल्दी किया जाए।"

तब साहब ने पूछा- "यदि सामान्य रूप में किया जाए तो?"

कर्मचारी- "सर, कम-से-कम दो साल लगेंगे।"

अधिकारी- "ऊपर की कुर्सी का पाया हिलने लगा है, वो कभी भी खिसक सकती है। ऊपर की कुर्सी खिसकी तो मेरी भी खिसक जाएगी। मेरी कुर्सी खिसकी तो तुम्हारी भी जाएगी। यदि कुर्सी से प्यार है तो एक सप्ताह के अंदर

वैकेंसी की प्रक्रिया पूरी कीजिए।"

जैसे ही बात कुर्सी पर आई, हर विभाग में काम जल्दी-जल्दी निपटाने की होड़ लग गई। मानो सभी विभागों में प्रतिस्पर्धा चल रही थी कि कौन अपना काम सबसे कम समय में करता है। इस होड़ ने एक इतिहास रच डाला। शाम तक 2003 सिविल सर्विस की वैकेंसी आ गई। सरकार भी नहीं समझ पाई कि इतना भयानक काम हमने कैसे कर डाला! लेकिन कुर्सी मुस्करा रही थी। समझ गई कि मालिक मुझसे बहुत प्रेम करते हैं।

2003 सिविल सर्विस की वैकेंसी आ चुकी थी। गांधी चौक गुलजार होने लगा। कोचिंग सेंटरों और किताबों की दुकानों में भावी डिप्टी कलेक्टर और डीएसपी भौंरे की तरह मँडराने लगे। कुछ का एटीट्यूड तो सलमान खान जैसा था। शायद उन लोगों ने अहं ब्रह्मास्मि का सही अर्थ जान लिया था। वो सीना ताने अकड़कर चलते थे, जैसे मिथुन दा चल रहे हों।

दो माह बाद सिविल सर्विस प्रारंभिक परीक्षा की तारीख थी। अश्वनी की धड़कन बढ़ चुकी थी। वह कोचिंग में क्लास अटैंड करके बाकी समय पढ़ता था। वह दीन-दुनिया से बेखबर हो चला था। उसे अपने सपने पूरे करने थे। वह सुबह 4 बजे से उठकर पढ़ता, फिर 7 से 10 बजे तक कोचिंग का काम और 12 बजे से 2 बजे तक भीष्म सिंह के रूम में जाकर ग्रुप डिस्कशन करता था।

एक दिन डिस्कस करते हुए अश्वनी ने पूछा- "भैया, मुझे कुछ याद नहीं होता, मैं क्या करूँ?"

भीष्म सिंह ने कहा- "हमें याद नहीं करना है अश्वनी, बल्कि बार-बार पढ़कर क्वेश्चन सॉल्व करना है। क्वेश्चन देखते ही उसका आंसर परीक्षा हाल में क्लिक होगा।"

अश्वनी ने फिर बोला- "भैया कुछ तथ्यों को याद तो करना ही पड़ेगा।"

"हाँ, ऐसे तथ्यों को कोडिंग और मैपिंग के द्वारा याद करने से लाभ होगा। यदि बहुत से जुड़े हुए तथ्यों को याद करना है तो कल्पना का सहारा लेकर स्टोरी बना लो। उसे तुम नहीं भूलोगे।" भीष्म का जवाब था।

अश्वनी- "भैया, थोड़ा उदाहरण देकर समझाइए।"

भीष्म सिंह ने कहा- "मान लो गुलशेर अहमद शानी की रचना 'काला जल', 'कस्तूरी पत्थरों में बंद आवाज', 'शालवनों का द्वीप' और 'साँप और सीढ़ी' को याद करना है। तो इसे कह सकते हैं- गुलशेर के काला कस्तूरी को

शाल वनों में साँप ने डस लिया।"

अश्वनी खुश होते हुए बोला- "हाँ भैया, अब मैं कभी नहीं भूलूँगा।"

भीष्म सिंह- "अब इसे क्यों नहीं भूलोगे, जानते हो अश्वनी?"

अश्वनी- "नहीं भैया।"

भीष्म- "क्योंकि तुमने अपने दिमाग में एक चित्र बनाकर देख लिया। जब गुलशेर शब्द आते ही एक व्यक्ति का चित्र, काला कस्तूरी में काले हिरण का चित्र आ जाता है। शाल का पौधा और साँप सभी चित्रों की कल्पना कर ली है इसलिए उन्हें कभी नहीं भूलोगे।"

अश्वनी- "आप कितने ज्ञानी हैं भैया।"

"यहाँ ज्ञान से नहीं पेपर बनाकर पद मिलता है। पेपर अच्छा बनाने के लिए रात-दिन मेहनत करनी पड़ती है। सोते, जागते, उठते, बैठते, केवल सिविल सर्विस का ही ध्यान रहता है। सिविल सर्विस ही खाते हैं, सिविल सर्विस पीते हैं, सिविल सर्विस की पूजा करते हैं। सिविल सर्विस की पुस्तक ही हमारी गीता है, सिविल सर्विस की पुस्तक ही हमारा त्योहार है। सिविल सर्विस की प्रारंभिक परीक्षा हमारे लिए दशहरा, मुख्य परीक्षा दीपावली और इंटरव्यू होली है। सलेक्शन के दिन तो दशहरा, दीपावली, होली एक साथ मन जाती हैं।" भीष्म सिंह ने उत्साहपूर्वक कहा।

दोनों रात-दिन प्रारंभिक परीक्षा की तैयारी में लग गए थे। परीक्षा तिथि जैसे-जैसे नजदीक आने लगी वैसे-वैसे पढ़ाई का शेड्यूल टाइट होता गया। अब अश्वनी ने कोचिंग सेंटर से छुट्टी लेकर तैयारी करने का मन बनाया। लेकिन उसे नौकरी जाने का खतरा भी था। वह कुछ दिनों से दुविधा में चल रहा था। मन में चल रहे द्वंद्व की वजह से पढ़ाई में उसकी एकाग्रता कम हो गई। भीष्म सिंह काफी अनुभवी थे। वो समझ गए कि अश्वनी के मन कुछ न कुछ चल रहा है।

उन्होंने पूछा- "अश्वनी, आजकल तुम्हारा ध्यान पढ़ने में नहीं रहता है। ऐसे में तुम्हारा परीक्षा में सलेक्शन होना कठिन हो जाएगा। परीक्षा नजदीक है। पढ़ाई पर ध्यान दो। विवेकानंद जी सही कहते हैं, एकाग्रता ही सफलता का रहस्य है। तुम्हारी एकाग्रता कम हो गई है।"

अश्वनी- "नहीं भैया, ऐसी कोई बात नहीं है।"

भीष्म सिंह- "कोई समस्या है तो बताओ, हर समस्या अपने साथ ही समाधान लेकर आती है। बस समाधान को पहचानने की जरूरत है। अंतर्द्वंद्व में

हमेशा ठोस निर्णय लेने होते हैं। मन को हराना साहसी का काम है। तुम अपने विचारों पर नियंत्रण करो।"

अश्वनी- "भैया, मैं कोचिंग की नौकरी छोड़कर पूरा समय पढ़ाई में देना चाहता हूँ।"

भीष्म सिंह- "ये तो बहुत अच्छा विचार है, इसमें इतना क्या सोचना?"

अश्वनी- "भैया, मेरे पास कोई भी सेविंग नहीं है। नौकरी छोड़कर मैं फिर से सड़क पर आ जाऊँगा।"

भीष्म- "एक महीने की तो बात है, मेरे पास रह जाना। खाना भी साथ ही खा लेंगे। लेकिन सर को बता देना।"

अश्वनी ने कहा- "ठीक है भैया।"

दूसरे दिन सबेरे अश्वनी कोचिंग क्लास पहुँचा। शुक्ला सर समाजशास्त्र में सहयोग और संघर्ष पढ़ा रहे थे। सभी बच्चे ध्यान से सुन रहे थे। समाजशास्त्र में उनकी अद्वितीय पकड़ थी। वे जब समाजशास्त्र पढ़ाते हैं तो ऐसा लगता है मानो कोई तपस्वी तपस्या कर रहे हो। अश्वनी चुपचाप क्लास में पीछे जाकर बैठ गया और ध्यान से लेक्चर सुनने लगा।

क्लास समाप्त होते ही सर ऑफिस में चले गए। अश्वनी भी पीछे-पीछे ऑफिस पहुँचा। सर को प्रणाम करते हुए उसने कहा- "सर... सर..." उसकी जबान लड़खड़ा रही थी। बोलने का साहस नहीं कर पा रहा था।

शुक्ला सर ने स्नेह से कहा- "अश्वनी, जो भी बोलना है निःसंकोच बोलो।"

अश्वनी- "सर मैं कोचिंग के काम को पेपर तक छोड़ना चाहता हूँ। मुझे पढ़ाई करनी है, उसके बाद मैं फिर से काम में आ जाऊँगा।"

शुक्ला सर ने कहा- "अश्वनी, तुम पढ़ना चाहते हो ये तो अच्छी बात है। तुम अपनी पढ़ाई करो और जिस चीज की जरूरत पड़े मुझसे कह देना। अपनी नौकरी की चिंता मत करना, तुम जब चाहो आ सकते हो। ये तुम्हारी कोचिंग है।"

अब अश्वनी पूरा समय पढ़ाई पर केंद्रित कर रहा था। परीक्षा के कुछ ही दिन बच गए थे। वह रात भर जगकर पढ़ने लगा। भीष्म सिंह भी समझाने लगे कि अपनी दिनचर्या में परिवर्तन मत करना। लेकिन अश्वनी को सिविल सर्विस पास करने का जुनून सवार था। वह पढ़ाई को जी रहा था, लेकिन परीक्षा का डर उसके चेहरे पर स्पष्ट दिख रहा था।

अश्वनी के छोटे-से कमरे में पुस्तकें बिखरी हुई थीं। प्रारंभिक परीक्षा में दो

ही दिन रह गए थे। अश्वनी का प्रवेश पत्र भी आ चुका था। उसको गर्ल्स डिग्री कॉलेज में सेंटर मिला था जो कि गांधी चौक से लगभग तीन किमी की दूरी पर स्थित था। अश्वनी ने पढ़ते-पढ़ते पूरी रात काट दी।

अब परीक्षा के लिए एक ही दिन शेष रह गया था। अश्वनी की धड़कनें बहुत तेज चलने लगी थीं। वह सभी पुस्तकों की प्रमुख बातों को जल्दी-जल्दी दोहरा लेना चाहता था। उसने समसामयिकी को आज रात के लिए बचा रखा था। पढ़ते-पढ़ते फिर से शाम हो गई। अश्वनी ने निश्चय किया कि आज रात भर फिर से पढ़ेगा, कल पेपर देकर इकट्ठे ही सोएगा।

आज परीक्षा का दिन है। सुबह नौ बजे से परीक्षा प्रारंभ होनी है। आठ बजे का रिपोर्टिंग टाइम है। भीष्म सिंह का सेंटर भी गर्ल्स डिग्री कॉलेज हैं। परीक्षा एक ही दिन दो पाली में थी। प्रथम पाली में सामान्य अध्ययन, द्वितीय पाली में ऐच्छिक विषय। दोनों अपनी-अपनी सीट पर बैठ गए थे। एक घंटी बजी और सबसे पहले आंसर शीट दी गई। आंसर शीट के दस मिनट बाद ही प्रश्न पत्र का वितरण किया गया।

प्रश्नों के अध्ययन के बाद अश्वनी को लगा कि प्रश्न सामान्य स्तर के हैं। प्रश्न थे भी सामान्य स्तर के, लेकिन अश्वनी का सिर घूम रहा था। उसे भारीपन महसूस हो रहा था। परीक्षा हाल में उसे पढ़ा हुआ कुछ याद नहीं आ रहा था। फिर भी जो बना उसे बनाया।

प्रथम पाली के पेपर समाप्त होने के बाद गर्ल्स डिग्री कॉलेज के गार्डन में वह आकर लेट गया। दो रात और तीन दिन जगने का प्रभाव शरीर पर दिखने लगा। थोड़ी देर बेचैनी में छटपटाता रहा। वह फिर गार्डन में लेट गया। तब तक भीष्म सिंह भी वहाँ पहुँच गए थे। वो समझ गए। उन्होंने पानी लाकर पिलाया। अश्वनी थोड़ी देर सोने का प्रयास कर रहा था लेकिन उसे नींद नहीं आई।

द्वितीय पाली की परीक्षा का समय आ गया था। घंटी बज गई थी। भीष्म सिंह ने पहले अश्वनी को उसके कक्ष में बिठाया फिर वो अपने कक्ष में गए। ऐच्छिक विषय का प्रश्न पत्र मिला। अश्वनी बड़ी हिम्मत से एक-एक प्रश्न का पढ़कर बनाने का प्रयास कर रहा था। उत्तर पुस्तिका में जो भरना था उसे भी वह गलत भर रहा था। ए में लगाते-लगाते बी के आंसर में गोले भरता था। अब तो धुँधला दिखना भी बंद हो गया था। आँखों के सामने अँधेरा छा गया था। सिर घूमने लगा था।

अश्वनी मूर्छित होकर टेबल से गिर पड़ा। पेपर समाप्त होने में एक घंटा बचा हुआ था। लाल बत्ती के सपने देखने वाले को नीली बत्ती की एंबुलेंस से नजदीकी हॉस्पिटल भेजा गया। वहाँ डॉक्टर साहब ने नींद का इंजेक्शन दिया।

अश्वनी को जब होश आया तो सामने भीष्म सिंह खड़े थे। अश्वनी ने पूछा- "भैया, आपके पेपर कैसे रहे ?"

"ठीक बने हैं अश्वनी।" भीष्म सिंह ने जवाब दिया।

उस समय शाम के छह बज रहे थे। उसे लगा कि भीष्म भैया पेपर के बाद सीधे हॉस्पिटल आए हैं। तब अश्वनी ने पूछा- "भैया पेपर कहाँ है ?"

भीष्म सिंह ने बताया- "तुमको हॉस्पिटल आए दो दिन हो चुके हैं। पेपर दो दिन पहले था।"

अश्वनी ने चौंककर कहा- "मैं दो दिन से हॉस्पिटल में हूँ!"

भीष्म सिंह- "हाँ, दो दिन से।"

अश्वनी समझ गया था कि सर्वश्रेष्ठ करने और ज्यादा पढ़ने के चक्कर में वह एक अवसर खो चुका है। वीणा से तान छेड़ने के लिए उसके तारों को न तो अधिक कसा जाता है, न ही एकदम ढीला छोड़ा जाता है। संयमित रूप से उसके तारों को कसा जाता है। संयमित कसे तारों से ही वीणा की तान भी मधुर निकलती है। पढ़ाई भी वैसी ही है, जिसे न अधिक कसा जाता न ढीला छोड़ा जाता है, उसमें भी संयमित होकर नियमित 6 से 8 घंटे की पढ़ाई जरूरी है। नियमित और घंटे शब्द में भी नियमित शब्द ज्यादा मायने रखता है। घंटों में पढ़ाई को बाँधना व्यर्थ है। पढ़ाई का मूल आधार नियमितता है।

अश्वनी सोचने लगा- 'कभी-कभी तैयारी के दौरान हमें लगने लगता है कि मैं दूसरों से बहुत आगे हूँ, और आगे भागूँ। इस और... और के चक्कर में धड़ाम से गिरना पड़ता है। मैं भूल गया था कि सौ मीटर की रेस में हार और जीत का फैसला तो एक अंगुल से होता है, एक फीट के अंतर में तो सबसे अंतिम आने वाला बंदा दौड़ता है। अब मैं अगली बार कभी भी इस तरह की गलती नहीं करूँगा, मैं संकल्प लेता हूँ।'

लंगूर

नीलिमा की दिल्ली वाली घटना को पूरी तरह से दबा दिया गया था। सभी को बस यही बात पता थी कि वह चक्कर खाकर गिर गई और उसके सिर पर चोट लग गई। नीलिमा पूर्ण रूप से स्वस्थ हो गई थी। अब वह कॉलेज भी आने लगी थी। नीलिमा अब भी यही समझती थी कि उसके राजा भैया ने उसे बचाया है। अब वह अपने राजा भैया का गुणगान करते नहीं थकती थी। नीलिमा उसे खाने पर घर भी बुलाने लगी। जब भी अच्छी सब्जी, चिकन या मछली बनाती तो राजा को जरूर बुलाती थी। वह जानती थी कि एक के साथ एक फ्री वाली स्कीम में राजा अपने साथ सूर्यकांत को भी लाएगा। तीसरी बार जब नीलिमा ने खाने पर आमंत्रित किया तो एक एडिशनल शब्द भी बोली- "उस लंगूर को भी ले आना।" राजा 'ठीक है' कहकर हँस पड़ा। दोनों की नीलिमा के घर तक एंट्री हो चुकी थी। नीलिमा के घर वाले नहीं जानते थे कि सूर्यकांत ही योगानंद का बेटा है।

डी.पी. कॉलेज गांधी चौक से मात्र आठ सौ मीटर की दूरी पर स्थित है। कॉलेज परिसर बहुत बड़ा है। वहीं सूर्यकांत, नीलिमा और राजा बैठे थे। आज नीलिमा राजा को हॉस्पिटल में हुआ खर्च लौटाने आई थी। उसने घर से पंद्रह हजार माँगे थे। बड़े हॉस्पिटल के आधार पर वह अनुमानित खर्च पंद्रह हजार रुपए के आस-पास का मानकर चल रही थी। लेकिन घर पर नौ हजार ही थे। उसके पिताजी ने नौ हजार दिए और कहा कि बाकी का पूछ लेना, बाद में दे देंगे।

नीलिमा ने राजा से पूछा- "भैया, दिल्ली में कितने पैसे खर्च हुए हैं बता दीजिए।" राजा ने हाथ को ऊपर करते हुए स्टाइल से कहा- "तू पागल है क्या? तू मेरी छोटी बहन है, मैं तुझसे पैसा लूँगा?"

नीलिमा जिद करते हुए बोली- "तुम नहीं बताओगे तो तुमसे बात नहीं

करूँगी भैया।"

"दस हजार।" एक तरफ से आवाज आती है। पलटकर देखती है तो सूर्यकांत खड़ा है।

"तू चुप लंगूर।" नीलिमा बोलती है।

अब राजा को भी अनुमान हो गया था कि सूर्यकांत ने दस हजार बोलने का इशारा कर दिया है।

राजा ने कहा- "सूर्यकांत ठीक बोल रहा है नीलिमा।"

नीलिमा ने अपने बैग से पैसे निकालकर राजा के हाथ में दिए और बोली- "ये नौ हजार हैं, एक हजार कल दे दूँगी।

सूर्यकांत ने मजाकिया स्वर में कहा- "देना है तो दस दे, नहीं तो अपने नौ भी लेती जा।"

नीलिमा- "मैं अपने हाथों से अच्छे से अच्छा खाना बनाकर खिलाती हूँ। उल्टे तुम लोग मुझे दस-दस हजार रुपए देना। समझे लंगूर।"

योगानंद का उसके घर रिश्ता लेकर जाना, सूर्यकांत की अमीरी, ये सब बातें नीलिमा नहीं जानती थी। वह उसे निम्न मध्यमवर्गीय समझती थी।

नीलिमा के जाने के बाद राजा ने गुस्से से पूछा- "तूने रुपए क्यों लिए ? पाँच लाख में से नौ-दस हजार लेकर तूने अपनी क्रेडिट क्यों खराब की ?"

सूर्यकांत ने मजाकिया अंदाज में जवाब दिया- "मेरी कहाँ, तेरी क्रेडिट खराब हुई।"

राजा- "मेरी समझ से परे है। गंभीरता से पूछ रहा हूँ, बता सूर्यकांत।"

सूर्यकांत फिर से शरारती ढंग से बोला- "दारू पीने लिए।" और दौड़ पड़ा। उसके पीछे राजा है- "बता न सूर्यकांत ?"

सूर्यकांत- "बता दिया न, दारू पीने के लिए, मैं सही समय पर सही जगह पहुँच जाऊँगा।"

राजा- "ठीक है हरामखोर।"

रात में फिर दोनों की महफिल जमती है। दोनों का शराब पीना पहले से काफी कम हो गया था। राजा आजकल अपने कैरियर को लेकर चिंतित था। वह बार-बार पीएससी की कोचिंग जाने की बात करता था। लेकिन वह अकेले जाने का साहस नहीं कर पा रहा था। वह बार-बार सूर्यकांत को कोचिंग के लिए तैयार करने की कोशिश करता था। सूर्यकांत कोई-न-कोई बहाना बना देता था। दोनों

ने खूब शराब पी ली थी। राजा ने फिर से पूछा- "अबे, हरामखोर तूने नीलिमा से नौ हजार क्यों लिए?"

सूर्यकांत गंभीर स्वर में बोला- "वह बहुत ही स्वाभिमानी लड़की है, तू पैसे नहीं लेता तो उसके स्वाभिमान को ठेस पहुँचती। उसके स्वाभिमान को ठेस पहुँचाना ठीक नहीं है राजा।"

राजा- "स्वाभिमान नीलिमा का हो तो उसे ठेस पहुँचाने के बारे में अपना भाई सोच ही नहीं सकता है।" दोनों हँसते हैं और अपने-अपने घर चले जाते हैं।

शराब का अपना सुरूर होता है। वह भावों को उद्वेलित करता है। मन के सारे भाव बाहर निकल आते हैं। शराब पीने के बाद इंसान दुनिया का सबसे 'इनोसेंट' व्यक्ति हो जाता है। छल-कपट, राग-द्वेष सब कुछ भूल जाता है। 'शराब भक्त' तो तर्क देते हैं- यह महाकाल का प्रसाद है, तू नहीं जानता। तब तो तू बहुत बड़ा अधर्मी है।

'प्रकृतिवादी शराबी' तर्क देते हैं- शराब हमें प्रकृति की ओर ले जाती है। हमें गंगा जल, स्वच्छ जल और नाले का जल सभी बराबर लगते हैं। हम प्रकृति प्रेमी हैं इसलिए गाँजे की खेती भी कर लेते हैं।

समाजवादी शराबी बोलता है- हम समाजवादी हैं, हम कुत्ते, बिल्ली, गाय, बैल किसी में अंतर नहीं करते। पीने के बाद कोई भी जीव-जंतु हमारे साथ खाने आता है तो हम किसी को भगाते नहीं हैं। कुत्ते के साथ तो हमारा अटूट संबंध है। जिसे सब आवारा कहकर भगाते हैं उसे हम गले लगाते हैं, अपने साथ खाना खिलाते हैं। इंडिया गॉट टैलेंट वाले तो 'शराबियों' का नागिन डांस देखकर हैरान हो गए हैं। इनका नागिन डांस देखकर तो खुद नागिन शरमा जाए। झटका डांस, लतेड़ डांस तो उनको आश्चर्यचकित करने वाला था। वो ऐसी ही प्रतिभाओं को तलाश रहे थे। सबसे अंत में आते हैं जमीनी स्तर के शराबी। इस स्तर का शराबी जमीन पर लोट जाता है क्योंकि उसे अपनी धरती माँ से लगाव होता है। इस स्तर के प्राणियों को धरती माता की याद हफ्ते में एक-दो बार तो आ ही जाती है।

सूर्यकांत और राजा उपरोक्त में से किसी भी स्तर में नहीं आते थे, वे तो मनोरंजन के लिए ही कभी-कभी शराब पी लेते थे।

बसंत ऋतु का आगमन हो गया था। धरती पर पीली मखमली चादर बिछ चुकी थी। नए रंग-बिरंगे फूल खिल गए थे। भौंरे फूलों का रसास्वादन करने के लिए आतुर थे। आमों में बौर लग चुके थे। ठंडी हवाएँ चलना शुरू हो चुकी थीं।

चिड़ियाँ उछलकूद करने लगी थीं। कोयल भी अपनी कुहू-कुहू के गीत गाने लगी थी। इस ऋतु में प्रतिवर्ष डी.पी. कॉलेज में वार्षिक उत्सव समारोह का आयोजन किया जाता है। इस बार भी भव्य रूप में वार्षिक उत्सव की तैयारियाँ शुरू हो चुकी थीं।

सभी अपने-अपने ग्रुप में रिहर्सल करने लगे थे। नीलिमा को भी किसी कार्यक्रम में भाग लेने की प्रबल इच्छा थी। लेकिन वह समझ नहीं पा रही थी कि किसमें भाग ले। नीलिमा वार्षिक उत्सव में भाग लेने के बारे में राजा और सूर्यकांत दोनों से चर्चा कर चुकी थी। पर वो भी नहीं बता पा रहे थे कि क्या करें। चूँकि नीलिमा गाना और डांस तो जानती नहीं थी, इसलिए उनके पास ड्रामा करने के अलावा और कोई रास्ता नहीं बचा था।

इस बीच नीलिमा ने यादव सर से पूछा- "सर, मुझे भी एक कार्यक्रम देने का मन था, लेकिन मैं समझ नहीं पा रही हूँ कि कौन-से कार्यक्रम में भाग लूँ।"

यादव सर- "नीलिमा, भस्मासुर वध और दुष्यंत-शकुंतला प्रेम कथा, इनमें जो भी अच्छा लगे उसको तैयार कर लो।"

नीलिमा- "आप ही बताएँ न सर, प्लीज।"

यादव सर- "भस्मासुर वध छोटा-सा ड्रामा है। इसे कर लो, बहुत ही अच्छा रहेगा।"

नीलिमा 'जी सर, प्रयास करते हैं' बोलकर चली गई। वह मन में सोच रही थी कि इस ड्रामा एक्ट में विष्णु किसे बनाए और भस्मासुर किसे। नीलिमा मन में विचार करते-करते गार्डन के पास गई जहाँ राजा और सूर्यकांत बैठे थे। नीलिमा ने बताया कि मुझे 'ड्रामा' मिल गया है।

राजा ने उत्साह से पूछा- "कौन-सा है?"

नीलिमा बोली- "भस्मासुर।"

सूर्यकांत हँस पड़ा और बोला- "भस्मासुर... और कुछ नहीं मिला?"

नीलिमा गुस्से से बोली- "तू चुप कर लंगूर। इसमें हँसने की कौन-सी बात है।"

राजा ने तनातनी दूर करते हुए कहा- "ठीक है। भस्मासुर तो बहुत अच्छा रहेगा। लेकिन भस्मासुर किसको बनाएँगे?"

नीलिमा ने तपाक से उत्तर दिया- "हमारे बीच एक ही तो भस्मासुर है।"

राजा समझ गया था कि वह किसके बारे में बात कर रही है लेकिन उसने

नासमझी का बहाना करके पूछा- "कौन नीलिमा?" नीलिमा ने फिर से जवाब दिया- "ये लंगूर, और कौन।"

अब हँसने की बारी राजा की थी। वह हँसते-हँसते बोला- "ये और भस्मासुर!"

नीलिमा- "हाँ, इसमें हँसने की क्या बात है।"

राजा- "इनसे पूछो कि क्या इनके पुरखों ने भी कभी नाटक किया है।"

नीलिमा गुस्से से- "राजा भैया, तुम्हारे पुरखों ने कभी नाटक किया है क्या? फिर भी तुमको इंद्र बनना है।"

राजा अचानक हँसना बंद करके गंभीर मुद्रा में बोला- "मैं और नाटक... कभी नहीं।"

नीलिमा ने दोनों को समझा-बुझाकर मना लिया।

वे कॉलेज की पढ़ाई के बाद रोज शाम को रिहर्सल करते थे। गप-गोष्ठी, हँसी-मजाक के वातावरण में रिहर्सल होती था। नीलिमा मोहिनी, राजा विष्णु और सूर्यकांत भस्मासुर बना था। आखिरी दृश्य में नीलिमा को नृत्य करना पड़ता था। एक दिन नीलिमा नृत्य कर रही थी तभी उसके पाँव में एक कील चुभ गई। उसका पाँव खून से लथपथ हो गया था। सूर्यकांत नीलिमा को उठाकर अपनी कार में बिठाता है और सीधे अपोलो की ओर गाड़ी दौड़ा देता है।

सूर्यकांत जब नीलिमा को गोद में उठाकर दौड़ रहा था तब नीलिमा उसके चेहरे के भावों को पढ़ रही थी। उसका चेहरा उड़ा हुआ था। वह व्याकुल था। ऐसा लग रहा था मानो कील उसके पाँव में चुभी हो और दर्द नीलिमा से ज्यादा उसे हो रहा हो, इस बात को नीलिमा भाँप चुकी थी। वैसे भी ईश्वर ने लड़कियों को छठी इंद्रिय दी है जिससे वो लड़कों की भावनाओं को ताड़ लेती हैं। नीलिमा को पहली बार एहसास हुआ कि सूर्यकांत उसको कितना चाहता है।

गाड़ी में अपोलो जाते हुए नीलिमा बोली- "ऐ लंगूर, किसकी गाड़ी मार के लाया है?"

"तेरे बाप की।" सूर्यकांत ने जवाब दिया।

"आज तो मेरा लंगूर खूब भाव खा रहा है।" नीलिमा बोली। सूर्यकांत ने झूठ बोलते हुए कहा- "मेरे पापा के सेठ की गाड़ी है।" नीलिमा ने इस बात को मान भी लिया।

सूर्यकांत ने अपोलो के इमरजेंसी वार्ड में नीलिमा का इलाज करवाया।

डॉक्टर ने समझाया- "घबराने की बात नहीं है। टिटनेस का इंजेक्शन लगा देते हैं, दर्द के लिए पेन किलर दे देते हैं। सब ठीक हो जाएगा। वैसे बहुत मामूली-सा घाव है, इसका इलाज तो कहीं भी हो सकता था।"

नीलिमा धीरे-धीरे सूर्यकांत के भावों को समझने का प्रयास कर रही थी। अब उसकी नजरें सूर्यकांत की ओर ही लगी रहती थीं। सूर्यकांत को इस बात का एहसास ही नहीं था। नीलिमा दो दिन रिहर्सल नहीं कर सकी तो दोनों उसके घर पर ही जाकर गप्पें मारने लगे।

आज फाइनल रिहर्सल होनी थी। रिहर्सल प्रारंभ हुई।

पहले दृश्य में भस्मासुर को तपस्या करते दिखाया जाता है।

दूसरे दृश्य में शिवजी प्रकट होते हैं और भस्मासुर को वरदान देते हैं कि वह जिसके सिर पर हाथ रखेगा वह राख हो जाएगा। वरदान पाते ही भस्मासुर शिव जी को भस्म करने के लिए दौड़ पड़ता है।

तीसरे दृश्य में शिवजी मन में विष्णु जी से प्रार्थना करते हैं।

चौथे दृश्य में विष्णु जी मोहिनी रूप में भस्मासुर के सामने आते हैं। मोहिनी रूपी विष्णु भस्मासुर से कहते हैं कि मैं जिस प्रकार नृत्य कर रही हूँ, उसी प्रकार से आप भी करें। नृत्य करते हुए मोहिनी अवतार विष्णु जी अपने सिर पर हाथ रखते हैं और उन पर मुग्ध भस्मासुर भी अपने सिर पर हाथ रख देता है और वहीं जलकर राख हो जाता है। फाइनल रिहर्सल ठीक-ठीक संपन्न होती है।

नीलिमा समझाते हुए कहती है- "कल सब मेकअप में रहेंगे। आज की तरह ही कल भी प्रदर्शन करना, नहीं तो दोनों की टाँगें तोड़ दूँगी।"

दोनों हँसने लगे।

कॉलेज का वार्षिक उत्सव प्रारंभ हो चुका था। नगर विधायक अपने विचार व्यक्त कर चुके थे। कार्यक्रम की शुरुआत सरस्वती वंदना से हुई। फिर गीत, संगीत, कविता, कहानी, लतीफा, मिमिक्री- एक के बाद एक कार्यक्रम होने लगे। भस्मासुर नाटक की उद्घोषणा हुई। नाटक की जिस तरह रिहर्सल हुई थी, उसी तरह ही कार्यक्रम बढ़ रहा था। तीन दृश्य वैसे ही हुए जैसे रिहर्सल में हुए। चौथे दृश्य में मोहिनी नृत्य कर रही थी। भस्मासुर, मोहिनी के जैसे एक-दो स्टेप करने के बाद उसके नृत्य से मंत्रमुग्ध होकर उसकी याद में खो गया। मोहिनी बार-बार नृत्य कर हाथ अपने सिर पर रखती है, भस्मासुर को भी अपना हाथ सिर पर रखना था। लेकिन वह तो यादों में खो गया था। मोहिनी अपने हाथ को

सिर पर रखती है, लेकिन भस्मासुर का ध्यान नहीं था। अंत में वह भस्मासुर के पास जाकर जोर से बोलती है- "अबे लंगूर, सिर पर हाथ कब रखेगा?" मंच के सामने बैठे दर्शक खूब ठहाके लगाते हैं। नाटक का विनोदपूर्ण समापन होता है।

नाटक समाप्त होने के बाद सूर्यकांत एक किनारे जाकर उदास बैठ गया। वह बहुत दुखी था, मानो उस पर बहुत बड़ा पहाड़ टूट पड़ा हो। वह मन ही मन आत्मग्लानि से भर गया था। मामला नीलिमा से जुड़ा था इसलिए ज्यादा संवेदनशील था।

राजा और नीलिमा अपने-अपने ड्रेसिंग रूम में जाते हैं। राजा और नीलिमा ड्रेस चेंज करने के बाद सूर्यकांत को ढूँढते हैं। वह भस्मासुर के ही गेटअप में एक किनारे पर बैठा था। वह शांत था, आँखें भरी-भरी थीं। राजा समझ गया। वह नीलिमा से बोला- "तुम जाकर सूर्यकांत को समझाओ।"

नीलिमा ने पीछे से सूर्यकांत के कंधे पर हाथ रखा। सूर्यकांत ने पलटकर देखा। एक पल के लिए दोनों की आँखें मिलीं। सूर्यकांत की भरी हुई आँख देखकर नीलिमा मजाक के स्वर में बोली- "चिंता मत करो, मैं तुम्हारी टाँग नहीं तोड़ूँगी।"

सूर्यकांत चुप रहा। नीलिमा समय के साथ सूर्यकांत को समझने लगी थी। वह बोली- "सूर्यकांत, मुझे गुपचुप नहीं खिलाओगे?" सूर्यकांत के मन में उत्साह आ गया। वह पुरानी बातें भूलकर बोला- "खिलाऊँगा लेकिन एक शर्त पर।"

नीलिमा ने पूछा- "कौन-सी शर्त?"

सूर्यकांत बोला- "तुम मुझे लंगूर बोलोगी तब।"

नीलिमा- "तुमको लंगूर इतना अच्छा लगता है?"

सूर्यकांत- "हाँ, मुझे तुम लंगूर ही बुलाया करो।"

नीलिमा- "पर क्यों? अब से मैं तुम्हारे नाम से बुलाऊँगी।"

सूर्यकांत- "क्योंकि तुमने इस नाम को प्यार से दिया है, इसलिए मुझे पसंद है।"

नीलिमा- "यदि मैं जहर देती तो?"

सूर्यकांत- "उसे भी खुशी-खुशी पी लेता।"

नीलिमा को पूरी तरह यकीन हो गया था कि सूर्यकांत उससे बहुत प्यार करता है। वह भी उसकी ओर धीरे-धीरे आकर्षित होने लगी थी। दोनों कॉलेज के बाहर लगने वाले गुपचुप के ठेले में जाते हैं। दोनों पानी वाला गुपचुप खाते हैं।

सूर्यकांत झुकी-झुकी नजरों से तो रोज नीलिमा को देखता ही था, लेकिन आज नीलिमा भी तिरछी नजरों से सूर्यकांत को देख रही थी।

अंत में सूर्यकांत ने जैसे ही पैसे निकालने के लिए जेब की ओर हाथ बढ़ाया, नीलिमा बोली- "ऐ लंगूर, पैसे मैं दूँगी।"

सूर्यकांत- "पर क्यों?"

नीलिमा- "राजा भैया को जो एक हजार देने हैं, उसमें से काट लूँगी।"

सूर्यकांत मजाक करते हुए- "बेचारे राजा के चार सिगरेट के पैसे कम कर रही हो। वो तुमको बहुत बद्दुआ देगा। कहीं भस्मासुर बनके तुमको ही भस्म न कर दे।"

नीलिमा- "लगता है, तुम्हीं ने राजा भैया को बिगाड़ा है।"

सूर्यकांत- "तुम्हारे राजा भैया में कोई अच्छाई भी बची है, जो मैं बिगाड़ूँगा। उल्टा उसने मुझे बिगाड़ दिया है।"

नीलिमा गंभीर स्वर में- "आज मैं केवल राजा भैया की वजह से जिंदा हूँ।"

सूर्यकांत- "हाँ भई। राजा मेरा भी तो भाई है न। वो बहुत अच्छा है। अब खुश? तुम भावुक मत हुआ करो।"

नीलिमा सूर्यकांत के गाल पर चिकोटी काटते हुए बोली- "भावुक नहीं होऊँगी, समझे लंगूर।"

नीलिमा और सूर्यकांत आपस में काफी घुल-मिल गए थे। नीलिमा भी सूर्यकांत के मनोभावों को समझ रही थी। सूर्यकांत भी नीलिमा में बदलाव को देख रहा था।

सूर्यकांत और नीलिमा दोनों अक्सर दीनदयाल गार्डन में मिलने लगे। यह गार्डन गांधी चौक से लगभग पाँच किलोमीटर की दूरी पर व्यापार विहार में स्थित है। यहाँ भीड़ कम रहती थी। अब दोनों की दोपहरें इसी गार्डन में बीतने लगीं। नीलिमा दोपहर के लिए टिफिन में अपने हाथों से कुछ न कुछ बनाकर लाती थी। कभी-कभी वह अपने हाथों से ही खिलाती थी। दोनों एक-दूसरे के प्रेम में डूब चुके थे। बचा था तो सिर्फ प्रेम का औपचारिक इजहार।

एक दिन नीलिमा कॉलेज आई तो गुलाबी सूट पहने हुए थी। उस दिन उसके चेहरे का निखार कुछ अलग ही था। जैसे चौदहवीं का चाँद हो। सूर्यकांत उस ड्रेस में नीलिमा को देखता ही रह गया। नीलिमा ने उसके पास पहुँचकर पूछा- "किस खयाल में डूबे हो महाशय?"

सूर्यकांत- "आज इस ड्रेस में बहुत सुंदर दिख रही हो।"

नीलिमा हँसकर बोली- "सचमुच!"

सूर्यकांत- "यह नई ड्रेस कहाँ से ले ली तुमने?"

नीलिमा- "यह नई नहीं बहुत पुरानी है, और हाँ तुमने जिस दिन थप्पड़ खाया था, उस दिन भी मैंने यही ड्रेस पहनी थी।"

सूर्यकांत का चेहरा मुरझा गया। नीलिमा बोली- "तुम अपने घर कब ले जाओगे?"

सूर्यकांत हमेशा नीलिमा को घर ले जाने के नाम पर टालता रहता था। वह नीलिमा को घुमाने भी राजा की बाइक से ही ले जाया करता था। वह अपनी अमीरी को अपने प्रेम के बीच नहीं लाना चाहता था। सूर्यकांत भले ही आत्मिक प्रेम का अर्थ न जानता हो, लेकिन अनजाने में ही सही उसे आत्मिक प्रेम हो गया था।

14 फरवरी को वैलेंटाइन डे था। यह प्रेम के इजहार का दिन होता है। इस दिन प्रेमी-प्रेमिका अपने प्रेम का इजहार करते हैं। सूर्यकांत ने भी इस दिन अपना प्रेम व्यक्त करने का मन बनाया था। उसने गिफ्ट में लाल गुलाब और ग्रीटिंग देने का सोच रखा था।

वेलेंटाइन डे के दिन नीलिमा भी पूर्व तैयारी के साथ कॉलेज आई थी। उसे पूरी उम्मीद थी कि सूर्यकांत इजहार करेगा। आज वह खूब सज-सँवरकर पहुँची थी। वह सुंदर तो थी ही लेकिन आज और सुंदर हो जाना चाहती थी। वह चाहती थी कि उसकी सुंदरता जीवन भर के लिए सूर्यकांत की आँखों में समा जाए। सूर्यकांत ने नीलिमा से प्रेम का इजहार किया। नीलिमा ने भी उसकी भावनाओं को स्वीकार कर लिया। गिफ्ट लेकर शरमाकर दूर चली गई। नीलिमा यह नहीं जानती थी कि नारी जीवन का सर्वाधिक महत्त्वपूर्ण गहना लज्जा है। वह लजाना सीख गई थी।

त्रिस्तरीय सजा

अश्वनी सिविल सर्विस परीक्षा वर्ष 2003 का पेपर बिगड़ने की वजह से परेशान रहने लगा। वह हमेशा उदास दिखता। अक्सर वह 'स्मृति वाटिका' के आस-पास एकांत में बैठा रहता। सबेरे से शाम, गुमसुम। कई बार भीष्म सिंह ने समझाने का प्रयास किया लेकिन वह समझता ही नहीं था। उसे पहली असफलता ही जीवन की अंतिम असफलता लगने लगी। वह संघर्ष करने से भी डरने लगा। मन अब बिलासपुर में नहीं रमता था। उसका मन गाँव वापस जाने को करने लगा। उसे अपने पिता और बहन की याद ज्यादा आने लगी।वह दिन-रात द्वंद्व में डूबा रहता था।

अंततः उसने हारकर अपने दोनों बैग उठाए और गाँव जाने के लिए निकल पड़ा। अब अश्वनी के पास थोड़े-बहुत पैसे भी थे, इतने पैसे तो जरूर थे कि वह रिक्शा से स्टेशन जा सके। पूनम लॉज के सामने उसने 20 रुपए में स्टेशन के लिए रिक्शा किया। वह रिक्शे पर बैठ गया। रिक्शा स्टेशन की ओर जा रहा था, तभी गांधी चौक से 150 मीटर की दूरी पर स्थित एलोरा बुक डिपो के पास से आवाज आई- "अश्वनी, अश्वनी, अश्वनी।" उसने पीछे मुड़कर देखा तो शुक्ला सर थे। सर ने पूछा- "कहाँ जा रहे हो अश्वनी ?"

"बिलासपुर छोड़कर गाँव जा रहा हूँ सर।" उसने जवाब दिया।

शुक्ला सर- "बेवकूफी क्यों कर रहे हो ?"

अश्वनी- "सर मेरा पीएससी का पेपर बिगड़ गया है।"

शुक्ला सर- "पागल मत बनो अश्वनी, एक बार पीएससी का प्रारंभिक पेपर नहीं निकलने से जीवन असफल नहीं होता है। अभी और मौके मिलेंगे। अभी और वैकेंसीज आएँगी, उनमें अच्छे से तैयारी करना।"

अश्वनी उदास मन से बोला- "सर प्लीज, मुझे घर जाने दीजिए।"

शुक्ला सर- “यदि तुम यहाँ से चले गए तो जीवन भर असफल रहोगे। कभी-कभी उदासी, हताशा, कुंठा से हमारा विवेक समाप्त हो जाता है। आज वैसी ही स्थिति तुम्हारी है। तुम मात्र एक परीक्षा से अपना आकलन करने लगे। तुम जिस भीष्म सिंह को भैया मानते हो उनसे भी तुमने संघर्ष करना नहीं सीखा। तुम्हारा तो प्री का पेपर बिगड़ा है, वो तो पाँच बार इंटरव्यू से कटे हैं। वो भी उस समय जब छत्तीसगढ़ मध्य प्रदेश के अंतर्गत था। मध्य प्रदेश बड़ा राज्य हुआ करता था। परीक्षार्थियों की संख्या भी अधिक होती थी। तब भीष्म सिंह इंटरव्यू तक पहुँचकर वापस आ जाते थे। उन्होंने फिर भी हिम्मत नहीं हारी। वो आज भी संघर्ष कर रहे हैं। भीष्म भैया को देखकर मुझको तो ऐसा लगता है मानो कोई भगीरथ गंगा को पृथ्वी पर लाने के लिए प्रयास कर रहा हो। अश्वनी, तुम मेरी मोटर साइकिल पर बैठो और अपने रूम चलो।”

इस तरह शुक्ला सर अश्वनी को लेकर उसके रूम पहुँचे।

शुक्ला सर- “अश्वनी, तुम अकेले मत रहा करो। अकेले में ही ज्यादा इधर-उधर के खयाल आते हैं। हाँ, तुम कोचिंग में फिर से अपना काम करना शुरू कर दो। तुम्हारा मन लगा रहेगा।”

अश्वनी उनकी इज्जत करता था, उसने ‘जी सर’ कहा।

शुक्ला सर ने अश्वनी को गांधी चौक के कोने में स्थित होटल में चाय-नाश्ता कराया। अश्वनी का मन भी शांत हो गया था।

वह कोचिंग आने लगा था। उसने कोचिंग में काउंसलिंग का काम फिर शुरू कर दिया था। धीरे-धीरे उसका मन शांत हो गया था। वह अपनी पढ़ाई में फिर से रमने लगा था। वह प्रारंभिक परीक्षा की तैयारी में लगा था। इतिहास, भूगोल के सिलेबस की किताबें पढ़ता रहता। अश्वनी ने ठान लिया था कि अब आगे जो भी वैकेंसी आएगी उसमें सफल होकर रहेगा। उसने अपने अंदर की आग को पढ़ाई में लगा दिया था। पुनः पेपर के समय का रुटीन अपनाने लगा। सबेरे चार बजे से पढ़ाई में जुट जाता था। कोचिंग में भी बैठकर पढ़ता रहता था।

एक अजीब-सा जुनून, अजीब-सी चाहत थी उसके अंदर कुछ पाने के लिए। वह उसी तरह कुछ पाने के लिए तड़प रहा था जैसे पानी में डूबता हुआ आदमी ऑक्सीजन के लिए तड़पता है। माली पौधे पर कितना भी खाद-पानी डाले किंतु फल-फूल तो ऋतु आने पर ही लगेंगे। अभी अश्वनी का समय नहीं आया था। उसे धैर्य की सबसे अधिक जरूरत थी।

एक दिन वह भीष्म सिंह के रूम पर गया। उनके बिस्तर पर पुस्तकें फैली हुई थीं। पुस्तकों के बीच में भीष्म सिंह बैठे थे। वो इतिहास की पुस्तक तल्लीनता से पढ़ रहे थे। यह वही अवस्था थी जिसमें इड़ा, पिंगला और सुषुम्ना तीनों नाड़ियाँ एक साथ प्रवाहित होती हैं। इसी को एकाग्रता का नाम देते हैं। भीष्म सिंह पूर्ण रूप से एकाग्र हो गए थे। तभी अश्वनी ने दरवाजे के पास से आवाज दी- "भैया!"

भीष्म सिंह की एकाग्रता टूटी। वो स्नेह से बोले- "अरे! आओ अश्वनी, बैठो।"

अश्वनी ने पूछा- "भैया, आपकी तैयारी कैसी चल रही है?"

भीष्म ने जवाब दिया- "ठीक चल रही है। हर बार की तरह इस बार भी लगा हूँ।"

अश्वनी ने कहा- "भैया, आप इतनी निराशा से क्यों बोलते हैं?"

भीष्म सिंह- "निराशा से नहीं पगले, हौसले से बोलता हूँ। जब तक उम्र है, तब तक हौसला रहेगा। मैं अंतिम समय तक प्रयत्न करता रहूँगा। मैं गिरूँगा। फिर से उठूँगा। यह प्रयास बार-बार करता रहूँगा।"

अश्वनी- "आपके इसी हौसले से तो सीखने को मिलता है। अच्छा भैया, प्रारंभिक परीक्षा का रिजल्ट कब तक आने की संभावना है?"

भीष्म सिंह- "तुमने आज का पेपर नहीं पढ़ा क्या? उसमें आया है कि प्रारंभिक परीक्षा के नतीजे एक-दो दिन में आ जाएँगे।"

अश्वनी ने बड़ी विनम्रता से कहा- "जी भैया।"

भीष्म- "अच्छा बताओ, अभी क्या पढ़ रहे हो?"

अश्वनी- "अभी समाचार पढ़ता हूँ भैया।"

भीष्म- "और संपादकीय?"

अश्वनी- "नहीं पढ़ता भैया। उसे पढ़ने में मजा नहीं आता है।"

भीष्म सिंह- "कड़वी चीजें ही सेहत के लिए अच्छी होती हैं। नीम कड़वा है, करेला कड़वा है, पर स्वास्थ्य के लिए लाभदायक है। वैसे ही संपादकीय है। तैयारी करने वालों को जरूर पढ़ना चाहिए।"

अश्वनी- "भैया मुझे पता नहीं था कि अखबार में संपादकीय पढ़ना इतना महत्त्वपूर्ण है। कल से मैं रोज संपादकीय पढ़ूँगा।"

आज शाम से ही गांधी चौक में रौनक थी। रात के आठ बज रहे थे। विद्यार्थी

अपने-अपने ग्रुप में खड़े थे। बहुत गहमागहमी थी। कोचिंग सेंटरों के बाहर भी भीड़ थी। देखकर लग रहा था मानो कोई नेता आने वाले हों और सब उनका इंतजार कर रहे हों। प्रारंभिक परीक्षा का रिजल्ट भी नेता से कम थोड़े ही होता है। यह रिजल्ट भी दो वर्गों में बाँट देता है। पहला वर्ग सफल और दूसरा वर्ग असफल का। यह रिजल्ट भी नेता की तरह सबको भाव नहीं देता है। यह भाव उसी को देता है, जो रात-दिन उसके लिए काम करता हो। नेता जिसका नाम अपनी जबान से निकाल दे वह प्रसिद्ध हो जाता है, वैसे ही जिसकी प्रारंभिक परीक्षा निकल जाए वह अपने मित्रों के बीच श्रेष्ठ हो जाता है। जैसे विधानसभा में मजबूरी है कि पंद्रह प्रतिशत विधायक ही मंत्री बन सकते हैं, वैसे ही प्रारंभिक परीक्षा रिजल्ट की मजबूरी है कि रिक्तियों का पंद्रह गुना ही ले सकते हैं। जिस तरह नाराज विधायकों को निगम और मंडलों का प्रभार दिया जाता है, उसी तरह अंतिम कटऑफ में आने वाले सभी विद्यार्थियों को पास कर दिया जाता है कि वे नाराज न हों।

एक लड़का उछलकर जोर से चिल्लाया- "मैं पास हो गया। मेरा प्री निकल गया।" ऐसे उछल रहा था मानो उसे अमृत मिल गया हो। फिर भीड़ और बढ़ने लगी।

उस लड़के की आवाज सुनकर सब कोचिंग के अंदर लगे कंप्यूटर की ओर भागे। प्रारंभिक परीक्षा के रिजल्ट आने पर रिजल्ट देखने वाली भीड़ की तुलना अमिताभ बच्चन की किसी फिल्म में लगने वाली भीड़ से की जा सकती है। कंप्यूटरजी बहुत चमत्कारी थे। कंप्यूटरजी का चमत्कार तो स्वयं बच्चन साहब देख चुके थे। कंप्यूटरजी के चमत्कार से बच्चन साहब का सारा कर्ज उतर गया था। कंप्यूटरजी बहुत ईमानदार थे, वो रिजल्ट में हेरफेर नहीं करते थे। जैसा रिजल्ट उन तक पहुँचाया जाता था वो वैसा ही रिजल्ट विद्यार्थियों को बताते थे। फेल विद्यार्थियों को कंप्यूटरजी की ईमानदारी पर शक होता था तो वो दुबारा अपना रिजल्ट देखते थे। दुबारा भी कंप्यूटरजी आईना दिखाते तो उन पर भ्रष्टाचार का आरोप लगाकर दूसरी कोचिंग की ओर बढ़ जाते थे। दूसरी कोचिंग में विराजमान कंप्यूटरजी भी बताते थे कि हमारी बिरादरी एक है। हम ईमानदार हैं। तू फेल है। अगले साल अच्छे से मेहनत करके फिर से आना।

भीष्म सिंह भी कोचिंग में रिजल्ट देखने पहुँचे। उन्हें कोचिंग के संचालक ने देखते ही अंदर बुलाया और बोले- "तुम तो वैसे ही पास हो गए होगे लेकिन

फॉर्मेल्टी कर देता हूँ।" कंप्यूटरजी भी मुस्करा रहे थे, वो भी आदी हो गए थे। उनका रोल नंबर देखने से पहले कंप्यूटरजी भी सोच रहे थे कि प्री का रिजल्ट मैं तुमको बिना देखे ही बता दूँगा कि तुम पास हो, लेकिन इंटरव्यू के बाद फाइनल रिजल्ट में तुम्हारा नाम गायब हो जाता है।

भीष्म सिंह बहुत उत्सुक तो नहीं थे क्योंकि वो जानते थे कि प्रारंभिक परीक्षा तो निकल ही जाएगी। फिर भी परीक्षा तो परीक्षा है। वो रिजल्ट में पास थे, उन्होंने राहत की साँस ली। मेन्स की तैयारी में तो प्रारंभिक परीक्षा के बाद से ही लग चुके थे। वो आठ से दस घंटे दिन में पढ़ ही लेते थे। पढ़ने के लिए एक ग्रुप में भी जाते थे। कोचिंग में पढ़ाने वाले 'सर' के संपर्क में रहते थे। वह उनको गाइड लाइन करते रहते थे।

अश्वनी की बेवकूफियाँ उसकी नियति पहले ही तय कर चुकी थीं। उसका फेल होना तो पक्का था। पर उसके फेल होने का साक्ष्य भी जरूरी था। कंप्यूटरजी ने भी उसके फेल होने का साक्ष्य दे दिया था, मोहर भी लगी हुई थी। अश्वनी समझ गया था कि कंप्यूटरजी की सारी बिरादरी एक है। किसी अन्य कोचिंग में जाने से भी उसका रिजल्ट नहीं बदल पाएगा। उसने अपने रिजल्ट को स्वीकार कर लिया।

किसी का मर्डर करने पर सजा एक बार ही मिलती है। संविधान में भी यही प्रावधान है, एक गलती की सजा एक ही बार दी जाए। पर सिविल सर्विस महोदय का तो अपना अलग ही संविधान है। एक बार गलती करने पर तीन बार सजा देते हैं। प्रारंभिक, मुख्य परीक्षा और इंटरव्यू तीनों के रिजल्ट के बाद दिल बहुत दुखता है, एक-दो दिन तो वह सो नहीं पाता। यदि गलती से रूम मेट का प्रारंभिक निकल गया हो तो गाँव भागने के सिवाय दूसरा रास्ता नहीं बचता। महीनों वह छटपटाता रहता है।

अश्वनी अपनी गलती को बार-बार याद करता था। उसे हमेशा लगता था कि परीक्षा की आखिरी रातों को सोया होता तो उसका भी प्रीलिम्स में हो जाता। सिविल सर्विस के क्षेत्र में गलतियों की गुंजाइश ही नहीं रहती है। क्रिकेट की भाँति एक बार आउट होने के बाद अगले मैच में ही बैटिंग करने का अवसर मिलता है। सिविल सर्विस में भी फेल होने के बाद अगली वैकेंसी का इंतजार करो। अश्वनी के पास भी अगली वैकेंसी के इंतजार के अलावा कोई दूसरा उपाय ही नहीं था।

अश्वनी प्रारंभिक परीक्षा के रिजल्ट के बाद उदास रहने लगा। जब उदासी

असहनीय हो जाती थी तब वह भीष्म सिंह से मिलने चले जाता था। वो भी अश्वनी को पढ़ने के लिए प्रोत्साहित करते थे। आज भी अश्वनी, भीष्म सिंह के पास ही गया था। जिस समय वह पहुँचा उस समय वो पढ़ रहे थे।

भीष्म सिंह पुस्तक पढ़ना बंद करते हुए बोले- "आओ अश्वनी, बैठो।"

अश्वनी ने पूछा- "भैया, आपकी पढ़ाई कैसी चल रही है?"

भीष्म सिंह- "मेरी तो ठीक चल रही है, तू अपनी सुना।"

अश्वनी उदास मन से- "ठीक से नहीं पढ़ पा रहा हूँ, भैया।"

भीष्म सिंह- "ऐसे काम नहीं चलेगा अश्वनी, पढ़ाई तो करनी होगी। नई वैकेंसी आज नहीं तो कल आएगी ही। उसके लिए तैयार रहना पड़ेगा।"

अश्वनी सिर को झुकाते हुए बोला- "मन नहीं लग रहा है भैया।"

भीष्म सिंह समझाते हुए बोले- "एक योद्धा अपने अस्त्र-शस्त्र चलाने का प्रशिक्षण हमेशा युद्ध में जाने से पहले लेता है। युद्ध में जाने से पहले उस प्रशिक्षण का अभ्यास भी वह हजारों बार करता है। पहले अपने को पूर्ण रूप से तैयार करता है, उसके बाद ही वह युद्ध में जाता है और विजेता बनकर निकलता है। सिविल सर्विस भी वैसी ही है, परीक्षा से पहले अपने आपको तैयार करना जरूरी है।"

अश्वनी उत्साह के साथ- "अच्छा लग रहा है भैया, कुछ और बताइए न।"

भीष्म सिंह ने अश्वनी को झिड़की देते हुए कहा- "मैं कोई भाषण नहीं दे रहा हूँ, कि वन्स मोर बोलने से और लंबा कर दूँ। मैं अनुभव को तुम्हारे साथ बाँट रहा हूँ, समझे। मेहनत करने से सफलता मिलती है, बातें करने से या किस्सा-कहानी पढ़ने सुनने से नहीं।"

अश्वनी गंभीर स्वर में बोला- "गलती हो गई भैया।"

भीष्म सिंह प्यार से बोले- "नहीं अश्वनी, कोई गलती नहीं हुई है। तुम्हारा स्वभाव प्रारंभिक परीक्षा में फेल होने वाले किसी भी विद्यार्थी जैसा ही है। यह स्वाभाविक प्रतिक्रिया है।"

अश्वनी- "भैया, प्रारंभिक परीक्षा का रिजल्ट आने से पहले मैं ठीक से पढ़ रहा था। मैंने नियति को स्वीकार कर लिया था लेकिन परीक्षा के रिजल्ट के बाद मैं थोड़ा अस्थिर हो गया हूँ।"

भीष्म सिंह- "इसी अस्थिरता को तो रोकना है। आगे तैयारी के लिए बहुत जरूरी है। यदि तुम अभी अपने को बचा लोगे तो आगे की तैयारी अच्छे से कर

सकोगे।"

"भैया आप ही दिशा-निर्देश दीजिए न, मैं आगे की तैयारी कैसे करूँ।" अश्वनी ने पूछा।

"तुम अब मुख्य परीक्षा की तैयारी में लग जाओ, तुम्हारे लिए यही अच्छा रहेगा।" भीष्म ने जवाब दिया।

"ठीक है भैया, कौन-से सब्जेक्ट लूँ?" अश्वनी ने पूछा।

"समाजशास्त्र और हिंदी साहित्य ले लेना, बहुत स्कोरिंग हैं। यदि हिंदी साहित्य में रुचि न हो तो लोक प्रशासन भी ले सकते हो, यह तुम्हारे ऊपर है कि कौन-सा लोगे।" भीष्म सिंह बोले।

अश्वनी- "भैया, कॉलेज में मैंने हिंदी साहित्य पढ़ा है। वह विषय मुझे भाता भी है इसलिए मैं वही लूँगा।"

"अब पढ़ाई में लग जाना, इधर-उधर मत करना। ये समझो कि मेरे साथ तुम भी मुख्य परीक्षा में शामिल हो रहे हो।" भीष्म सिंह बोले।

अश्वनी- "जी भैया। ये मान लीजिए कि आपका सबसे बड़ा प्रतिद्वंद्वी आपका छोटा भाई अश्वनी ही है।"

भीष्म सिंह- "ठीक है छोटे, मुझे भी गर्व महसूस होगा। जिस दिन मेरा छोटा डिप्टी कलेक्टर बनेगा उस दिन मैं गर्व से कहूँगा, अपना छोटा डिप्टी कलेक्टर बन गया है।"

वर्ष 2003 की मुख्य परीक्षा की तैयारी में अश्वनी और भीष्म सिंह दोनों लग गए। सूरज निकलने से सूरज ढलने तक पढ़ने लगे। दोनों के सब्जेक्ट अलग-अलग थे, पर वो दोनों अपने-अपने सब्जेक्ट के साथ पूर्ण रूप से न्याय कर रहे थे। दोनों के पढ़ने का समय अलग-अलग था। दोनों अपने-अपने रूम में रहकर ही पढ़ाई करते थे।

अश्वनी कुछ समय सबेरे और कुछ समय शाम को कोचिंग में देता था। वहाँ भी बैठकर पढ़ता रहता था। कोचिंग सेंटर में काम के साथ-साथ मुख्य परीक्षा की क्लास में भी बैठता था। वह विषय को मुख्य परीक्षा के हिसाब से समझने लगा था। मुख्य परीक्षा लिखित थी। उसमें 250 शब्दों में 6 लघु उत्तरीय और 600 शब्दों में 3 दीर्घ उत्तरीय प्रश्नों के उत्तर लिखने होते थे। अश्वनी अपनी तैयारी के पहले चरण में विषयवस्तु से अवगत हो रहा था। वह सीख रहा था कि प्रश्नों के उत्तर में तथ्यों को कैसे शामिल किया जाता है।

वह तथ्यों को व्यावहारिक रूप में भी समझ रहा था। वह समाज, समुदाय, समिति, संस्था, अवलोकन प्रश्नावली, अनुसूची सब बहुत अच्छे से समझ गया था। वह विचार-मंथन और विश्लेषण भी करने लग गया था। वह धीरे-धीरे समाजशास्त्र में बहुत अच्छा ज्ञान रखने लगा।

अश्वनी ने समाजशास्त्र के साथ ही साथ गोदान, मैला आंचल, तमस जैसे उपन्यासों; और स्कंदगुप्त, अंधायुग, आधे-अधूरे जैसे नाटकों के साथ ही साथ हिंदी साहित्य का इतिहास भी बहुत अच्छे से तैयार कर लिया था।

हिंदी साहित्य के अंधा युग का एक महत्त्वपूर्ण कथन तो उसकी जबान पर ही चढ़ गया था। वह अक्सर इस कथन को दोहराता रहता था-

"पता नहीं प्रभु है या नहीं
किंतु उस दिन यह सिद्ध हुआ
जब कोई भी मनुष्य
अनासक्त होकर चुनौती देता है इतिहास को
उस दिन नक्षत्रों की दिशा बदल जाती है
नियति नहीं है पूर्व निर्धारित
उसको हर क्षण मानव निर्णय बनाता मिटाता है।"

यह कथन उसे प्रेरित भी करता था। वह हिंदी साहित्य में भी बहुत अच्छा अध्ययन कर चुका था। सिविल सर्विस की मुख्य परीक्षा की तैयारी में वह धीरे-धीरे रमता गया।

भीष्म सिंह की अपने विषय इतिहास और लोक प्रशासन में तैयारी तो पहले से ही थी लेकिन इस बार अपने विषयों में नए तथ्यों और संदर्भों को जोड़कर तैयारी को और धारदार बना रहे थे। इस बार भीष्म सिंह को पूरी उम्मीद थी कि वे कोई-न-कोई पद अवश्य ले लेंगे। वो किसी एक पद के दावेदार तो निश्चित ही थे, लेकिन नियति उनका साथ नहीं दे रही थी।

आज 2003 मुख्य परीक्षा की डेट आ गई थी। दो माह बाद ही परीक्षा की तिथि थी। भीष्म सिंह रात-रात भर पढ़ने लगे। वो दिन में सोकर अपनी नींद पूरी करते थे। बहुत अनुभवी होने के कारण कभी भी अपना अनुशासन नहीं खोते थे। प्रतिदिन अपने द्वारा तय सिलेबस पूरा करके ही सोते थे। वो अपने साथ अश्वनी को भी पढ़ने के लिए प्रेरित करते थे।

मुख्य परीक्षा के लिए अब केवल 15 दिन बचे थे। अचानक भीष्म सिंह को

बुखार आ गया और धीरे-धीरे सब उनकी नजरों के सामने घूमने लगा। अश्वनी उन्हें बाजू वाले अंकल के साथ मिलकर जिला अस्पताल लेकर गया। शाम के सात बज रहे थे। भीष्म काँपने लगे थे। कँपकँपी धीरे-धीरे बढ़ने लगी। जिला अस्पताल में कंपाउंडर ने बैठा दिया और बोला कि साहब आएँगे तो देखेंगे। लगभग दो घंटे हो गए परंतु कोई नहीं आया। तब अश्वनी गुस्से में बोला, "आप लोग समझ नहीं रहे हो, यहाँ तबियत बिगड़ती जा रही है और डॉक्टर साहब अभी तक नहीं आए हैं।"

अश्वनी के गुस्से को देखकर एक कंपाउंडर बोला- "साहब, आप शांत हो जाइए, मैं जाकर देखता हूँ।"

जिला अस्पताल भगवान भरोसे ही चलता था। इन बातों को पहले अश्वनी ने सुना था, आज देख भी लिया। वहाँ का तालमेल अक्सर गड़बड़ होता है। जब डॉक्टर साहब रहते हैं तो कंपाउंडर और नर्स गायब रहते हैं। इसलिए इलाज नहीं होता है। जब कंपाउंडर और नर्स रहते हैं तो डॉक्टर नहीं रहते हैं। जब डॉक्टर, कंपाउंडर और नर्स रहते हैं, तब लैब टैक्नीशियन गायब रहते हैं। कहते हैं कि सरकारी अस्पताल में जब तक आपके साथ रूखेपन का व्यवहार हो रहा है तब तक आप सुरक्षित हैं। लेकिन कोई प्रेम से बात करे तो आप सावधान हो जाइए कि आपकी किडनी खतरे में है। किडनी कोई बेच न दे। उसे बचाने के लिए प्रेम व्यवहार करने वाले से दूर रहिए। वहाँ आपकी भावुकता का भी फायदा उठाते हैं। आपके पास आकर बोलेंगे कि आपके पेशेंट को ब्लड की जरूरत है और आपका खून भी बेच देंगे।

बिलासपुर के जिला अस्पताल को जनता धरम हॉस्पिटल के नाम से जानती थी। लेकिन वहाँ धरम का कोई काम नहीं होता था। वहाँ इतना अधर्म होता था कि लाशों के पोस्टमार्टम तक के पैसे माँग लिया करते थे। लाश भी बोलती थी कि बेटा, जिस दिन तू नरक में आएगा, उस दिन मैं बदला लूँगी। वहाँ की एक्सरे मशीन भी अक्सर आराम के मूड में रहती थी। कर्मचारी आरामपसंद थे। महीने में उनको एक-दो दिन ही काम करने का मूड होता था। वहाँ के लैब में कोई टेस्ट कराने पर अजीब घटना घटती थी। टेस्ट मलेरिया का कराया जाता था, तो रिपोर्ट कैंसर की आती थी। शुक्र है, भीष्म सिंह को मलेरिया के लक्षण थे और रिपोर्ट भी मलेरिया की आई।

प्रेम का सिगरेट

सूर्यकांत और नीलिमा अब कॉलेज से बाहर गार्डन में ही दिन बिताते थे। दोनों का प्रेम अटूट और पवित्र था। वह शारीरिक आकर्षण मात्र नहीं था। नीलिमा सूर्यकांत की पसंद-नापसंद का ध्यान रखने लगी थी। दोनों आज भी दीनदयाल गार्डन में बैठे थे। नीलिमा ने अचानक पूछा- "सूर्यकांत, खाने में कौन-सी सब्जी अच्छी लगती है?"

सूर्यकांत- "जिमी कांदा।"

नीलिमा- "खट्टा कि मसलहा?"

सूर्यकांत- "खट्टा।"

नीलिमा- "ठीक है, मैं बनाकर लाऊँगी।"

सूर्यकांत- "तुमको कौन-सी सब्जी अच्छी लगती है?"

नीलिमा- "कोचई, खेड़हा, खट्टी सब्जी कोई भी।"

सूर्यकांत- "हाँ जानता हूँ, लड़कियों को तो खट्टी सब्जी ही अच्छी लगती है।"

नीलिमा- "क्या कर सकते हैं।" नीलिमा ने सहज भाव से कहा- "मुझे तो पिंक कलर बहुत अच्छा लगता है और तुमको कौन-सा कलर अच्छा लगता है?"

सूर्यकांत- "नीला।"

नीलिमा- "वो कलर तुमको क्यों अच्छा लगता है? मुझे तो अच्छा नहीं लगता।"

सूर्यकांत- "मैंने तुमको पहली बार उसी कलर में देखा था इसलिए अच्छा लगता है। यदि तुमको पसंद नहीं इसका मतलब मुझको भी पसंद नहीं है।"

नीलिमा- "ऐसा नहीं है, मुझे पसंद नहीं तो तुम क्यों मेरे लिए अपनी पसंद के कलर को बदलोगे।"

सूर्यकांत- "मैं उन सब चीजों को छोड़ दूँगा जो तुमको पसंद नहीं हैं। तुम्हारी पसंद ही मेरी पसंद है और तुम्हारी नापसंद ही मेरी नापसंद है।"

नीलिमा ने मजाक से कहा- "मेरा लंगूर मुझसे इतना प्यार करता है!"

सूर्यकांत- "एक बार बोल के तो देखो, तुम्हें क्या नहीं पसंद, मैं उन सब चीजों को छोड़ दूँगा, आज से मेरी भी फेवरेट सब्जी कोचई, खेड़हा हो गए हैं। पिंक मेरा भी फेवरेट कलर हो गया है। तुम दुर्गा माता को मानती हो, मैं भी दुर्गा माता को मानूँगा।"

नीलिमा ने माजाकिया अंदाज में कहा- "मेरे लिए इतना कर रहे हो तो शराब-सिगरेट पीना छोड़ दो तब मैं जानूँ।"

सूर्यकांत की बरसों की आदत थी, ये सब छोड़ना उसके लिए बहुत मुश्किल था। लेकिन नीलिमा के लिए एक क्षण सोचे बिना भी वह बोला- "ठीक है नीलिमा, मैं इसी क्षण से सब कुछ छोड़ता हूँ।" वह सिगरेट के पैकेट को अपने पॉकेट से निकालकर फेंक देता है।

नीलिमा उसे बड़े प्रेम से गले लगाती है।

सूर्यकांत आजकल बहुत खुश रहता था। उसको खुश देखकर जयंती देवी और योगानंद भी खुश थे। लेकिन दोनों उसके खुश रहने के पीछे का कारण नहीं समझ पा रहे थे। वे कारण जानना भी नहीं चाहते थे। माता-पिता बच्चों की खुशी में ही अपना खुशी देखते हैं। योगानंद और जयंती देवी सूर्यकांत के चेहरे पर मुस्कान देखने के लिए तरस गए थे। ईश्वर ने शायद उनकी सुन ली थी।

सूर्यकांत सबेरे कॉलेज के लिए घर से निकलता। अपनी कार कॉलेज के बाहर रखता। कार की चाबी राजा को देकर उसकी खटपटी स्प्लेंडर बाइक ले लेता। उसी से नीलिमा के साथ गार्डन में आकर शाम को दोनों मिलते थे। यही दोनों की दिनचर्या थी। वे बैग में अपने-अपने घरों से टिफिन लेकर आते थे, और बड़े प्यार से एक-दूसरे को अपने हाथों से खिलाते थे।

उनका प्रेम हीर-रांझा, लैला-मजनू के स्तर का लगता था। इस जमाने में सब समझदार हैं, प्रेम के महत्त्व को समझने वालों की संख्या बढ़ी है। इसलिए अब प्रेमियों को कोई पत्थर से नहीं मारता और न ही कोई प्रेमियों को दीवार में चुनवाता है। क्योंकि अब दीवार में चुनवाने वालों के लिए कानून ही बहुत बड़ी दीवार है। बालिग प्रेमियों के लिए तो कानून 'रक्षा कवच' का काम करता है। थानेदार ही दोनों के माता-पिता होते हैं। वही शादी करवाते हैं। शादी में वही बराती

होते हैं, वही पंडित होते हैं। वही रक्षक हैं। अब आप केवल प्रेम करो, बाकी सब कानून सँभाल लेगा।

नीलिमा के कहने पर सूर्यकांत शराब और सिगरेट छोड़ चुका था। लेकिन लत तो थी उसे। वह कभी शराब तो कभी सिगरेट के लिए तड़प उठता था। वह बेचैन हो जाता था। व्याकुल हालत में सिर पकड़कर बैठ जाता था। कभी-कभी उसका सिर घूमने लगता था। मन में कभी विचार आता कि एक सिगरेट पी लेता हूँ। नीलिमा को पता थोड़े ही चलेगा। कोई बताने वाला भी तो नहीं है। लेकिन उसकी अंतरात्मा से आवाज आती थी- नीलिमा के साथ धोखा। नीलिमा भी तो तेरी ही आत्मा है। उस पवित्र आत्मा के साथ धोखा तुझे शोभा नहीं देता है।

फिर वह हाथ में ली हुई सिगरेट फेंक देता था। कभी-कभी नशे की तड़प में बेहोश होकर गिर जाता था। लेकिन उसने फिर कभी भी सिगरेट और शराब को हाथ नहीं लगाया।

नीलिमा ने सिर्फ मजाक में सिगरेट और शराब छोड़ने की बात की थी, उसने ऐसा कोई वचन भी नहीं लिया था। फिर भी सूर्यकांत ने सभी तकलीफों को सहते हुए केवल और केवल नीलिमा के लिए सारे व्यसन छोड़ दिए थे। सूर्यकांत की साँसें, उसके प्राण, उसकी आत्मा सब कुछ नीलिमा थी। सूर्यकांत का जीवन नीलिमामय हो गया था। जैसे पानी में शक्कर घुलकर अपना अस्तित्व ही समाप्त कर देती है वैसे ही सूर्यकांत भी अपना सब कुछ नीलिमा को समर्पित कर चुका था। वह अपना स्वतंत्र विचार खो चुका था। उसने नीलिमा के ही आचार-विचार को अपना लिया था।

गर्मी के दिन थे। वर्ष 2003 में एक चक्रवात की वजह से बिलासपुर में भी अचानक बारिश हो गई। बारिश तेज थी। सड़कों पर जगह-जगह पानी भर गया था। वैसी भी सड़क में गड्ढे नहीं थे, बल्कि गड्ढों में सड़क थी। सूर्यकांत और नीलिमा बाइक से गार्डन की ओर जा रहे थे। तभी एक महँगी गाड़ी का एक चक्का गड्ढे में पड़ा और गड्ढे का पानी सीधे नीलिमा के चेहरे पर! नीलिमा के मुँह से निकला- "ओए... अंधे! देखकर नहीं चला सकता।" नीलिमा ने गुस्से में एक पत्थर उठाया और गाड़ी पर दे मारा। पत्थर उसके पिछले भाग पर पड़ा। गाड़ी का शीशा क्रैक हो गया। गाड़ी रुकी और एक व्यक्ति उतरा। सूर्यकांत अपनी गाड़ी को स्टैंड कर रहा था। नीलिमा तब तक उस आदमी के पास पहुँचकर बोली- "अंधे हो गए हो क्या? अपनी अमीरी पर इतना घमंड मत

किया करो।" और न जाने क्या-क्या बड़बड़ाने लगी।

कार से उतरने वाला व्यक्ति और कोई नहीं योगानंद था। अचानक से सूर्यकांत की नजर भी अपने पापा पर पड़ी। उसने पीछे से हाथ जोड़कर जाने के लिए कहा। योगानंद मुस्कराकर बोले- "जीती रहो बेटी!" और चले गए। नीलिमा बोली- "बड़ा ही अजीब आदमी है! मैं उसको भला-बुरा बोल रही थी, वह आशीर्वाद देकर चला गया।"

सूर्यकांत- "होगा कोई भला आदमी। हो सकता है उसके किसी अपने का चेहरा तुमसे मिलता हो इसलिए आशीर्वाद देकर चला गया हो।"

सूर्यकांत के घर में उस रात्रि भोजन के लिए उसके साथ योगानंद और जयंती देवी भी बैठे थे। डाइनिंग टेबल पर विभिन्न प्रकार की मिठाइयाँ, फल और तीन प्रकार की सब्जियाँ रखी हुई थीं। सूर्यकांत अपनी धुन में खाना खा रहा था। जयंती देवी भोजन परोसते हुए बोली- "कहाँ खोया है रे?" सूर्यकांत ने जवाब दिया- "कहीं नहीं मम्मा।"

जयंती देवी- "कुछ तो बात है, बता न?"

सूर्यकांत- "सचमुच कुछ नहीं।"

योगानंद- "इश्केरिया रोग हुआ है।"

जयंती- "यह क्या इश्केरिया है?"

योगानंद- "इश्केरिया मतलब इश्क हुआ है।"

जयंती देवी- "कौन है बेटा, बताओ, कैसी लड़की है?"

योगानंद- "बहुत सुंदर है। उसे बहू बनाया जा सकता है।"

जयंती देवी- "तुम चुप रहो न जी। मेरे बेटे को बोलने दो। बताओ न बेटा, कौन है?"

सूर्यकांत- "मम्मा वो नीलिमा है।"

योगानंद- "पर उसके मम्मी-पापा तो शादी के लिए पहले ही मना कर चुके हैं।"

सूर्यकांत- "नीलिमा और मैं एक-दूसरे से बहुत प्रेम करते हैं, पापा। नीलिमा अब मान जाएगी। उसके मम्मी-पापा भी मान जाएँगे। लेकिन अभी समय नहीं आया है। जब नीलिमा बोलेगी तभी विवाह प्रस्ताव लेकर उनके घर जाना है।"

जयंती देवी- "बेटा तू बता देना। हम तो हमेशा तेरे सपने के लिए ही जीते हैं।"

योगानंद और जयंती देवी अपने बेटे से बहुत प्यार करते थे। नीलिमा की वजह से सूर्यकांत की नशे की लत भी छूट चुकी थी। उसका गुस्सैल स्वभाव भी धीरे-धीरे सामान्य हो गया था। नीलिमा, सूर्यकांत के जीवन के लिए किसी उपहार से कम नहीं थी। सूर्यकांत के मम्मी-पापा हमेशा उसके सपोर्ट में खड़े रहते थे। उसकी गलतियों पर कभी-कभी जरूर भड़कते थे। बच्चों की गलतियों पर माता-पिता को डाँटना जरूर चाहिए। क्योंकि डाँट मनुष्य को सही दिशा में लेकर जाती है। योगानंद और जयंती देवी अपने बेटे को जिस रूप में देखना चाहते थे, उस आदर्शवादी रूप को सूर्यकांत धारण कर चुका था।

राजा और सूर्यकांत ने बहुत दिनों से पार्टी नहीं की थी। आज राजा दोपहर से ही रात की पार्टी के बारे में सोच रहा है। न जाने कैसे शराबियों को कभी-कभी झटके लगते रहते हैं, कि अचानक उनका मन पीने के लिए तड़प उठता है। राजा, सूर्यकांत से जिद करते हुए बोला- "आज बैठते हैं न भाई।"

सूर्यकांत- "मैंने छोड़ दिया है।"

राजा- "भाई! बैठते हैं न।"

सूर्यकांत- "नहीं, छोड़ दिया है।"

राजा- "चल न, बड़ा भाव खा रहा है।"

सच्चा दोस्त अक्सर कमीना होता है। वह दोस्त को शराब और सिगरेट का नशा छोड़ते नहीं देख सकता। वह देखे भी तो कैसे, क्योंकि शराब एक 'अच्छी दवा' है। सर्दी, खाँसी, कब्जियत की दवा है, और दवा ही तो कड़वी होती है। स्वास्थ्य के लिए जितनी भी लाभदायक चीजें हैं वो कड़वी हैं। जैसे नीम के पत्ते को लीजिए। करेले को लीजिए। दोनों स्वास्थ्यवर्धक हैं इसलिए कड़वे हैं। शराब जैसी दवा को सूर्यकांत छोड़ दे तो राजा को तकलीफ तो होगी ही। इसलिए वह इतना जोर दे रहा था।

सूर्यकांत भी राजा की तड़प देखते हुए बोला- "ठीक है, मैं तेरे साथ रहूँगा लेकिन सहभागी नहीं बनूँगा।

राजा ने सोचा- 'एक बार मुर्गा फँस जाए, फिर बच के जाएगा कहाँ? वह माहौल देखकर अपने को रोक ही नहीं पाएगा।'

चाँदनी रात थी। अरपा नदी के किनारे दोनों बैठे गप्पें हाँक रहे थे। ठंडी-ठंडी हवाएँ दिन भर की गर्मी के बाद सुकून दे रही थीं। राजा ने दो डिस्पोजबल ग्लास निकाले तो सूर्यकांत ने मना कर दिया। राजा अब अकेले ही पीने लगा।

यदि किसी मीठा पसंद करने वाले व्यक्ति के सामने काजू कतली लाकर रखें और वह खाने से मना करे तो उस समय उसके मन की स्थिति कैसी होगी? क्या वह अपने आप को रोक पाएगा? उसके खाने और न खाने के बीच एक धर्मसंकट पैदा होगा। मन और आत्मा के बीच एक द्वंद्व होगा। नैतिकता और अनैतिकता के बीच द्वंद्व होगा। सही और गलत के बीच द्वंद्व होगा। यही सब द्वंद्व सूर्यकांत में मन में चल रहे थे। उसका नीलिमा के प्रति दृढ़ संकल्पमय मन इन सब बुराइयों पर भारी था। वह नीलिमामय संकल्पबद्ध मन आँधी-तूफान के बीच सूर्यकांत को टिकाए रखता। वह अडिग था। वह जिन चीजों को छोड़कर आगे बढ़ चुका था अब फिर से उसी दलदल में नहीं जाना चाहता था। वह इन बुराइयों से काफी आगे निकल चुका था।

राजा नशे की हालत में बोला- "अबे सूर्यकांत, तू नीलिमा से इतना प्यार करता है कि उसने मजाक में शराब और सिगरेट छोड़ने के लिए बोला और तूने छोड़ दिया?"

सूर्यकांत ने जवाब दिया- "हाँ भाई, जिसके लिए मैं जीता हूँ उसका एक-एक शब्द मेरे लिए इबादत है। उसके होंठों की मुस्कान मेरे लिए दुनिया नहीं बल्कि ब्रह्मांड है। उसकी पायल की झनक मेरे लिए मंदिर की घंटी है। उसकी बोली मेरे लिए किसी पूजा के मंत्रोच्चार से कम नहीं है। उसके रूठने पर मनाना राधा के रूठने पर कृष्ण के मनाने जैसा है। मेरी तपस्या, मेरी साधना, मेरी आराधना, मेरा कर्मयोग, भक्तियोग, राजयोग हठयोग सब नीलिमा ही है।"

राजा- "मान गए भाई, तू तो बड़ा मजनू निकला।"

सूर्यकांत- "मैं अपनी तुलना किसी से नहीं करता राजा, सूर्यकांत ही रहना चाहता हूँ। मैं छोटे-से जीवन में जितना प्यार दे सकता हूँ उतना मैं जरूर दूँगा। जैसे गुलाब अपनी खुशबू एक निश्चित दायरे में फैलाता है और अपने दायरे में आने वाले को सुगंधित किए बिना नहीं रहता, वैसे ही मैं अपने छोटे-से दायरे में उसके लिए जो कुछ कर सकता हूँ, जरूर करूँगा।"

राजा- "अब तो नीलिमा भी तुझसे प्यार करती है। अब शादी के लिए क्यों नहीं बोलता?"

सूर्यकांत- "पहले वो अपने सपने को पूरा करना चाहती है। वह अधिकारी बनना चाहती है। उसके बाद ही वह शादी करेगी।"

राजा वर्तमान युग के लैला-मजनू के प्रेम का साक्षी था। वह सूर्यकांत के प्रेम

को देख-सुनकर भावुक हो गया। नीलिमा भी सूर्यकांत के प्रेम को तो पहचानती थी लेकिन उसकी गहराई का अंदाजा नहीं था।

सबेरे गांधी चौक के पास सिविल सर्विस के कोचिंग सेंटर की क्लास छूटी थी। नीलिमा अपनी साइकिल से कॉलेज जा रही थी। एक जगह भीड़ देखकर साइकिल रोककर खड़ी हो गई कि भीड़ कम हो जाए तो उसके बाद वह आगे बढ़े। तभी एक कम हाइट का गोरा-सा लड़का नीलिमा के पास पहुँचकर बोला- "हाय मेरी जान कैसी हो? मैं नरेश, मुझसे दोस्ती करोगी? मैं इस साल डिप्टी कलेक्टर बनूँगा। तुमको मेरे जैसा 'बॉयफ्रेंड' नहीं मिलेगा। मैं भविष्य कोचिंग में पढ़ता हूँ। कल इसी समय फिर मिलूँगा।"

वह लड़का कुछ और बोलना चाह रहा था लेकिन भीड़ के छँटते ही नीलिमा ने साइकिल तेजी से आगे बढ़ा दी।

नीलिमा की आँखों में आँसू भर आए थे। वह कॉलेज पहुँचकर एक किनारे पर बैठकर चुपचाप रो रही थी। वह इस घटना को सूर्यकांत और राजा से छिपा लेना चाह रही थी। इधर सूर्यकांत की नजरें भी नीलिमा को ढूँढ रही थीं। बहुत समय हो गया था वह नहीं आई थी। सूर्यकांत ने राजा से कहा- "नीलिमा अभी तक कॉलेज नहीं आई है। चल बाइक निकाल, उसके घर पर पता करके आते हैं।"

राजा ने कहा- "आ रही होगी, कहाँ जाएगी।"

"चल देखकर आते हैं मेरे भाई, जल्दी गाड़ी निकाल।" सूर्यकांत ने जोर देते हुए कहा।

राजा गाड़ी निकाल ही रहा था कि उसकी नजर नीलिमा की साइकिल पर पड़ी। वह चिल्लाकर बोला- "सूर्यकांत, नीलिमा की साइकिल तो यहीं खड़ी है।"

सूर्यकांत- "जरूर कोई बात है राजा। प्लीज राजा, देख भाई कॉलेज को छान मार। यहीं आस-पास कहीं होगी। अपने बाकी दोस्तों को भी बोल दे।"

दोनों नीलिमा को इधर-उधर खोजने लगे। तभी राजा की नजर कोने में सिर झुकाकर बैठी, आँसू बहाती नीलिमा पर पड़ी। उसने उसके पास जाकर पूछा- "नीलिमा, क्या हुआ?"

नीलिमा अपने आँसू छिपाते हुए बोली- "कुछ नहीं हुआ है राजा भैया।"

राजा समझ गया था कि कुछ न कुछ तो जरूर है। पर वह बात को बढ़ाना नहीं चाहता था। वह जानता था कि नीलिमा की छोटी-सी परेशानी भी सूर्यकांत के

लिए बहुत बड़ी हो जाती है। राजा ने उसे समझाया- "देख नीलिमा, जो भी बात है मुझसे बोल दे, नहीं तो सूर्यकांत को पता चलेगा तो बहुत परेशान हो जाएगा।"

नीलिमा अपने आँसू पोंछते हुए बोली -"नहीं भैया, मैं सूर्यकांत को नहीं बताऊँगी।"

तब तक सूर्यकांत भी पहुँच गया था। उसने नीलिमा से पूछा- "क्या हुआ है नीलिमा?"

नीलिमा ने जवाब दिया- "कुछ नहीं सूर्यकांत।"

वह सूर्यकांत से सब कुछ छिपाना चाहती थी, लेकिन उसके आँसू सूर्यकांत के प्रति ज्यादा वाफादार थे इसलिए निकल पड़े। आँसू देखते ही सूर्यकांत समझ गया कि कुछ न कुछ तो जरूर हुआ है। वह बेचैन होकर तेज आवाज में बोला- "बताओ न नीलिमा, आखिर हुआ क्या है?"

नीलिमा ने सूर्यकांत की बेचैनी देखते हुए सब कुछ बता दिया। उसकी बात सुनकर सूर्यकांत ने राजा से बाइक की चाबी माँगी और नीलिमा को गाड़ी पर बैठने के लिए बोला। डरी-सहमी नीलिमा चुपचाप सूर्यकांत के पीछे बैठ गई। सबसे पहले वह भविष्य कोचिंग गया। नरेश के बारे में पूछताछ की। कोचिंग में बैठे काउंसलर ने कोई भी जानकारी देने से मना कर दिया। सूर्यकांत ने काउंसलर का कॉलर पकड़ लिया। काउंसलर ने फिर भी विनम्रता से कहा- "मेरी नौकरी का सवाल है सर, मैं नहीं बता पाऊँगा, माफ कीजिए।"

सूर्यकांत उसका कॉलर छोड़कर कोचिंग से बाहर आ गया।

सूर्यकांत समझ नहीं पा रहा था कि वह क्या करे। फिर उसने गांधी चौक के आस-पास स्थित एक-एक हॉस्टल में जाकर ढूँढने का निश्चय किया। उसने नीलिमा को लेकर सबसे पहले आदर्श कॉलोनी के हॉस्टल से छानबीन शुरू की। गांधी चौक के आस-पास के सभी हॉस्टल छान मारे लेकिन वह लड़का नहीं मिला। आख़िर गांधी चौक के पास ही पंजाबी कॉलोनी में बने एक हॉस्टल में पूछताछ से पता चला कि रूम नंबर दस में रहता है। सूर्यकांत ने रूम नंबर दस का दरवाजा खटखटाया। वहाँ एक लड़का निकलकर आया- "जी, किससे मिलना है?" सूर्यकांत समझ गया कि उसने नहीं उसके पार्टनर ने नीलिमा को परेशान किया था। उस लड़के ने फिर से पूछा- "किससे मिलना है?"

"नरेश से।" सूर्यकांत ने जवाब दिया।

लड़के ने कहा- "अंदर सो रहा है। आप लागों को कुछ जरूरी काम है

क्या?"

सूर्यकांत तेजी से उस लड़के को हटाकर अंदर घुस गया और सोते हुए आदमी को लात मारी। वह बिस्तर से गिर पड़ा। सूर्यकांत ने उसको सँभलने का मौका नहीं दिया। वह फिर से लात और घूँसे बरसाने लगा। नीलिमा को देखकर वह लड़का नरेश पूरा मामला समझ गया था। वह किसी भी तरह बचकर रूम से बाहर निकल जाना चाहता था। वह सूर्यकांत को धक्का देते हुए रूम से बाहर भागा और बाजू के रूम में घुस गया और दरवाजा अंदर से बंद कर लिया। सूर्यकांत उस रूम के दरवाजे को भी जोर-जोर से पीटने लगा- "दरवाजा खोलो... खोलो दरवाजा।"

दरवाजा नहीं खुला तो जोर-जोर से लात मारने लगा। यह सब देखकर नीलिमा ने उसके कंधे पर हाथ रखकर कहा- "हो गया सूर्यकांत, उसके किए की सजा तुम दे चुके हो। अब चलते हैं।" सूर्यकांत का गुस्सा अब तक शांत नहीं हुआ था। लेकिन नीलिमा की बात उसके लिए अकाट्य थी। वह नीलिमा को कॉलेज लेकर वापस आ गया। राजा भी कॉलेज के बीस-पच्चीस लड़कों के साथ सूर्यकांत का इंतजार कर रहा था।

उसने सूर्यकांत के आते ही पूछा- "सब ठीक तो है न?"

सूर्यकांत ने कहा- "हाँ सब ठीक है।" फिर उसने नीलिमा को घर जाने के लिए कहा। नीलिमा अपनी साइकिल निकाल ही रही थी कि सूर्यकांत बोला- "राजा, तुम इसे छोड़कर आ जाओ। साइकिल किसी और को ले जाने के लिए बोल दो।" राजा ने वैसा ही किया। वह नीलिमा को घर छोड़ने के लिए चला गया।

सूर्यकांत अभी भी व्याकुल था। वह गुस्से से इधर-उधर टहल रहा था। उसे समझ में नहीं आ रहा था कि क्या करे। उसका ध्यान उस लड़के की तरफ ही था। वह उसे पीटकर भी संतुष्ट नहीं हुआ था। उसकी जब तक अच्छे से धुनाई नहीं करेगा तब तक सूर्यकांत को संतुष्टि नहीं मिलेगी। राजा नीलिमा को घर छोड़कर कुछ समय बाद फिर से कॉलेज पहुँच गया। सूर्यकांत ने कॉलेज के गेट के पास ही आवाज दी- "राजा... राजा... राजा गाड़ी मोड़।"

राजा तुरंत गांधी चौक की ओर गाड़ी मोड़ लेता है। वो दोनों पंजाबी कॉलोनी की तरफ जा ही रहे होते हैं कि सहसा नरेश रास्ते में पड़ने वाले 'यादव होटल' के पास दिखता है। फिर से सूर्यकांत और राजा उस लड़के पर ताबड़तोड़ प्रहार

करने लगते हैं। दोनों मिलकर नरेश को खूब पीटते हैं। वह दोनों हाथ जोड़कर माफी माँगता है। राजा चेतावनी देता है- "ठीक है, अब नीलिमा को ही नहीं, किसी भी लड़की को छेड़ोगे तो बहुत मार खाओगे।"

दोनों वहाँ से चल पड़े और कॉलेज आ गए। शाम तक कॉलेज परिसर में ही बैठे रहे। वे बात तो कर रहे थे पर दोनों का ध्यान नहीं था। दोनों ही आज की घटना से विचलित थे। राजा ने सूर्यकांत को दोबारा सलाह दी- "भाई, ये सब कब तक चलेगा, तू जल्दी से नीलिमा से शादी के बारे में सोच।"

सूर्यकांत- "नीलिमा अपना कैरियर बनाना चाहती है भाई। उसके सपने को मैं अपना सपना मानता हूँ। कॉलेज की परीक्षा के बाद वह सिविल सर्विस की तैयारी करेगी। वह कुछ बनने के बाद ही शादी करेगी।"

सूर्यकांत नीलिमा के लिए जीता था। इसलिए उसके सपने को साकार होते देखना चाहता था।

असफलता का प्लेटफॉर्म

भीष्म सिंह मलेरिया के उपचार के बाद स्वास्थ्य लाभ ले रहे थे। परीक्षा में एक हफ्ता ही बचा था। मलेरिया के बाद उनके शरीर में कमजोरी थी। वो अपने जीर्ण-शीर्ण शरीर के साथ रणभूमि में कूद पड़े। पढ़ाई ही तो एक रास्ता था उनके जीवन को सफल बनाने के लिए। साल 2003 मुख्य परीक्षा में वस्तुत: एक सब्जेक्ट के लिए एक ही दिन बचा था। भीष्म सिंह बहुत व्याकुल थे। समझ नहीं पा रहे थे कि इतने कम समय में अपने सभी पेपर का रिविजन कैसे करें।

अश्वनी भी अब भीष्म सिंह की सेवा के लिए अस्थायी तौर पर उन्हीं के रूम में ही रहने लगा था। वह खाना बनाने से लेकर घर के सारे काम करता था। यहाँ तक कि कपड़े भी धो देता था। भीष्म सिंह के मना करने पर वह कहता था- "आप मेरे बड़े भैया हैं। आपके लिए मैं कुछ करूँ तो इसमें हर्ज क्या है।"

अश्वनी उनके लिए समर्पित था। भीष्म सिंह उसके लिए भगवान से कम नहीं थे। वह अपने भगवान की पूजा, सेवा, आराधना में किसी तरह से समझौता नहीं करना चाहता था। उसे भीष्म भैया की सेवा से वैसे ही आनंद की अनुभूति होती थी जैसे ईश्वर की आराधना के बाद भक्तों को होती है।

भीष्म सिंह भी अश्वनी से अटूट स्नेह रखते थे, वे भी उसे अपने छोटे भाई जैसा ही मानते थे। हमेशा उसके भविष्य के बारे में सोचते थे, उसे गाइड लाइन देते थे।

भीष्म सिंह एक हफ्ते में रिविजन के लिए चिंतन-मनन करने लगे। वो अपनी व्यग्रता और चिंता को कम करने के लिए कुछ समय भ्रामरी प्राणायाम करते थे। आँख बंद करके रीढ़ की हड्डी सीधी करके कानों में उँगली रखकर भौंरे जैसे गुंजार करना ही भ्रामरी प्राणायाम है। भीष्म सिंह जब भी तनाव में रहते या पढ़ते-पढ़ते सिर भारी हो जाता तो भ्रामरी प्राणायाम कर लेते थे। इससे मन शांत हो

जाता है। भीष्म ने भ्रामरी प्राणायाम के बाद ठंडे दिमाग से अपनी रणनीति बनाई। उन्होंने तय किया कि वो दो दिन संपूर्ण विषय की अध्ययन सामग्री विशिष्ट की-वर्ड फॉर्म में लिख लेंगे और शेष पाँच दिनों में उसे ही रिवाइज करेंगे। रणनीति पर अमल करते हुए उन्होंने संपूर्ण विषयों का सिनॉप्सिस तैयार करके अपना पूरा सिलेबस कई बार दोहरा लिया।

मुख्य परीक्षा के एक रात पहले भीष्म सिंह खाना खाकर दस बजे ही सो गए। वो सबेरे पाँच बजे से ही उठकर पढ़ने लगे। रात में अश्वनी भी वहीं रुका था। उसने भीष्म सिंह को चाय बनाकर दी। भीष्म चाय पीकर नित्यकर्म करके योग करने लगे। प्राणायाम, भ्रामरी प्राणायाम, सूर्य नमस्कार, हलासन, आदि करने लगे। अश्वनी ने आश्चर्यचकित होकर पूछा- "भैया, दो घंटे बाद परीक्षा है, आप दोहराना छोड़कर योग क्यों कर रहे हैं?"

भीष्म सिंह ने जवाब दिया- "मन शांत रखने के लिए जरूरी है। पेपर के दिन पढ़ाई से ज्यादा जरूरी मन को शांत रखना है। मन से ही सब कुछ संभव है। इसलिए पढ़ाई में योग को भी दिनचर्या के रूप में शामिल करना जरूरी है।"

भीष्म सिंह ने बाजू वाले अंकल की बाइक पेपर तक के लिए माँग ली थी। अश्वनी बाइक बाहर निकालकर जोर से चिल्लाता है- "भैया जल्दी चलिए न, टाइम हो रहा है।"

भीष्म सिंह जाने से पहले पूजा कर रहे थे। वो बोले- "ठीक है, मैं आ ही रहा हूँ।"

भीष्म सिंह बाहर आते हैं। बाइक स्टार्ट करके आगे बढ़ते हैं। जैसे ही वो गांधी चौक के पास पहुँचते हैं, एक लड़का लिफ्ट के लिए हाथ दिखाता है। अश्वनी गाड़ी रोकता है। वह लड़का बोला- "भैया जी.डी.सी. कॉलेज मेरा सेंटर है, जहाँ तक हो सके आप छोड़ दीजिए।"

भीष्म बोले- "बैठ छोटे, हम लोग भी वहीं जा रहे हैं।" वह लड़का भी बैठ गया। तीन सवारी दूसरे की बाइक में बैठने का मजा ही अलग है। जब जरूरत हो तो तीन क्या चार भी बैठ सकते हैं। गाड़ी भी तीन सवारी से कम बैठो तो नाराज हो जाती है, पर तीन सवारी की पूर्णता पर कई बार घमंड से रामप्यारी के नाज-नखरे भी बढ़ जाते हैं, किंतु शुक्र है सब ठीक-ठाक रहा।

भीष्म सिंह ने अपना पहला पेपर बहुत अच्छा बनाया था। पहले पेपर के बाद दो घंटे का गैप था। उसके बाद दूसरा पेपर था। वे पहले पेपर के बाद जब

निकले तो उनका बैग उस जगह पर नहीं था जहाँ पर उन्होंने रखा था। उस बैग में भीष्म सिंह की सबसे कीमती चीज- दूसरी पाली में होने वाले पेपर के नोट्स रखे थे। उन्होंने इधर-उधर अपना बैग ढूँढने का प्रयास किया किंतु वह कहीं पर भी नहीं दिखा। इस स्थिति में भी भीष्म सिंह ने अपना आपा नहीं खोया, वह धैर्य के साथ अपने सेंटर के गार्डन में ही बैठे रहे। पूरे समय मानसिक जाप करते रहे।

इसी तरह रोज एक निश्चित दिनचर्या में पेपर होते गए। जिस दिन पेपर समाप्त हुआ उस दिन वो बहुत खुश थे। उन्हें इस वर्ष कोई-न-कोई पद मिल जाने की उम्मीद थी। वो पूर्णत: आशान्वित थे।

प्रतियोगी परीक्षा की तैयारी करने वाला हर छात्र अपने आप में डिप्टी कलेक्टर होता है। जब घर से तैयारी करने बिलासपुर के गांधी चौक पहुँचता है तब वह केवल और केवल डिप्टी कलेक्टर के सपने देखता है। उसे यह सपना देखने का पूरा अधिकार है। पर उस सपने को साकार करने के लिए जिस अनुशासित कर्म की आवश्यकता होती है उसे हर कोई पूरा नहीं कर सकता। कोयले के साथ ही हीरा पाया जाता है पर हर कोयला हीरा हो यह आवश्यक नहीं है। उसी तरह डिप्टी कलेक्टर कोई-न-कोई प्रतियोगी छात्र ही बनेगा, लेकिन हर छात्र डिप्टी कलेक्टर नहीं बन सकता। सोने के निखार के लिए उसका तपना जितना जरूरी है उतना ही प्रतियोगी परीक्षा में सफल होने के लिए छात्रों को तपना पड़ता है। जब प्रतियोगी अपना खून-पसीना बहाता है और आठ से दस घंटे टेबल पर अपना समय देता है तब जाकर वह सफल होता है। सफलता की पहली और अंतिम शर्त है- मेहनत। ईमानदारी के साथ मेहनत। लक्ष्य के प्रति मीरा जैसा समर्पण होना चाहिए जिन्होंने अपने कान्हा के लिए हँसकर विषपान कर लिया था। जिसके विश्वास ने विष को भी अमृत कर दिया। लक्ष्य को प्राप्त करने के लिए विकल्पहीन संकल्प हो। विकल्प राहों से भटकाता है। यदि एक ही रास्ता है तो अनजाने रास्ते में भी पूछने की जरूरत नहीं पड़ती लेकिन जहाँ दोराहा या चौराहा आता है, वहाँ पूछना पड़ता है, अन्यथा भटकाव की भी बहुत अधिक संभावना होती है।

राम प्रसाद वही है जो डी.पी. महाविद्यालय का एम.ए. का विद्यार्थी है। जिसका ब्लड ग्रुप ओ निगेटिव है। जिसने सिविल सर्विस कार्यालय में पथराव किया था। जिसे कुछ समय के लिए जेल भी जाना पड़ा था। उसे ही मुख्य परीक्षा के समय भीष्म सिंह ने लिफ्ट दिया था। पूरी परीक्षा के दौरान भीष्म सिंह ने उसका

सहयोग किया था।

अब भीष्म सिंह और अश्वनी के साथ राम प्रसाद भी जुड़ चुका था। वह बहुत अच्छा लड़का था। उसके पिताजी किसान थे। राम प्रसाद को भी किसानी का पूरा ज्ञान था। बारहवीं तक वह गाँव के स्कूल में ही पढ़ा था। वह खेती-किसानी के काम के बाद स्कूल जाता था। हल चलाने से लेकर बुआई, लुआई, मिसाई, सारे कामों में माहिर था। उसका मन भी खेती-किसानी में खूब रमता था। दसवीं के बाद ही एग्रीकल्चर लेकर पढ़ने का मन था, लेकिन उसके पड़ोसी का लड़का पटवारी बन गया था। उसके पटवारी बनने से राम प्रसाद के जीवन में दबाव आने लग गया। धीरे-धीरे उसके मन में भी सरकारी नौकरी की लालसा जग गई। जो व्यक्ति कृषि वैज्ञानिक बनने की क्षमता रखता था वह एक नौकरी पाने की चाहत में प्रतियोगी परीक्षाओं की तैयारी का मन बना बैठा। उसने बारहवीं तक बायोलाजी लेकर पढ़ाई की थी लेकिन सिविल सर्विस की तैयारी के लिए वह कॉलेज में आर्ट लेकर पढ़ने लगा। बीए प्रथम वर्ष से ही उसने सिविल सर्विस की तैयारी शुरू कर दी थी।

राम प्रसाद के भी मुख्य परीक्षा के सभी पेपर अच्छे बने थे। वह भी आशान्वित था। उसे पूरी उम्मीद थी कि उसका मुख्य परीक्षा में चयन हो जाएगा और वह इंटरव्यू के बाद कोई भी पद पा सकता है।

अश्वनी को गाँव से बिलासपुर आए हुए आठ माह हो गए थे। इतने दिनों में उसे अपने पिता और बहन की खूब याद आती थी। कभी-कभी याद करते-करते उसके आँसू निकल आते थे। अश्वनी का मन अब घर जाने को व्यग्र था। वह किसी भी हालत में गाँव जाना चाहता था।

उसने भीष्म सिंह से पूछा- "भैया, मेरा मन गाँव जाने को कर रहा है। मैं गाँव जाकर पिताजी से मिलकर आ जाऊँ क्या?"

भीष्म सिंह- "इसमें पूछने की क्या बात है। घर पर मिलकर आ जाओ। घर से आओगे तो दिमाग फ्री होकर काम करेगा। वैसे भी पढ़ाई के बीच में गैप लेते रहना चाहिए।"

अश्वनी का चेहरा खिला हुआ था। वह ट्रेन में बैठ गया था लेकिन उसका मन सोच रहा था कि अभी उड़कर पहुँच जाऊँ। बेसब्री की सीमा पार कर चुका था। बहुत दिन बाद अपनी बहन माया, अपने पिता, और अपने मुँहबोले चाचा भागीरथी से जो मिलना था। उसको अपनी माया के हाथ से बना स्वादिष्ट खाना

खाए आठ माह हो गए थे।

अश्वनी की ट्रेन सही समय पर पहुँच गई थी। ट्रेन का सही समय पर पहुँचना एक चमत्कार ही था। शायद आज ट्रेन को सही समय पर पहुँचाने के लिए ड्राइवर पर जुर्माना जरूर लगा होगा। शायद ट्रेन चालक ने भगवान शंकर के महाप्रसाद (भाँग) को ग्रहण करके ही यह चमत्कार किया होगा। 'स्लो रेस' की दौड़ में अक्सर ट्रेन ही जीत जाती है। लोग व्यंग्य से कहते हैं कि भारतीय रेल का वर्ल्ड रिकॉर्ड बना हुआ है। 'स्लो रेस' को जीतने के लिए भारतीय रेल को कई बार पुरस्कृत किया जा चुका है। जिस तरह सुबह का भूला शाम को घर आ जाए तो उसे भूला नहीं कहते वैसे ही सबेरे की ट्रेन शाम को आ जाए तो उसे लेट नहीं कहते, यह रेल अधिकारियों का तर्क होता है। ट्रेन लेट ही सही पर आ तो जाती है न। वो बेवफा तो नहीं है।

अश्वनी स्टेशन से चलकर अपने गाँव की ओर जाने वाली बस में बैठ गया। बस पंगडंडियों से होकर गुजर रही थी। अश्वनी ने देखा कि आठ माह पहले जैसे रास्ते से गुजरा था, वैसा ही रास्ता अब भी है। हाँ, बीच-बीच के गड्ढे बड़े हो गए थे। हमारे राजनेता प्रकृतिवादी हैं शायद इसलिए इन कच्ची पगडंडियों से उन्होंने छेड़छाड़ नहीं की थी। वो आदिम संस्कृति को इस बाजारवादी संस्कृति के बीच बचाकर रखना चाहते हैं इसलिए चार बार सड़क के लिए पैसा स्वीकृत होने के बाद भी इन कच्ची सड़कों को सुरक्षित व संरक्षित रखा था।

बस भागीरथी की दुकान के कुछ आगे रुकी। अश्वनी उस दुकान के पास पहुँचा तो वहाँ पर एक शराब की दुकान बन चुकी थी। उस शराब दुकान के बाजू में शराबियों के बैठकर पीने का अहाता भी बना हुआ था। गाँव के लोग बैठकर पी रहे थे। आस-पास के गाँव वाले भी अब पीने के लिए वहीं आया करते थे। गाँव का माहौल शराबियों की वजह से धीरे-धीरे खराब होने लगा था। गाँव में छेड़छाड़ की घटनाएँ होने लगी थीं। आए दिन इस शराब दुकान की वजह से गाँव में विवाद होने लगे थे।

शराब के अलावा गाँव के नवयुवकों का जुआ खेलने का जमावड़ा भी होने लगा था। सारे जुआरी बलभद्र सिंह के फार्म हाउस में जुटे रहते थे। ये सारा दो नंबरी काम बलभद्र का ही था। बलभद्र पर स्थानीय विधायक सत्यप्रकाश का हाथ था इसलिए गाँव के लोग कुछ बोल नहीं पाते थे।

अश्वनी घर पहुँचा तो उसके पिताजी आराम कर रहे थे। बहन माया घर

का कुछ काम कर रही थी। अश्वनी घर के बाहर से आवाज देता है। "माया... माया... !" माया बाहर आकर देखती है और 'भैया... भैया...' कहकर अश्वनी के चरण स्पर्श करती है। अश्वनी सबकी खैरियत पूछता है- "तू कैसी है ?"

माया- "मैं तो अच्छी हूँ।"

अश्वनी- "तू तो बड़ी दुबली हो गई है। खाने को नहीं मिलता क्या ?"

माया- "तू भी तो अपनी शक्ल देख।"

अश्वनी- "मेरी शक्ल का क्या हुआ है, अच्छा-खासा तो हूँ।" फिर उसने पूछा- "भागीरथी चाचा कहाँ हैं आजकल ? उनकी दुकान भी उजड़ गई है, यह कैसे हुआ ?"

माया- "भैया, तू इन सब बातों में मत पड़।"

अश्वनी ने फिर से पूछा- "बता न माया, उनका मुझ पर बहुत एहसान है।"

माया- "भागीरथी चाचा की दुकान को बलभद्र ने उजाड़ दिया, क्योंकि उसी जगह पर उसे अपनी शराब की दुकान बनानी थी। भागीरथी चाचा आजकल पास के गाँव में दूसरे की साइकल बनाने की दुकान में काम करते हैं।"

अश्वनी- "इससे उनका गुजारा कैसे चलता होगा ?"

माया- "उनकी आर्थिक स्थिति धीरे-धीरे खराब हो गई है।"

अश्वनी- "घर पर कब मिलेंगे ?"

माया- "सूरज ढलते ही घर पहुँच जाते हैं।"

अश्वनी- "ठीक है, मैं उनसे मिलने जाऊँगा।"

वह भागीरथी के बारे में सुनकर बहुत दुखी था। उसके मन में उनके प्रति बहुत लगाव था। लगाव हो भी क्यों न, भागीरथी ही उसके सहयोगी थे। उन्होंने ही उसे बिलासपुर जाने के लिए प्रेरित किया था। हर बुरे वक्त में उसके साथ कोई खड़ा हुआ था तो वो हैं- भागीरथी।

शाम ढलते ही अश्वनी भागीरथी के घर पहुँच गया। वो उसी समय पर पहुँचकर हाथ-पैर धो रहे थे। भागीरथी चाचा पहले से काफी कमजोर हो गए थे। चेहरे पर झुर्रियाँ उभर आई थीं। ये झुर्रियाँ चिंता की थीं। वो पिछले आठ माह में ही बूढ़े दिखने लगे थे। भागीरथी के घर पर उनकी बूढ़ी माँ, पत्नी और चार माह का बालक अक्षत था।

अश्वनी ने भागीरथी के नजदीक जाकर जैसे ही चरण स्पर्श किया उन्होंने अश्वनी को गले से लगा लिया। उसे बिठाकर उसका हालचाल जाना। अश्वनी ने

बिलासपुर स्टेशन पहुँचने से लेकर वापस आने तक, सब कुछ बयान कर दिया।

उसने पूछा- "चाचा, आपकी दुकान के पास गया था लेकिन वहाँ तो कुछ और ही चल रहा है। आप बताइए न आपके साथ क्या हुआ?"

भागीरथी ने टालते हुए कहा- "छोड़ो न बेटा, वही होता है जो किस्मत में लिखा रहता है।"

अश्वनी ने फिर से जिद करते हुए पूछा- "आप मुझसे कुछ भी नहीं छुपा सकते चाचा, बताइए, आपके साथ क्या हुआ?"

भागीरथी अब बताने के लिए मजबूर था। उसने बताना शुरू किया- "बेटा, तेरे भाई की तबियत बहुत खराब हो गई थी। रायपुर लेकर गए थे। वहाँ से नागपुर के लिए रेफर किया गया। इलाज के लिए थोड़ी-बहुत जमीन थी, वह भी बेचनी पड़ी। इसी बीच मौका देखकर बलभद्र ने मेरी दुकान को शासकीय जमीन पर स्थित बताकर तुड़वा दिया और वहाँ अपनी शराब दुकान बना ली। मैंने तहसील ऑफिस में आवेदन किया है, लेकिन सब के सब बलभद्र से मिले हुए हैं। उससे जो अधिकारी दुश्मनी करेगा उसका ट्रांसफर निश्चित है इसलिए उसके विरुद्ध कोई भी कार्रवाई करने की हिम्मत नहीं करता है।"

अश्वनी ने भड़कते हुए कहा- "चाचा, यदि तहसीलदार कार्रवाई नहीं कर रहा है तो आप कलेक्टर ऑफिस के जनदर्शन में आवेदन क्यों नहीं करते हैं? वहाँ से आपकी समस्या का समाधान तो जरूर निकलेगा।"

भागीरथी ने फिर टालते हुए कहा- "कलेक्टर साहब रिमार्क करके तो तहसीलदार को ही भेजेंगे। देख अश्वनी बेटा! समस्याएँ तो हमेशा बनी रहती हैं। सब समस्याओं के साथ हमें अपने काम में लगे रहना है। और किन समस्याओं से उलझना है यह फैसला हमें बुद्धिमानी से लेना चाहिए। अभी तुम्हें पढ़ना चाहिए। पूरा ध्यान उसी में लगाओ। अभी हम कमजोर हैं और कमजोरों का कोई अधिकार नहीं होता। इसलिए तुम अधिकारी बनो। समस्या का समाधान वहीं है। मेरे लिए नहीं सारे गाँव के लिए। बेटा, तुम बस पूरी ताकत झोंककर अपनी पढ़ाई करो।"

अश्वनी ने घर आकर खाने के समय देखा तो वहाँ भी तंगहाली थी। उसने माया से पूछा- "बाबूजी तो बलभद्र के फार्म हाउस में मजदूरी पर जाते हैं फिर भी घर में इतनी तंगहाली?"

माया ने जवाब दिया- "भैया, बलभद्र हमारे गाँव का रावण है। इस रावण

के लंका दहन के लिए राम को फिर से कलयुग में जन्म लेना होगा। क्या तुम मेरे लिए राम बन पाओगे भैया?"

अश्वनी समझ गया कि उसका अधिकारी बनना व्यक्तिगत ही नहीं सामाजिक हित के लिए भी आवश्यक था।

माया की बातें अश्वनी को चुभ रही थीं- 'क्या तुम राम बन पाओगे भइया?' रात भर वह सोचता रहा। क्या मैं कुछ कर पाऊँगा? क्या मैं अधिकारी बन पाऊँगा। क्या मैं अपने गाँव के लिए कुछ कर पाऊँगा। यह चिंतन रात भर चलता रहा। सबेरे उठकर भी अश्वनी कुछ खोया-सा था। वह अपने अंतर्द्वंद्व से जूझ रहा था। यह अंतर्द्वंद्व कभी-कभी हमें अच्छे मार्ग पर ले जाता है। कर्म करने की प्रेरणा भी यही अंतर्द्वंद्व देता है।

अश्वनी गाँव में कुछ दिनों तक रुकना चाहता था। लेकिन माया और भागीरथी चाचा की बात से प्रोत्साहित होकर उसका मन बिलासपुर जाकर पढ़ने को हुआ। वह अब एक पल भी व्यर्थ नहीं गँवाना चाहता था। पहले वह केवल अपने लिए पढ़ता था लेकिन अब वह माया, भागीरथी चाचा और अपने गाँववालों के लिए पढ़ना चाहता था। इस बार वह बिलासपुर पहले से अधिक मजबूत इरादे के साथ लौटा था।

अश्वनी बिलासपुर पहुँचकर फिर से पढ़ाई में लग गया। उसका मनोबल बढ़ा हुआ था। वह प्रारंभिक और मुख्य परीक्षा की तैयारी साथ-साथ कर रहा था। अश्वनी ने ठान लिया था कि वह पीएससी के अतिरिक्त किसी अन्य परीक्षा की तैयारी नहीं करेगा। वह व्यावसायिक शिक्षा मंडल की भर्ती परीक्षा भी नहीं देगा।

गांधी चौक में चहल-पहल थी। सबकी नजरें आज आने वाले मुख्य परीक्षा के परिणाम पर टिकी हुई थीं। मुख्य परीक्षा के अंक और इंटरव्यू के अंक मिलाकर ही मेरिट लिस्ट तैयार होती है। सलेक्शन के लिए मुख्य परीक्षा में अधिक से अधिक अंक हासिल करना आवश्यक होता है। कंप्यूटर और कोचिंग सेंटरों पर भीड़ थी। यह भीड़ प्रारंभिक परीक्षा में लगने वाली भीड़ से कम थी।

भीष्म ने एक पर्ची में रोल नंबर लिखकर कोचिंग सेंटर के अंदर दिया। उसी पर्ची में पास लिखकर वापस आया। एक बार फिर से भीष्म सिंह इंटरव्यू में पहुँच चुके थे। खुशी तो थी, लेकिन मन ही मन इंटरव्यू की प्लानिंग भी चलने लगी क्योंकि पिछली बार उनको इंटरव्यू में कम अंक मिले थे।

राम प्रसाद भी मुख्य परीक्षा पास कर चुका था। वह पहली बार इंटरव्यू के

लिए सलेक्ट हुआ था। वह भी खुश था। राम प्रसाद को ऐसा लग रहा था मानो उसने कोई पद ही पा लिया हो। पहली बार पास होने में ऐसी ही अनुभूति होती है। इंटरव्यू में पहुँचने के बाद भी आगे की राह बहुत कठिन होती है। इंटरव्यू भी परीक्षा का एक हिस्सा है। उसकी भी व्यवस्थित तैयारी होती है। उसकी तैयारी भी मुख्य परीक्षा की तैयारी जैसी ही, लगन के साथ करनी चाहिए। राम प्रसाद उछल-उछलकर खुशियाँ मना रहा था। वह अपने सभी दोस्तों को बता रहा था कि मैं इंटरव्यू में पहुँच गया हूँ। उसी समय भीष्म सिंह आए। उन्होंने समझाया- "ज्यादा खुश मत हो, अभी तो और रास्ते तय करने हैं।"

राम प्रसाद ने कहा- "जी भैया।"

भीष्म ने अश्वनी की ओर देखते हुए कहा- "कल इसे रूम पर लेते आना, इंटरव्यू की तैयारी करनी है।"

अश्वनी- "हाँ भैया, कल सबेरे लेकर आता हूँ।"

भीष्म सिंह- "नहीं, सबेरे नहीं शाम को आना।"

भीष्म सिंह का अपना रुटीन था। वे सबेरे उठकर योग करते थे, पेपर पढ़ते थे। फिर उन्हें अपने सिलेबस की पुस्तकें पढ़ने की आदत थी। वे अपने डेली रुटीन में बदलाव नहीं करना चाहते थे, इसलिए शाम का समय दिया।

तैयारी के समय प्रतियोगी को दूसरे के हिसाब से या दूसरे के लिए अपने डेली रुटीन को डिस्टर्ब नहीं करना चाहिए। अपने रुटीन से बचे हुए वक्त में ही ग्रुप डिस्कशन जैसी चीजें करनी चाहिए। ग्रुप डिस्कशन हमेशा अपना रुटीन कम्प्लीट करने के बाद ही करना चाहिए।

भीष्म सिंह, राम प्रसाद और अश्वनी, तीनों मिलकर साक्षात्कार की तैयारी करने लगे। अश्वनी प्रारंभिक परीक्षा में फेल होकर भी भीष्म सिंह के सहयोग के जरिए साक्षात्कार की बारीकियाँ सीख रहा था। कैसे अपने आप को बोर्ड के सामने प्रस्तुत करना है, किन-किन तथ्यों पर फोकस करना है, यह सब अश्वनी भी सीखने लगा था। भीष्म सिंह ने खुद को और राम प्रसाद को बहुत अच्छी तरह से तैयार किया था। इंटरव्यू की डेट आ चुकी थी। कपड़े से लेकर बायोडाटा तक दोनों की सारी तैयारी हो चुकी थी।

भीष्म सिंह और राम प्रसाद दोनों का इंटरव्यू संयोग से एक ही दिन, एक ही समय पर था। दोनों आयोग के अंदर गए। भीष्म सिंह बहुत ही शांत थे। वो सफेद शर्ट और काला पेंट पहने हुए थे। मन ही मन 'ॐ' का उच्चारण कर

रहे थे। वो समय पर राम प्रसाद को समझाते भी थे। राम प्रसाद ने नीली शर्ट और ग्रे पेंट पहन रखी थी। वह डरा-सहमा लग रहा था। ऐसा लग रहा था मानो उसने कोई चोरी की हो और उसे छिपाने का प्रयास कर रहा हो। उसके चेहरे पर बार-बार पसीना आ रहा था। वह बार-बार बैठक कक्ष में रखा पानी पी रहा था। बार-बार लघुशंका के लिए भी जा रहा था। इन सबसे किसी की डर की सीमा का पता चलता है। उसके आत्मविश्वास की कमी को कोई भी अनजान आदमी भाँप जाता है।

बहरहाल, दोनों इंटरव्यू देकर बाहर निकले तो जैसी उम्मीद थी वैसा ही हुआ। भीष्म सिंह का चेहरा खिला हुआ था। चेहरे पर आत्मविश्वास झलक रहा था, जबकि राम प्रसाद लाल-लाल आँखों और तमतमाए हुए चेहरे के साथ बाहर आया। वह इंटरव्यू बोर्ड के सदस्यों के लिए अनाप-शनाप बोल रहा था। वैसे भी प्रतियोगी छात्र कभी भी गलत नहीं होता। गलत तो हमेशा आयोग ही होता है। कभी वह जान-बूझकर कुछ नंबरों से प्रतियोगियों को बाहर करता है कभी कटऑफ हाई चल देता है। असफल विद्यार्थियों के गुस्से का शिकार हमेशा से ही आयोग को होना पड़ता है। आयोग भी असफल विद्यार्थियों की गालियों को सहर्ष स्वीकार करके फिर मुस्करा कर कहता है- "बेटा, अगली बार की परीक्षा के लिए लग जाओ वरना फिर से मुझे ही गाली दोगे। अगली बार बड़ी-बड़ी गालियाँ दोगे, लेकिन मैं फिर से तैयारी करो ही बोलूँगा।"

राम प्रसाद का इंटरव्यू बहुत खराब गया था। वह समझ गया था कि उसको कोई भी पद मिलना मुश्किल ही है। वह उदास रहने लगा। अब वह ज्यादा से ज्यादा समय एकांत में बिताने लगा।

भीष्म सिंह को हर बार की तरह इस बार भी उम्मीद थी कि कोई-न-कोई पद अवश्य मिलेगा। वे इस बार कुछ ज्यादा आशान्वित थे। पहली बार खुलकर कहने लगे कि इस बार तो मुझे कोई-न-कोई पद अवश्य मिलेगा।

तैयारी में निराशा या उत्साह दोनों के लिए कोई जगह नहीं है। यहाँ जगह केवल यथार्थ की है। इस यथार्थ का आईना रिजल्ट ही दिखाता है। सफलता या असफलता इन दो शब्दों में ही रिजल्ट आता है। इसे ही परीक्षार्थी को स्वीकार करना पड़ता। इस यथार्थ को परीक्षार्थी जितनी जल्दी समझ जाए उतना ही अच्छा है। वह जितना अधिक यथार्थ के साथ जिएगा उतना ही अधिक उसके लिए अच्छा होगा।

इंटरव्यू का रिजल्ट आने वाला था। वास्तविकता का पता तो बहुत जल्दी लगने वाला था कि कौन भाग्यशाली लोग हैं जिनको पद प्राप्त होगा। वह क्षण भी सबके सामने आ ही गया जिसका इंतजार सबको रहता है। फाइनल रिजल्ट आ ही गया। भीष्म सिंह, राम प्रसाद और अश्वनी, तीनों में अब कोई अंतर नहीं था। भीष्म सिंह और राम प्रसाद का रिजल्ट नकारात्मक था, जबकि अश्वनी तो प्रारंभिक परीक्षा से ही इस दौड़ से बाहर हो गया था। अंत में तीनों असफलता के प्लेटफॉर्म पर खड़े थे जहाँ से उन्हें पुनः सफलता की स्पीड से चलती ट्रेन को पकड़ने के लिए दौड़ना था। अब अगले सिविल सर्विस एग्जाम की तैयारी के अलावा तीनों के पास कोई चारा नहीं था।

गेसिंग पेपर

बीए फाइनल ईयर के पेपर से तीन दिन पहले राजा के रूम में ग्रुप स्टडी हो रही थी। नीलिमा ने अपने नोट्स बना लिए थे। वह उन्हीं नोट्स से पढ़ रही थी। राजा पिछले कुछ वर्षों के प्रश्नपत्रों के आधार पर गेसिंग निकालकर पढ़ रहा था। सूर्यकांत आज पढ़ने नहीं आया था। आज पहला दिन था जब पढ़ने के नाम पर वह राजा के रूम नहीं आया था। लगभग तीन बजे अचानक तेजी से दरवाजा खुलता है। राजा दरवाजे के पास जाकर देखता है तो पसीने से तरबतर सूर्यकांत दरवाजे के पास खड़ा है। उसके हाथों में पेपर के कुछ पन्ने हैं।

राजा पूछता है- "अबे कहाँ से आ रहा है?"

सूर्यकांत- "मैं भी गेसिंग लेने गया था।"

राजा- "वो तो मेरे पास पहले से ही है। मुझसे ले लेता, इतनी मेहनत की जरूरत नहीं पड़ती।"

सूर्यकांत हँसते हुए बोला- "मेहनत का फल मीठा होता है राजा।"

दोनों अंदर जाते हैं। नीलिमा सूर्यकांत को फटकारते हुए बोली- "तीन दिन बाद पेपर है, कहाँ गए थे? पढ़ाई-लिखाई नहीं करनी है क्या?"

सूर्यकांत दोनों हाथ जोड़ते हुए बोला- "मेरी माँ, मैं गेसिंग लेने ही गया था।"

नीलिमा- "चल बैठ के चुपचाप पढ़।"

तीनों अपनी पुस्तक निकालकर पढ़ने लगते हैं। सूर्यकांत देखता है, नीलिमा अकबर की प्रशासनिक नीति के बारे में तैयारी कर रही है जबकि उसके गेसिंग पेपर में अकबर के नौ रत्नों की विस्तृत व्याख्या का प्रश्न है।

उसने ठिठके स्वर में नीलिमा से कहा- "नीलिमा, अकबर के नौ रत्नों की व्याख्या भी तैयार कर लो।"

नीलिमा- "लंगूर, आज तक अकबर के नौ रत्नों को नहीं पूछा है तो इस

बार क्यों पूछेगा?"

राजा भी नीलिमा की हाँ में हाँ मिलाते हुए बोला- "अबे सूर्यकांत, कभी तूने गेसिंग पेपर निकाला भी है? मेरा गेसिंग पेपर पढ़ ले, तेरा भला होगा।"

सूर्यकांत- "तुम लोग देख लो भाई, मुझे अपने गेसिंग पेपर पर भरोसा है।"

नीलिमा में पढ़ने का बहुत जुनून था। उसने अपने नोट्स के अलावा राजा के गेसिंग पेपर के सवाल भी तैयार कर लिए थे पर इस बात का पता राजा को भी नहीं था। इसी तरह वह सूर्यकांत का लाया गेसिंग पेपर भी तैयार करना चाहती थी पर वह बताना नहीं चाहती थी। उसे सूर्यकांत के गेसिंग पेपर को देखने का समय नहीं मिल पा रहा था। तभी उसे एक युक्ति सूझी।

नीलिमा बोली- "लंगूर, मुझे बहुत जोरों की भूख लगी है। जाओ समोसा लेकर आओ।" सूर्यकांत को अकेला जाते देख उसे अपना प्लान फेल होता लगा तो वह बोली- "राजा भैया, अंदर से थरमस लेकर आप भी साथ में जाओ।"

सूर्यकांत और राजा दोनों चाय-समोसा लेने के लिए बाहर निकले, वैसे ही नीलिमा ने सूर्यकांत के गेसिंग पेपर से प्रश्नों को लिखना शुरू कर दिया। जल्दी-जल्दी उसने सभी प्रश्न लिख डाले। फिर पेपर को पुनः वैसे ही रख दिया जैसे पहले रखा था। सूर्यकांत और राजा नाश्ता लेकर आते हैं। तीनों मिलकर खाते हैं। तीनों को अच्छा लगता है। पर सबसे ज्यादा आनंद तो नीलिमा लेती है क्योंकि वह अपने उद्देश्यों को पूरा कर चुकी थी।

तीनों की तैयारियाँ जैसी भी हों पर परीक्षा के नाम से तो तीनों की धड़कनें समान रूप से बढ़ी थीं। परीक्षा के नाम से तो देवता भी काँपने लगते हैं फिर मनुष्य की तो बात ही अलग है। विभिन्न युगों में बड़ी-बड़ी परीक्षाएँ हुई हैं। जैसे, माता सीता की अग्नि परीक्षा और गुरुदक्षिणा में एकलव्य से अँगूठा माँगा जाना। इनके सामने आज की परीक्षा प्रणाली तो कुछ भी नहीं है। एकलव्य ने अपना अँगूठा ही नहीं दिया था बल्कि अपनी अप्रतिम धनुर्विद्या भी गुरु को दे दी थी। द्रोण ने गुरुदक्षिणा के नाम पर पारंगत धनुर्धारी की एक तरह से हत्या ही कर दी थी। माता सीता का सारा जीवन ही परीक्षा था। वो तो अपना संपूर्ण जीवन जंगलों में काटकर भी मुस्कराती रहीं। बच्चों का पालन-पोषण करती रहीं। लेकिन दोनों ने अपना मनोबल कभी भी नहीं खोया।

परीक्षा के दिन जब पेपर टेबल पर दिया गया और नीलिमा ने उसे खोलकर देखा तो उसके होश उड़ गए। सारे के सारे प्रश्न सूर्यकांत के गेसिंग से आए थे।

वो बहुत खुश हो रही थी। मन ही मन अपनी सराहना करते हुए सोच रही थी- 'अच्छा हुआ कि मैंने लंगूर का गेसिंग पेपर पढ़ लिया था।' वह सारे प्रश्नों को बहुत ही जल्दी-जल्दी लिखने लगी। उसकी राइटिंग भी बहुत सुंदर थी।

राजा के गेसिंग से पाँच में से तीन प्रश्न ही आए थे। वह दुखी था। अपने आप को कोस रहा था। उसे लग रहा था कि काश वह भी सूर्यकांत के गेसिंग को पढ़ लेता तो सारे के सारे प्रश्न बन जाते। मन ही मन वह सूर्यकांत को भी कोस रहा था कि वह गेसिंग की जगह असल प्रश्नपत्र ही है बोल देता तो उसका क्या बिगड़ जाता। बल्कि मेरा भी काम बन जाता। उसे आज समझ में आ रहा था कि दोस्त तो कमीने ही होते हैं। वह गुस्से से भरा हुआ प्रश्नों को हल कर रहा था। उसे लग रहा था कि कोई जैसे उसकी नियति में ही लिख दिया गया हो- 'वत्स, तुम जीवन भर थर्ड डिविजन से ही पास होगे।'

सूर्यकांत तो हर बार की तरह इस बार भी शांत मन से पेपर लिख रहा था। उसे तो पहले से ही पक्का यकीन था कि प्रश्न तो यही आने वाले हैं। वह हर परीक्षा इसी तरह पास करता आया है। वह कभी भी पढ़ने-लिखने वाला नहीं था। केवल टाइम पास के लिए कॉलेज आता था।

पेपर खत्म होते ही राजा गुस्से से बौखलाया हुआ बाहर निकला और बोला- "हरामखोर सूर्यकांत! तूने पहले क्यों नहीं बताया कि पेपर ही लेकर आया हूँ? इसी को मैं पढ़ लेता तो तेरा क्या बिगड़ जाता?"

सूर्यकांत मजाकिया लहजे में बोला- "बिगड़ जाता न तेरा थर्ड डिविजन का रिकॉर्ड।"

राजा- "कमीना है बे, तू कमीना है।"

सूर्यकांत- "धन्यवाद भाई! इतना अच्छा कॉम्प्लीमेंट तो कोई अच्छा दोस्त ही दे सकता है।"

राजा ने नीलिमा से पूछा- "तुम्हारा पेपर कैसा बना है?"

"बहुत अच्छा बना है।" उसने जवाब दिया।

राजा- "अकबर के नौ रत्नों वाला प्रश्न बना लिया?"

नीलिमा- "हाँ, बहुत अच्छे से।"

राजा- "उस प्रश्न को कब तैयार किया?"

नीलिमा- "जब तुम लोग समोसे लेने गए थे तब।"

राजा ठगा-सा रह गया। वह मन ही मन सूर्यकांत को कोस रहा था। पेपर

के बाद तीनों अपने-अपने घर चले गए। अब नीलिमा के साथ राजा भी सूर्यकांत के गेसिंग पेपर की अच्छी तरह तैयारी करने लगा। सभी प्रश्न उसी पेपर से जो आने थे। अब राजा का भी गिला-शिकवा दूर हो गया था। इस बार नीलिमा को टॉपर बनने से कोई नहीं रोक सकता था। राजा को भी अपना थर्ड डिविजन का रिकॉर्ड टूटने की पूरी उम्मीद थी।

तीनों के पेपर अच्छे गए थे। यदि परीक्षा से पहले ही पेपर हाथ में आ जाए तो पेपर का अच्छा बनना स्वाभाविक था। नीलिमा पहले से ही पढ़ने-लिखने वाली लड़की थी। उसे इस बार उम्मीद पहले से बहुत ज्यादा थी।

कुछ दिनों बाद की बात है, एक सुबह राजा टहल रहा था तभी उसकी नजर अखबार पर पड़ी। उसने अखबार उठाकर देखा तो रिजल्ट आ चुका था। नीलिमा हर बार की तरह इस बार भी कॉलेज में प्रथम आई थी।

राजा का थर्ड डिवीजन से पास होने का रिकॉर्ड इस बार टूट चुका था। वह अनायास ही द्वितीय श्रेणी से पास हो गया था। यह उसकी सबसे बड़ी उपलब्धि थी। जीवन में प्रथम बार वह द्वितीय श्रेणी से पास हुआ था।

सूर्यकांत भी द्वितीय श्रेणी से पास हो गया था। उसके जीवन के लिए यह उपलब्धि प्रमाणपत्र प्राप्त करने के साधन के अतिरिक्त और कुछ नहीं थी।

प्रश्नपत्र तीनों के पास थे, तीनों ने केवल आने वाले प्रश्नों पर फोकस किया लेकिन टॉप नीलिमा ने ही किया, क्योंकि उसने गहराई से अध्ययन किया था। उसने पुस्तकों को पढ़ा था। पुस्तकें पढ़ने की वजह से उसकी लेखन क्षमता बढ़ गई थी। जबकि राजा और सूर्यकांत की लेखन क्षमता नीलिमा की अपेक्षा कमजोर थी। नीलिमा ने अपने लेखन में तथ्यों पर अधिक जोर दिया था जबकि राजा और सूर्यकांत ने अपने उत्तरों में तथ्यों का प्रयोग कम ही किया था।

स्नातक अर्थात जो ज्ञान के सागर से स्नान करके निकला हो। विद्यार्थी जीवन में दो बार ही उथल-पुथल से सामना होता है। पहली बार जब वह हायर सेकेंडरी पास करता है, और दूसरी बार जब स्नातक हो जाता है। स्नातक होने के बाद प्रश्न सीधे आजीविका के साधन से जुड़ने लगता है। समाज को स्नातक विद्यार्थी अब बेरोजगार दिखने लगता है। उसकी तुलना शर्मा जी और वर्मा जी के बेटे से होने लगती है। तुलना यदि एक बार शुरू हो जाए फिर विद्यार्थी सामाजिक व्यंग्य प्रहार से दबने लगता है। उसका व्यक्तित्व धीरे-धीरे दब्बू होता जाता है।

तीनों अब स्नातक की परीक्षा पास कर चुके थे। तीनों के मन में उथल-पुथल

थी। आगे क्या करें। नीलिमा थोड़ी देर बाद गंभीर स्वर में बोली- "अब आगे कैरियर के लिए तुम लोगों ने कुछ सोचा है?" दोनों ने सिर हिलाकर न बोल दिया। नीलिमा ने बताया कि मैं तो भविष्य कोचिंग ज्वॉइन करने वाली हूँ। नया बैच इस सोमवार से शुरू होने वाला है।

राजा ने कहा- "मैं भी ज्वॉइन करूँगा। मुझे भी तैयारी करनी है।"

नीलिमा समझ तो गई थी कि सूर्यकांत का मन पढ़ने-लिखने में नहीं लगता है। पर वह यह भी जानती थी कि उसकी बात को वह नहीं काटेगा। नीलिमा ने तत्काल ही कुछ बोलना उचित नहीं समझा। उसने सिर्फ इतना कहा- "लंगूर, कल तुझसे अकेले में कुछ बात करनी है।"

दूसरे दिन नीलिमा ने सूर्यकांत को समझाते हुए कहा- "दुनिया में जो भी छोटे-से-छोटा और बड़े-से-बड़ा काम हुआ है, वह किसी-न-किसी आदमी ने ही किया है। हर व्यक्ति साधारण लगता है पर उसके अंदर के गुण असाधारण होते हैं। हनुमान जी को भी तो अपने अंदर छुपे हुए गुणों का पता नहीं था, उन्हें तो जामवंत ने उनके गुणों से परिचित कराया। मेरे लंगूर, तेरा सच्चा प्रयास ही मेरे लिए सफलता है। तू मेरे लिए अपना सर्वस्व पढ़ाई में लगा दे। पूर्ण प्रयास से पूर्ण सफलता मिलती है, जबकि आंशिक प्रयास से आंशिक सफलता मिलती है। एक बार पूर्ण रूप से प्रयास कर ले। मुझे उम्मीद है कि तू जरूर सफल होगा।"

सूर्यकांत उलझन भरे मन से बोला- "तू ठीक कह रही है। पर मैं कभी आधे घंटे से ज्यादा पढ़ नहीं पाता। मुझे पढ़ने की आदत ही नहीं। ये तब कैसे होगा?"

नीलिमा- "पढ़ाई की आदत तो धीरे-धीरे बन ही जाएगी। बार-बार अभ्यास करने से पढ़ने की क्षमता बढ़ जाएगी। शुरुआत में पढ़ाई में मन नहीं लगेगा तो कोई बात नहीं। पढ़ाई की क्षमता बढ़ाने के लिए पहले पसंदीदा उपन्यास, पढ़ना शुरू कर, मोटिवेशनल पुस्तकें भी पढ़। इससे आदत अपने आप बनती जाएगी। मेरी बात एक बार मान ले सूर्यकांत। बस तू सच्चे मन से अपना प्रयास करना। इससे ज्यादा और कुछ भी मत सोचना।"

सूर्यकांत- "ठीक है नीलिमा। मैं अधिकारी बनने के लिए सिविल सर्विसेस की तैयारी पूरे मन से करूँगा। पर परिणाम की उम्मीद मुझसे मत करना।"

नीलिमा- "हाँ, पर तुम्हारा प्रयास मुझे भी दिखना चाहिए।"

सूर्यकांत- "हाँ जरूर दिखेगा। परंतु तैयारी की प्लानिंग भी तो करनी होगी।"

नीलिमा- "मैंने सब प्लानिंग कर ली है। कल से हम लोग 'भविष्य कोचिंग'

चलेंगे।"

सूर्यकांत- "पर कितने बजे जाएँगे?"

नीलिमा- "सबेरे सात बजे से नौ बजे तक।"

सूर्यकांत सबेरे का नाम सुनते ही चौंक गया। वह सुबह आठ बजे के बाद ही उठता था। सात बजे क्लास में पहुँचना ही उसके लिए एक बड़ी चुनौती थी।

उसने कहा- "सबेरे ही क्यों, शाम का भी तो बैच होगा न?"

नीलिमा- "शाम का बैच आगे बढ़ गया है। सबेरे का बैच शुरू होने वाला है। तुम भी कल तैयार होकर आना। नहीं आओगे तो तुम्हारे पैर तोड़ दूँगी।"

"हाँ, कल से मैं सबेरे कोचिंग पहुँच जाऊँगा। राजा को भी लेता आऊँगा।"

सूर्यकांत का जीवन अच्छा चल रहा था। लेकिन अब नीलिमा ने उसे बड़ी दुविधा में डाल दिया था। वह नीलिमा की बातों को नजरअंदाज नहीं कर सकता था इसलिए उसने पढ़ने के लिए भी हामी भर दी थी। पढ़ाई उसके जीवन के सबसे कठिन कामों में से एक थी। नीलिमा उससे गाड़ी-बंगला जो भी भौतिक वस्तु माँगती, वह मिनटों में उसकी इच्छा पूरी कर देता। लेकिन यह माँग मेहनत की माँग थी। खून-पसीने की माँग थी।

पढ़ाई किसी तपस्या से कम नहीं है। पहले शिवजी या किसी भी देवी-देवता को प्रसन्न करने के लिए रात-दिन मेहनत करके तपस्या करनी पड़ती थी, वैसे ही आज दिन-रात मेहनत करने पर ही शासकीय नौकरी प्राप्त होती है। शासकीय नौकरी प्राप्त करना किसी ईश्वर को मनाने से कम नहीं होता है। जैसे एक बार ईश्वर प्रसन्न हो जाएँ तो आपको मुँहमाँगा वरदान देते हैं, वैसे ही 'कर्मदेव' प्रसन्न हो जाएँ तो आप सिविल सर्विस पास कर अधिकारी बन जाते हैं। उसके बाद आपको सरकारी दामाद मान लिया जाता है।

भोजन-भोजन चिल्लाने से भूख नहीं मिटती, नींद-नींद कहने से नींद नहीं आती, वैसे ही अधिकारी-अधिकारी चिल्लाने से कोई अधिकारी नहीं बनता। जैसे सोने को भी निखरने से पहले तपना पड़ता है वैसे ही अधिकारी बनने से पहले टेबल और कुर्सी के बीच खुद को गलाना पड़ता है। पुस्तकों के संसार में खोना पड़ता है। किताबों के प्रति मीरा जैसी तड़प वाला विद्यार्थी ही अधिकारी बन सकता है। दुर्भाग्य से इनमें से कोई भी गुण सूर्यकांत के पास न था, उसके पास केवल एक गुण था- नीलिमा को दिए गए वादे को निभाना।

मोबाइल महाशय

भीष्म सिंह 2003 की परीक्षा में विफल रहने के बाद काफी उदास हो गए थे। हर बार की तरह इस बार भी वे इंटरव्यू से लौट आए थे। हताशा-निराशा तो थी लेकिन योग करने की आदत की वजह से वे उस पर काबू पा जाते थे। उनकी जगह कोई दूसरा होता तो टूटकर बिखर जाता। छह बार इंटरव्यू से वापस आना कोई मजाक नहीं है।

धीरे-धीरे भीष्म सिंह अपने को फिर से तैयारी में लगाते हैं। वो अश्वनी को भी पढ़ने के लिए प्रेरित करते हैं। भीष्म सिंह कभी भी हताशा-निराशा को अपने चेहरे पर आने नहीं देते। वो शून्य से तैयारी प्रारंभ करते हैं।

सिविल सर्विस परीक्षाओं की मुख्य बात यही है कि आप चाहे किसी भी स्तर पर असफल हों, आपको नई शुरुआत करनी ही पड़ती है। आपकी नई शुरुआत आपके लिए नई-नई चुनौतियाँ भी लेकर आती है। हर बार प्रारंभिक परीक्षा निकालना भी उतनी ही महत्त्वपूर्ण चुनौती है, जितनी मुख्य परीक्षा और इंटरव्यू निकालने की होती है। प्रारंभिक परीक्षा के गणितीय आँकड़े देखें तो लाखों लोगों में से पदों की संख्या के केवल पंद्रह गुना ही मुख्य परीक्षा के लिए चयनित होते हैं। इस पंद्रह गुना में आना एक बहुत बड़ी चुनौती है। इसके लिए भी प्रयास मुख्य परीक्षा के बराबर या उससे ज्यादा लगता है। प्रारंभिक परीक्षा ऐसा एनीकट है जिसके दूसरी ओर प्रवाहित होने के लिए एनीकट को किसी भी सूरत में पार करना होगा। बिना पार किए आप एनीकट के एक किनारे पर ही रहेंगे। किसी नदी में या खेतों में प्रवाहित होकर जीवनदायिनी बनकर बहने की बात तो भूल जाइए।

राम प्रसाद भी 2003 सिविल सर्विस परीक्षा के बाद अपने गाँव चला गया था। हताशा-निराशा के दौर से वह भी गुजर रहा था। उसके लिए यह हताशा कुछ ज्यादा ही थी, क्योंकि पहली बार इंटरव्यू से फेल होकर लौटा था। गाँव में वह

अपने खेती-किसानी के काम में रमा हुआ था। सबेरे से शाम तक वह खेतों में ही समय बिताता था।

खेतों में सुबह से काम करते हुए भी उसे अत्यंत स्वर्गिक अनुभूति होती थी। सिर से पैर तक पसीना बहता रहता पर उसे थकावट नहीं लगती थी। वह अपनी विफलता को पूरी तरह भूल चुका था और खुद को फिर से तैयार कर रहा था। अपने में ऊर्जा का संचार कर रहा था, जिससे वह आगामी परीक्षाओं के लिए फिर से कमर कस सके।

पालक अपने बच्चों को कलेक्टर और डिप्टी कलेक्टर जैसे पदों पर देखना चाहते हैं। पैदा होते ही उनके दिमाग में डाल दिया जाता है, छोटे, तेरे नाम के सामने कलेक्टर या डिप्टी कलेक्टर जैसे शब्द न जुड़े तो तेरा संसार में आना व्यर्थ है। बेटा यदि सिविल सर्विस की तैयारी न करे तो वह सबसे बड़ा नालायक है, भले ही दूसरे क्षेत्रों में अच्छा क्यों न हो? पालकों को ऐसा लगता है मानो अधिकारी बनने पर कुबेर का खजाना हाथ लग गया हो। वो पड़ोसियों के बीच गर्व का अनुभव करने लगते हैं। बड़े उत्साह से वेतन से पहले ऊपरी कमाई बताते हैं। वो कहते हैं कि ऊपर से पचास हजार आ जाता है, वेतन को कौन पूछता है। ऐसे लोग भ्रष्टाचार को अपना जन्मसिद्ध अधिकार समझते हैं। यही बात अपने बच्चों को भी सिखाते हैं। कलियुग के 'अच्छे' पालक 'भ्रष्टाचार हमारा जन्मसिद्ध अधिकार है' का नारा पीढ़ी दर पीढ़ी हस्तांतरित करते रहते हैं। यही सोच बाप-दादाओं से राम प्रसाद तक पहुँची थी।

हर वो माता-पिता हत्यारे हैं जो अपने बच्चे को उसकी मर्जी के बगैर सिविल सर्विस की तैयारी के लिए भेजते हैं, वो अपने बच्चों की प्रतिभा की अनजाने में ही हत्या कर देते हैं। यह हत्या वो अपनी झूठी शान, झूठी मर्यादा, झूठी वाहवाही के लिए करते हैं। वो हीरे को सोना बनाने का प्रयास कर रहे होते हैं। वह भी इसलिए कि उनके रिश्तेदार और पड़ोसी सोने के आभूषणों से सुसज्जित हैं। इस झूठे वैचारिक जाल में माता-पिता फँसते जाते हैं और खुद ही अपने बच्चों की कब्र धीरे-धीरे खोदते जाते हैं। बेटा जीते जी मरता है और बाप उसकी प्रतिभा की हत्या के बाद। हर हाल में मृत्यु तो दोनों की है।

साल 2005 आ चुका था। अभी तक कोई भी वैकेंसी नहीं आई थी। ऐसा लग रहा था जैसे कोई अभ्यर्थियों के साथ मजाक कर रहा हो। पाँच साल में केवल एक ही वैकेंसी आई थी। तैयारी करने वालों के लिए छत्तीसगढ़ राज्य का

बनना तत्कालीन समय में अभिशाप जैसा लग रहा था। ज्यादातर प्रतियोगियों की उम्र ढलने लगी थी। वो शासकीय सेवा में आने की आयु को पार कर चुके थे। कुछ लोग जो तैयारी के लिए बाहर से आए थे, वे अपने को बिलासपुर शहर में बनाए रखने के लिए संघर्ष कर रहे थे। तैयारी करने वाले लोग कोचिंग सेंटरों में पढ़ाने लगे। वेतन के रूप में उनको रहने और खाने का खर्च मिलने लगा। यह उस समय के लिए बड़ी बात थी। बिलासपुर में स्थायित्व का मिलना आगे के संघर्ष का रास्ता थोड़ा आसान बना देता है।

2003 के बाद एक वर्ग ऐसा भी था जो तैयारी पूरी तरह से बंद करके अपने गाँव और घरों को चल दिया। न जाने कितने पढ़ने वाले अपना सपना, अपने बोरिया-बिस्तर के साथ बंद करके बिलासपुर को अलविदा कह गए। पर उनकी सुध लेने वाला भी कोई नहीं था। शासन के पास इतना फालतू समय थोड़े ही है कि वह बेरोजगारी की सुध ले। उसके पास समय केवल धन्ना सेठ उद्योगपतियों के लिए है। नीतियाँ भी उन्हीं के लिए बनाई जा रही थीं।

भीष्म और अश्वनी दोनों साथ में प्री की तैयारी करते रहते थे। एक बार भीष्म सिंह ने कहा- "अश्वनी, बहुत दिनों से मैं घर नहीं गया हूँ। मैं वहाँ से होकर आता हूँ।"

"ठीक है भैया, आप घर होकर आइए।" अश्वनी ने पूछा- "आपका घर कहाँ है भैया?"

"राजनांदगाँव से लगभग 60 किमी और आगे।" फिर भीष्म ने कहा- "तू भी मेरे साथ गाँव चल।"

अश्वनी झट से तैयार हो गया- "हाँ भैया, मैं भी आपके साथ चलता हूँ।"

भीष्म सिंह अपने घर के छोटे लड़के थे। दो भाइयों में अंतर केवल तीन वर्ष का था। बड़ा भाई बैंक में बाबू हो गया था। पूरे गाँव में उसका रुतबा था। उसके परिवार का मान-सम्मान, सब कुछ उसी से था। भीष्म के बड़े भाई अभिनव का विवाह अच्छे घर में हो गया था। उसके ससुर थानेदार थे। थानेदार भीम सिंह की इकलौती पुत्री से विवाह हुआ था। थानेदार साहब की तरफ से भी अभिनव को हर महीने अलग से पगार मिलती थी। कभी-कभी तो थानेदार महीने में दो बार अभिनव को वेतन देता था। अपनी बेटी की सभी जरूरतों के लिए अलग से सहयोग करता था। अभिनव की तो चाँदी ही चाँदी थी। भीष्म की भाभी मलिका उससे खूब चिढ़ती थी। थोड़े घमंडी स्वभाव की थी। घमंडी होना

भी तो स्वाभाविक बात है, यदि कोई रूपवती और धनवती दोनों हो। मलिका के घमंड में भी भीष्म के पिता मोहित थे। मोहित हों भी क्यों न, उसकी वजह से ही तो समाज में मान-सम्मान था। उसके आने से पहले तो खाने के लाले पड़े थे।

भीष्म के पिता जयदेव किसान थे। पहले रोजी-मजदूरी करके अपना जीवन चलाते थे। जब से उनके बेटे की नौकरी लगी, उनकी स्थिति में सुधार हुआ था। फिर जब बहू आई तो चार चाँद ही लग गए। जयदेव का मानना था कि पैसा जीवन के लिए अनिवार्य है, उसके लिए आपको कुर्बानी देनी होगी। इसलिए जयदेव अपने बड़े बेटे से बहुत प्यार करते थे, जबकि छोटा बेटा भीष्म सिंह उनकी घृणा का पात्र था। उनकी नजर में वह निकम्मा था। जयदेव की नजर में तमाशे के अलावा कुछ नहीं थी पढ़ाई। वो अक्सर कहते थे कि पढ़ाई एक निश्चित उम्र में ही शोभा देती है।

वर्ष 2005 तक मोबाइल महाशय का भी आगमन हो गया था। मोबाइल का जिस घर में प्रवेश होता था, उसका सम्मान सौ गुना बढ़ जाता था। वह अपने आप में बड़ा ही धनी घर कहलाता था। पूरे गाँव में केवल जयदेव के यहाँ मोबाइल था जो हमेशा छत पर ही लटकता रहता था ताकि उसे सिगनल मिल सके। इस मोबाइल महाशय के जयदेव के घर में प्रवेश का पूरा श्रेय थानेदार भीम सिंह को था। रोज इसी मोबाइल के माध्यम से थानेदार साहब अपनी लाड़ली बेटी से बात करते थे।

एक दिन मोबाइल महाशय की घंटी बजी तो मलिका सब काम छोड़कर तेजी से छत की ओर भागी। मायके से फोन आने पर हर स्त्री ऐसे ही भागती है। मायके से लगाव तो उसके चेहरे की खुशी से पता चल जाता है। मायके का काला कुत्ता भी उसको अपना लगता है, उसकी मेहमाननवाजी से भी वो नहीं चूकती।

मलिका ने प्रसन्न होकर मोबाइल उठाया और रोज की तरह बोली- "पापा जी प्रणाम! आप कैसे हैं?" उधर से जवाब आया- "भाभी प्रणाम! मैं भीष्म बोल रहा हूँ।" इस पर मुँह ऐंठते हुए बोली- "बोलो देवर जी, आज कैसे याद किया?"

भीष्म- "भाभी, कल मैं और मेरा एक दोस्त घर आ रहे हैं।" इतना सुनते ही मलिका ने फोन काट दिया।

कुछ देर बाद फिर से घंटी बजी। इस बार अभिनव ने फोन अटैंड किया। भीष्म ने कहा- "भैया प्रणाम! कल आप जब ऑफिस से घर जाएँगे तो हम लोगों

को भी लेते जाइएगा।"

"ठीक है, मैं देखता हूँ।" इतना कहकर उन्होंने भी फोन काट दिया।"

पूरे घर में इस तरह सन्नाटा छा गया था मानो कोई दुश्मन आ रहा हो। उसके आने से सबसे अधिक दुखी मलिका थी। मलिका के दुखी होने से सारा घर उससे दस गुना ज्यादा दुखी हो जाता था। जयदेव ने कहा- "बहू, एक-दो दिन ही रुक के चला जाएगा। हम लोग सँभाल लेंगे। उसके भोजन से लेकर सारी व्यवस्थाएँ हम लोग देख लेंगे। तुम पर उसका कोई भार नहीं आएगा।" मलिका ने गुस्से से कहा- "खुद तो आ रहा है, अपने साथ किसी और को भी ला रहा है। निकम्मा कहीं का।"

अभिनव भी मलिका को नाराज नहीं करना चाहता था। उसने भी कहा- "मैं देख लूँगा मलिका। तुम उसकी चिंता मत करो।"

भीष्म का नाम सुनते ही मलिका का ब्लड प्रेशर हाई हो जाता था। सामने आने पर उसे कहीं अटैक ही न आ जाए। भीष्म सिंह इन्हीं कारणों से अपने घर बहुत कम ही आता था। इस बार वह फेल होने के बाद अपना मन बहलाने के लिए घर आ रहा था, ताकि एक नई ऊर्जा के साथ फिर से तैयारी में जुट सके। लेकिन उसके घर की तैयारी देखकर लग रहा है मानो तृतीय विश्व युद्ध की तैयारी चल रही हो। मलिका अकेले ही अमेरिका से कम नहीं है, जिसका सब पर कंट्रोल है।

बिलासपुर से राजनांदगाँव वाली ट्रेन सही समय पहुँच गई। सही समय इसलिए कि ट्रेन के दो घंटे लेट होने को ही सही समय कहा जाता है। जनता भी इसकी आदी हो चुकी है। इसलिए इसमें परिवर्तन होकर तयशुदा सही समय पर पहुँचने में क्रांति होने का खतरा बना रहता है। इस क्रांति से बचने के लिए ही इस ट्रेन को दो घंटे लेट से पहुँचाया जाता है। ट्रेन की यही नियति है।

भीष्म सिंह और अश्वनी दोनों 5 बजे के आस-पास राजनांदगाँव रेलवे स्टेशन पहुँच गए थे। दोनों बिलासपुर से नाश्ता करके निकले थे। रास्ते में भी कुछ नहीं खाया। दोनों को जोरों की भूख लगी थी। अश्वनी ने थोड़ा साहस करके कहा- "भैया, भूख लगी है, कुछ खा लें क्या?"

भीष्म ने कहा- "अश्वनी, भैया लेने आ ही रहे होंगे, फिर एक घंटे में घर पहुँच जाएँगे।"

दोनों अभिनव का इंतजार कर रहे थे। इंतजार करते-करते घड़ी में सात बज

चुके थे। भीष्म को पूरी उम्मीद थी कि भैया उन्हें लेने जरूर आएँगे। आखिर उनका ऑफिस भी तो इसी रास्ते में पड़ता है। दोनों की भूख अब असहनीय हो गई थी। भीष्म ने अश्वनी से कहा- "लगता है भैया किसी काम में फँस गए हैं, वो आते ही होंगे। उनके आते तक हल्का-सा नाश्ता करते हैं, फिर घर में खूब खाएँगे।"

दोनों स्टेशन के एक कोने पर पहुँचे। वहाँ एक ठेले वाला समोसे निकाल रहा था। वहीं दोनों ने एक-एक समोसा खाया और चाय पी। उसके बाद फिर से घड़ी पर नजर गई तो 7 बजकर 30 मिनट हो गए थे। स्टेशन के एक टेलीफोन बूथ से भीष्म ने फोन किया तो पता चला कि उसके भैया ऑफिस से घर वापस पहुँच गए हैं।

गाँव जाने की अंतिम बस आठ बजे थी। वो ऑटो पकड़कर बस स्टैंड चले गए। एक पुरानी-सी बस खड़ी थी जो अपनी उम्र के अंतिम पड़ाव पर लग रही थी। उसमें दोनों बैठ जाते हैं। इस बस के भीष्म सिंह के गाँव तक पहुँच जाने की उम्मीद कम ही थी। पर बस ने उम्दा प्रदर्शन किया, यात्रियों की हड्डी-पसली तोड़ते हुए वह लगभग दस बजे भीष्म के गाँव पहुँच गई। भीष्म और अश्वनी दोनों कमर पर हाथ रखकर बस से उतरे। अश्वनी ने नीचे उतरकर कहा- "भैया, बस ने तो हमारी कमर ही तोड़ दी।" भीष्म सिंह बोले- "हाँ, भले ही कमर तोड़ी पर इसने सही-सलामत पहुँचा तो दिया।"

दोनों थके-माँदे घर पहुँचे। पहुँचते-पहुँचते घड़ी में दस बजकर तीस मिनट हो चले थे। वहाँ पहुँचकर देखते हैं कि सभी सो चुके हैं। कोई पानी देने वाला तक नहीं था। भीष्म ने खुद ही रसोई से पानी लाया और बोले- "लगता है सब आज सो गए हैं। मैं जाकर कुछ बनाता हूँ।"

"रहने दो भैया। एक दिन नहीं खाएँगे तो मर नहीं जाएँगे।" अश्वनी ने अनमने से कहा।

दोनों पेटभर पानी पीकर ही सो गए। उन्हें रातभर नींद नहीं आई। दोनों अपनी-अपनी खटिया पर छटपटाते रहे। भूख का नींद से गहरा संबंध होता है। पेट भूखा हो तो नींद भी लात मार देती है। यही लात भीष्म और अश्वनी पर भी पड़ी थी। सुबह जैसे ही हल्की-सी नींद आई, वैसे ही सूर्यदेव ने अपनी किरणों को दोनों के चेहरों पर उड़ेल दिया। दोनों उठ गए। घर की बाड़ी से नीम की दातुन लेकर घिसने लगे। दातुन घिसते-घिसते पास के छुईहा तालाब पहुँच गए।

छुई (दीवारों पर पोता जाने वाला चूना) निकलने के कारण इस तालाब का नाम छुईहा तालाब पड़ा था।

छुईहा तालाब में एक पंडित जी नहा रहे थे। उनकी उम्र पचास से ऊपर थी। उनके पेट का बाहर निकलना सिद्ध कर रहा था कि फुलटाइम पंडित थे। उनको देखकर भीष्म सिंह ने कहा- "प्रणाम पंडित जी!"

पंडित जी बोले- "खुश रहो बेटा। कब आए हो? शादी करोगे कि कुँआरे ही रहना है?" पंडित जी ने आशीर्वाद देने के साथ ही अपने धंधे की बात भी कर ली थी।

"विवाह करके क्या करेंगे पंडित जी? पहले खिलाने की व्यवस्था हो जाए फिर सोचेंगे।" भीष्म बोले।

पंडित जी शरीर पर पानी डालते हुए बोले- "बेटा, विवाह के बिना कोई धार्मिक काम पूरा नहीं हो सकता। विवाह के बाद तुम्हारा भाग्य खुल जाएगा।"

भीष्म ने फिर से झुँझलाते हुए कहा- "पंडित जी, भाग्य-वाग्य कुछ नहीं होता। कर्म ही सब कुछ होता है।"

पंडित जी तब तक नहा चुके थे। वो शंकर जी को जल चढ़ाते हुए बोले- "बेटा, भगवान की पूजा भी कर लिया करो।"

पंडित जी पूजा करके चल दिए। दोनों नहाने में मस्त हो गए। अश्वनी बहुत दिनों बाद तालाब में नहा रहा था। उसे नीले आकाश के नीचे तैरकर नहाने का आनंद बड़े दिनों बाद मिला था। तालाब के बीच कमल भी खिले थे। अश्वनी तैरते-तैरते कमल के फूल ले आया। भीष्म भी अश्वनी को देखकर कमल के फूलों के पास पहुँच जाता है। दोनों तालाब में एक सिरे से दूसरे सिरे तक पहुँचने की प्रतियोगिता करने लगे। नहाने का जितना आनंद ले सकते थे, दोनों ने लिया।

दोनों नहाकर घर पहुँचे तो वहाँ फिर से बेरुखी का आलम था। उनकी भाभी ने तो अपने कमरे से बाहर निकलना ही बंद कर दिया था। भाई भी अपना नाश्ता बनाकर ऑफिस चला जाता था। पिताजी भी बार-बार बस एक ही बात दोहराते रहते थे कि बेटा शादी कर ले तो तेरी देखभाल के लिए एक औरत आ जाएगी।

भारतीय समाज में पद और पत्नी को सर्वश्रेष्ठ स्थान दिया गया है। अच्छे पालक उन्हीं को माना जाता है, जिनके बच्चे इन दोनों को प्राप्त कर लेते हैं। भीष्म के पिता की नजर में उसके पद पाने की उम्मीद तो नहीं थी और वे उसके पत्नी प्राप्त करने के अवसर को गँवाना नहीं चाहते थे। इस अवसर को भुनाने

से जो लक्ष्मी आएगी वह अपने साथ धन लक्ष्मी लेकर आएगी, जिससे घर की समृद्धि भी बढ़ेगी।

भीष्म अभी-अभी पंडित जी को समझाकर आए थे, अब बाबूजी को समझाने लगे- "पहले पेट पालने के लिए नौकरी लग जाए फिर हम शादी करेंगे।"

वो समझ गए कि मेरा हुक्का-पानी घर ने बंद कर दिया है। सो खुद ही खाना पकाने लगे। दाल, भात और लाल भाजी बनाई। दोनों ने भर पेट खाया। भीष्म अपने प्रति घर वालों का रवैया देखकर यही सोचते थे कि नौकरी मिलने के बाद सब कुछ ठीक हो जाएगा। वे अश्वनी को भी समझाते रहते थे- "बड़ा लक्ष्य हासिल करने के लिए जरूरी है कि रास्ते में पड़ने वाली घास-फूस के बीच न उलझा जाए।"

भीष्म घर वालों की हर बात को नजरअंदाज करते रहते थे। किसी भी बात को उन्होंने अपने अहं का प्रश्न नहीं बनाया। उनकी इसी विनम्रता के कारण ही घर जुड़ा हुआ था। कभी-कभी घर को घर बनाए रखने के लिए किसी-न-किसी सदस्य को नींव की ईंट बनना पड़ता है। सब कुछ समझते हुए भी अपनी भाभी से उन्हें कोई शिकायत नहीं थी। पिताजी भी उनके लिए उतने ही श्रद्धा के पात्र थे जितने उनके बचपन में हुआ करते थे।

भीष्म अश्वनी को अपना गाँव घुमाने के लिए लेकर गए। सबसे पहले अपने स्कूल पहुँचे। स्कूल आज भी वैसा ही था जैसे भीष्म के पढ़ते वक्त हुआ करता था। उनके समय छप्पर ठीक-ठाक था, अब जीर्ण-शीर्ण अवस्था में है। न जाने कब भवन गिर जाए और कोई बड़ा हादसा हो जाए। विद्यालय के लिए सरकार से विकास फंड तो खूब आया पर उस फंड से यदि विकास हुआ था तो सिर्फ गुरुजी के पेट का। भीष्म को देखकर गुरुजी बाहर आए। भीष्म ने उनके चरण स्पर्श कर भारतीय संस्कृति का परिचय दिया। इस परंपरा का निर्वहन अश्वनी ने भी किया। गुरुजी ने आशीर्वाद देते हुए पूछा- "कब आए हो भीष्म बेटा?"

"कल ही आया हूँ मास्टर जी।" भीष्म ने जवाब दिया। गुरुजी ने पूछा- "बेटा, तुम्हारी तैयारी कैसी चल रही है?"

"जी अच्छी चल रही है।" भीष्म ने जवाब दिया। "बेटा, तुम्हारी उम्र हो गई है, अब तुमसे कोई परीक्षा नहीं निकल पाएगी। शादी-ब्याह करके घर बसा लो।"

मास्टर जी की बात भीष्म के दिल को चुभी, फिर भी उन्होंने शांत स्वर में जवाब दिया- "मास्टर जी, जब तक उम्र है तब तक प्रयास करूँगा। प्रयास

करना ही हमारे हाथ में है।" मास्टर जी को नमस्कार करके दोनों आगे बढ़ गए।

अश्वनी ने कहा- "भैया, ये मास्टर जी पगला गए हैं। आपको प्रोत्साहित करने की जगह हतोत्साहित कर रहे हैं।"

भीष्म ने जवाब दिया- "नहीं अश्वनी। वे चालाक हैं, हमारी ही जाति के हैं। उनकी लड़की विवाह के लायक हो गई है, इसलिए चांस ले रहे हैं।"

इसके बाद दोनों खेल के मैदान पहुँचे। वहाँ कुछ युवा क्रिकेट खेल रहे थे। उनकी उम्र 25 साल के आस-पास रही होगी। मैदान के चारों ओर पेड़-पौधे लगे थे। एक किनारे पर बड़ा-सा बरगद का पेड़ था, उसी के किनारे बैटिंग करने वाले पक्ष के खिलाड़ी बैठे थे। उनमें एक भीष्म की उम्र का भी था। नाम था हरिया।

हरिया और भीष्म दोनों बचपन के दोस्त थे। भीष्म पढ़ाई में अच्छे थे, जबकि हरिया ने 10वीं कक्षा में फेल होने के बाद पढ़ाई छोड़ दी थी। भीष्म के कहने पर हरिया एक बार प्राइवेट 10वीं की परीक्षा में बैठा था। वहाँ भी वह चिटिंग जैसे कुकर्म की वजह से फेल हो गया। तब से उसने पढ़ाई से तौबा कर ली थी। वह गाँव में ही रहकर खेती-किसानी का काम करता था।

हरिया ने जैसे ही भीष्म को देखा तो उठकर बड़े उत्साह से गले मिला। अश्वनी से उसने हाथ मिलाया। हरिया को देखकर लगा कि पश्चिमी सभ्यता का प्रवेश गाँवों तक हो चुका है। हरिया ने पूछा- "कब आए मेरे भाई?"

भीष्म ने छत्तीसगढ़ी में जवाब दिया- "कल आए हँव भाई।"

भीष्म की छत्तीसगढ़ी बोली से उसने अपने आपको अपमानित-सा महसूस किया और फिर से हिंदी में बोलने का प्रयास किया- "कै दिन रुकेगा भीष्म?"

भीष्म ने फिर से छत्तीसगढ़ी में जवाब दिया- "तीन दिन रुकहूँ भाई।"

हरिया अपने आपको हिंदी भाषी बनाने का पूर्ण प्रयास कर रहा था और अपनी हिंदी पर उसे गर्व भी था लेकिन भीष्म सिंह के छत्तीसगढ़ी जवाब से वह निराश हो जाता था।

हरिया ने फिर कहा- "तैं कब तक तैयारी करेगा सब छोड़ के, इंहा आकर खेती-बाड़ी कर। हमको देख, कुछु कमी है क्या?"

भीष्म ने जवाब दिया- "नहीं भाई, मैं तैयारी छोड़कर दूसरा काम नहीं कर पाऊँगा। इस बार सिविल सर्विस की परीक्षा देकर मैं कोचिंग में पढ़ाऊँगा।"

इस बार भीष्म के हिंदी में दिए गए जवाब से हरिया खुश था। उसका प्रयास सफल हो गया था। अब वह देहाती नहीं बल्कि हिंदी मैन बन गया था। उसका

सीना गर्व से दो इंच और चौड़ा हो गया था।

"ठीक है हरिया, मैं चलता हूँ।" इतना बोलकर जैसे ही वो पलटे, चार लोगों का एक ग्रुप सामने आया। वो भीष्म से केवल इसलिए चिढ़ते हैं कि कहीं वह अधिकारी न बन जाए। उस ग्रुप में जमींदार का लड़का साहिल भी था। साहिल सबसे ज्यादा चिढ़ता था, क्योंकि भीष्म के अधिकारी बनने से जमींदारी का रोब चला जाएगा। वैसे भी शक्ति के विकेंद्रीकरण से बड़े से बड़ा राजनेता डरता है। जमींदार का डरना तो स्वाभाविक था। साहिल को भीष्म का मजाक उड़ाने का इससे अच्छा अवसर न मिलता। उसने अवसर को भुनाते हुए कहा- "कब तक पीएससी की तैयारी करेगा बुढ़ऊ? जब तक आयोग वाले तुझे लात मारकर नहीं निकालेंगे, तब तक तू नहीं मानेगा क्या? लतखोर हा हा हा।"

साहिल की बात सुनकर अश्वनी गुस्से से मुट्ठी बाँधकर जैसे ही दो कदम आगे बढ़ा वैसे ही भीष्म सिंह ने उसके कंधे पर हाथ रखकर 'न' में सिर हिला दिया। अश्वनी ने अपने कदम पीछे कर लिए।

साहिल के बगल में उसका दोस्त खड़ा था। वह काला, लंबा और हट्टा-कट्टा था। पहलवान सरीखा दिख रहा था। उसने नई टीशर्ट और जींस पहन रखी थी। उसकी टीशर्ट पर लिखा था- 'आई एम स्मार्ट बॉय' और उसके हाथ के डोले दिख रहे थे। वह इतना ताकतवार लग रहा था मानो दोनों को एक-एक हाथ से उठाकर फेंक देगा। वह दिखने में बाकी लोगों से ज्यादा पढ़ा-लिखा लग रहा था। वह बात-बात में बोलता भी था- "मैं एम.ए. पास हूँ।" उसने भीष्म सिंह से पूछा- "तू कितना पढ़ा है?"

भीष्म ने सहजता से जवाब दिया- "मैं बी.ए. तक पढ़ा हूँ।"

लड़के ने कहा- "पढ़ा बी.ए. तक और इतना घमंड, देख मैं एम.ए. पास हूँ फिर भी किसी से दुश्मनी नहीं लेता। सबके साथ घुल-मिलकर रहता हूँ।"

भीष्म ने कहा- "भाई, मैंने बी.ए. के बाद सिविल सर्विस को अपना लक्ष्य बना लिया था इसलिए आगे की पढ़ाई नहीं की। अधिकारी बनने के लिए बी.ए. ही काफी है। बी.ए. पास व्यक्ति कलेक्टर भी बन सकता है।"

लड़के ने भड़ककर कहा- "इतना ज्ञान मत झाड़। इतने दिन बिलासपुर के गांधी चौक में तैयारी करते हो गए हैं, अब तक क्या उखाड़ लिया?"

भीष्म ने भी गुस्से में कहा- "मैं इस बार अधिकारी बनकर ही गाँव आऊँगा, अन्यथा कभी इस गाँव में कदम नहीं रखूँगा। अगर कदम रखा तो मेरा नाम बदल

देना।"

लड़के ने कहा- "तेरा नाम आज से 'ग्रांड ओल्ड मैन ऑफ सिविल सर्विस' रख दिया।"

सूर्य अपनी लालिमा लिए हुए पैगाम दे रहा था कि शाम होने वाली थी। ढलती साँझ में भीष्म सिंह और अश्वनी तालाब की पचरी पर बैठे थे। दोनों शांत थे। एक-दूसरे से बात भी नहीं कर रहे थे। अश्वनी शांत तालाब में पत्थर फेंक रहा था। पत्थर तालाब के शांत जल से टकराकर गोलाकार तरंगें उत्पन्न कर रहा था।

अश्वनी ने अशांत मन से पूछा- "भैया, आपको लोग भला-बुरा कहते हैं तो आपको गुस्सा नहीं आता?"

"गुस्सा आता है पर गुस्से का जवाब लड़कर नहीं दिया जाता। मान भी लें हम दोनों मिलकर उन लोगों को पीट देते। लेकिन उसके बाद क्या होता कभी सोचा है? उनका कुछ नहीं होने वाला है। उनका कोई लक्ष्य ही नहीं है। वो जेल भी चल दें तो उनको कुछ नहीं होने वाला है। उनको कोई फर्क नहीं पड़ेगा। लेकिन हमारे खिलाफ एक एफआईआर भी दर्ज हो गई तो नौकरी लगने के बाद भी ज्वॉइनिंग नहीं मिल पाएगी। ऐसी लड़ाई जिससे खुद का नुकसान हो, वह नहीं लड़नी चाहिए।"

अश्वनी उनकी बात समझ गया था। भीष्म सिंह की बात तकनीकी रूप से ठीक ही थी। अश्वनी ने सिर झुकाकर कहा- "हमें माफ कर दीजिए भैया। हम आपका अपमान होते नहीं देख सकते, इसलिए हमको गुस्सा आ गया था।"

भीष्म ने कहा- "जैसे विष पीकर ही महादेव हुए, वैसे ही अपमान सहकर और अपमान को सहेजकर उसका सारा गुस्सा पढ़ाई में उतार दो, फिर देखना कैसे तुमको अपना लक्ष्य प्राप्त होता है।"

रात गए दोनों घर पहुँचे। जिस समय भीष्म वापस घर पहुँचे उस समय मलिका खाना परोस रही थी। उनके भाई और पिताजी खाना खा रहे थे। जैसे ही भीष्म सिंह ने घर में कदम रखा, तीनों ने फिल्मी अंदाज में अपने-अपने रिएक्शन दिए। सबसे पहला रिएक्शन मलिका का आया। उसने भीष्म को देखते ही मुँह ऐंठ दिया। दूसरा रिएक्शन उनके भाई का आया। उन्होंने कहा- "आओ, तुम भी खाने बैठ जाओ, मुफ्त की रोटी तोड़ लो।" अंत में उनके पिताजी का रिएक्शन आया- "अब तो अधिकारी बनने की जिद छोड़कर कुछ और काम कर लो। इन दस सालों से कुछ नहीं कर पाए तो अब इस बढ़ती उम्र में क्या कर लोगे।"

भीष्म सिंह ने कहा- "आप लोग पहले खा लीजिए फिर मैं खुद ही निकालकर खा लूँगा।"

सबके खा लेने के बाद भीष्म सिंह और अश्वनी ने खाना निकालकर खाया। वे खाना मिलने पर ईश्वर को धन्यवाद दे रहे थे। घर और घरवालों के रहते खाना न मिल पाना अमानवीय है। जो खुद सपने नहीं देखते वो दूसरों के सपने का महत्त्व नहीं समझ सकते। सपने से रहित व्यक्ति तो पत्थर दिल हो जाता है। उसे सपना, लक्ष्य, संघर्ष, कर्म, ये सारे शब्द बेगाने-से जान पड़ते हैं।

दोनों ने रात में ही तय कर लिया कि सबेरे उठते ही बिलासपुर वापस चले जाएँगे। वहाँ जाकर फिर से नई रणनीति बनाकर तैयारी में जुट जाएँगे। वैसे भी अखबारों में लगातार खबरें छप रही थीं कि नई वैकेंसी बहुत जल्दी आने वाली है।

रौलेट एक्ट का प्रेक्टिकल

हर दिन की तरह आज भी सूरज निकला। सबेरे ठंडी हवाएँ वैसे ही चल रही थीं जैसे हर रोज चलती थीं। अखबार वाला, दूधवाला सब रोज की तरह काम पर निकल पड़े। चाय की गुमटियाँ भी लग चुकी थीं। पर सूर्यकांत के लिए यह दूसरे दिनों से भिन्न था। वह रोज 9 बजे के आस-पास उठता था, लेकिन आज 6 बजे ही उठ गया था। आज उसे नीलिमा के साथ कोचिंग जाना था।

सूर्यकांत ने कोचिंग जाने के लिए बुलेट खरीद ली थी। नई कोचिंग, नई गाड़ी, बढ़िया है! वह पहले नीलिमा के घर पहुँचा, वहाँ से उसे बिठाकर राजा को लेते हुए तीनों भविष्य कोचिंग पहुँचे। कोचिंग में नीलिमा सामने वाली बेंच पर बैठ गई। सूर्यकांत और राजा सबसे आखिरी की बेंच पर बैठे।

कुछ देर बाद एक लंबा-सा युवक आया जो मोटा चश्मा पहने हुआ था। उसके आते ही क्लास के सभी विद्यार्थी खड़े हो गए। सूर्यकांत और राजा भी अनमने ढंग से खड़े हो गए। दोनों समझ गए थे कि ये प्रशांत सर हैं। वो बड़े ही पढ़ाकू किस्म के थे पर उनके अंदर ईगो भी बहुत था। उनको चार बार इंटरव्यू से वापस आने का गर्व था। नए विद्यार्थी के लिए तो इंटरव्यू से वापस आने वाला भी किसी भगवान से कम नहीं होता। उनकी संगत पाने के लिए कुछ लोग चापलूसी नामक यंत्र का प्रयोग करते हैं। यह यंत्र अत्यंत प्रभावशाली होता है, बिलकुल ब्रह्मास्त्र की तरह। इस यंत्र के प्रयोग से सब के सब मुरीद हो जाते हैं। मुश्किल से एक प्रतिशत लोग होंगे जो इस ब्रह्मास्त्र का तोड़ जानते हैं। उनके पास यह यंत्र भी फेल हो जाता है। प्रशांत सर पर यह यंत्र बिलकुल कारगर था। उनसे जब भी कोई नोट्स लेना हो या ज्ञान का अर्जन करना हो तो इस यंत्र का प्रयोग कर दो और आपका काम हो जाएगा।

प्रशांत सर ने सामान्य अध्ययन में सबसे पहले इतिहास पढ़ाना प्रारंभ किया।

कहने लगे- "हमारे स्कूल टीचर जाधव सर ने इस विषय पर बहुत ही अच्छी बात कही है- *'इतिहास की समाधि पर दर्द खुदा है/ और चिता की राख ने गीता लिखा है'*।"

कविता समाप्त होते ही सब लोगों ने तालियाँ बजाईं, लेकिन राजा और सूर्यकांत पीछे झपकी ले रहे थे। सर की दिव्य दृष्टि दोनों पर पड़ी और उन्हें सोते देख उन्होंने अपना अपमान महसूस किया। एक चॉक के दो टुकड़े किए और दोनों को एक के बाद एक फेंककर मारा। उनका निशाना भी सटीक दोनों के चेहरे पर लगा। ऐसा लगा मानो कंचे के खेल में वर्ल्ड कप जीत चुके हों। चॉक पड़ते ही उनकी नींद उड़ गई। दोनों को मुजरिमों की भाँति क्लास में खड़ा कराया गया और जल्द ही क्लास से बाहर जाने का फैसला भी सुना दिया गया। न वकील, न अपील और न ही दलील। सर ने रोलेट एक्ट का प्रैक्टिकल भली-भाँति सूर्यकांत और राजा पर करके दिखाया। बड़े ही होनहार सर थे।

दोनों करते भी क्या, सो क्लास रूम से बाहर निकले और सामने चाय के ठेले पर पहुँच गए। सूर्यकांत ने चायवाले से पूछा- "चाय गरम है भैया?"

"मैं ठंडी चाय पिलाता हूँ भाई।" चायवाले ने जवाब दिया।

सूर्यकांत ने कहा- "भाई, कैसी बात करते हो?"

चायवाला- "मैं ग्राहकों की भाषा में बात करता हूँ।"

राजा ने कहा- "तू चायवाला ही है न भाई, किसी महाराजा के खानदान से तो नहीं है।"

चायवाला- "महाराजा के खानदान से नहीं हूँ लेकिन मैं खुद ही राजा हूँ अपने मन का।"

राजा ने तेज आवाज में कहा- "चल सिगरेट दे और ज्यादा बात मत कर।"

राजा ने एक-दो कश मारे और फिर सिगरेट सूर्यकांत की तरफ बढ़ा दी। वह नीलिमा के बारे में कुछ सोच रहा था। उसने सिगरेट को हाथ में ले लिया। बेसुध अवस्था में हाथ सिगरेट को होंठों के पास पहुँचाने ही वाला था कि करंट जैसा झटका लगा और उसने सिगरेट फेंक दी। वह राजा पर झल्लाया- "अबे तू जानता है कि मैंने ये सब छोड़ दिया है फिर भी क्यों देता है?"

"माफी भाई। गलती हो गई। ये स्साले चायवाले के कारण ध्यान से उतर गया।" राजा ने जवाब दिया। दोनों चाय पीने के बाद नीलिमा का इंतजार करने लगे। लगभग 45 मिनट बाद वह बाहर आती हुई दिखाई दी। राजा ने कहा-

"रणचंडी का रूप लेकर आ रही है, देख ले सूर्यकांत। बहुत भड़केगी।"

सूर्यकांत- "तुझ पर भड़केगी। तेरी बहन जो ठहरी।" इतने में तमतमाई नीलिमा पहुँच गई। वह बोली- "तुम लोगों को पढ़ना-लिखना नहीं है तो कल से कोचिंग मत आना। यहाँ आकर भी सोते हो, इससे अच्छा है तुम लोग घर पर ही सोए रहो।" चुटकी बजाकर सूर्यकांत को उँगली दिखाकर बोली- "समझ गए लंगूर ?"

राजा- "सबकी तीन गलतियाँ माफ होती हैं, ये तो हमारी पहली ही गलती थी।"

नीलिमा- "मैं नहीं जानती, कल मैं सीधे तुम लोगों को क्लासरूम में मिलूँगी। पढ़ने की इच्छा होगी तो आ जाना वरना आज के बाद अपना चेहरा मत दिखाना।"

अगले दिन सुबह होते ही सूर्यकांत जल्दी-जल्दी तैयार हुआ और अपनी बुलेट में सवार होकर राजा के रूम पहुँच गया। राजा भी कल की डाँट की वजह जल्दी में तैयार होकर बैठा था। दोनों बुलेट पर बैठकर कोचिंग को ओर बढ़ते हैं। लगभग 200 मीटर चलने के बाद गाड़ी बंद हो जाती है। सूर्यकांत बार-बार स्टार्ट करने का प्रयास कर रहा है लेकिन गाड़ी स्टार्ट ही नहीं हो पा रही है। लगता है आज बुलेट ने दोनों को डाँट खिलाने की सोच रखी है। गाड़ी भी सोच रही होगी कि अच्छा बेटा! पहले दिन तो सुंदर लड़की को बिठाया, लेकिन आज उसको मुझसे दूर कर दिया। अब मैं मजा चखाती हूँ। घड़ी का काँटा धीरे-धीरे 7 बजे की ओर खिसक रहा था। सर भी सही समय पर आ जाते हैं। दोनों को कुछ सूझ ही नहीं रहा था। तभी राजा ने सूर्यकांत को आइडिया देते हुए कहा- "गाड़ी किनारे करके रिक्शा से चलते हैं।" सूर्यकांत ने भी हामी भर दी।

एक दुबला-पतला, मरियल-सा रिक्शावाला आ रहा था। देखने में लग रहा था कहीं वह चक्कर खाकर गिर न जाए। पर दूसरा विकल्प भी नहीं था। उस मरियल रिक्शेवाले से पूछा गया- "भैया, गांधी चौक जाओगे क्या ?"

रिक्शावाला भौंचक होकर दोनों को देखता रहा, उसने कोई जवाब नहीं दिया।

राजा ने रोबदार आवाज में पूछा- "गांधी चौक जाओगे क्या ?"

सूर्यकांत- "लगता है भाँग खाकर आया है।"

रिक्शावाले ने सूर्यकांत की हाँ में हाँ मिला दी।

राजा- "भाग स्साले, यहाँ दिखाई दिया तो पीटूँगा।"

रिक्शावाला तीसरी दुनिया में खोया हुआ चल दिया। दूसरा हट्टा-कट्टा, गोरा-सा एक रिक्शावाला आया। वह पहले रिक्शावाले का बिलकुल विपरीत था। वह दुबला था, यह मोटा। वह काला था, यह गोरा। वह भंगेड़ी था, यह सादा। वह गांधी चौक के लिए 30 रुपए में मान गया। दोनों जल्दी-जल्दी क्लास रूम गए। सर का क्लास रूम में आगमन हो चुका था। वो पढ़ाने में मग्न थे। वो वैदिक काल पढ़ा रहे थे- "वैदिक काल में आर्यों का निवास स्थान सिंधु तथा सरस्वती नदियों के बीच था। ऋग्वैदिक काल में सरस्वती नदी सबसे महत्त्वपूर्ण नदी थी।"

पढ़ाते-पढ़ाते सर की नजर दोनों पर पड़ी। थोड़ा रुककर बोले- "दोनों महाशयों का स्वागत है। इन महाशयों के लिए ताली बजाइए।" नीलिमा पलटकर देखती है, सूर्यकांत और राजा क्लासरूम के दरवाजे पर खड़े थे।

उन दोनों के लिए तालियाँ बजाई जाती हैं। वो थोड़ा शर्मिंदा हुए। सर ने तेज आवाज में कहा- "बैठकर चुपचाप बोर्ड पर ध्यान देना। नहीं तो ठीक नहीं होगा।" दोनों पीछे की पेटेंट अपनी बेंच पर बैठ जाते हैं।

दोनों शांति से सर का लेक्चर सुनते हैं। नीलिमा की कल की डाँट की वजह से आज एकदम शांत बैठे हैं। आज राजा कुछ ज्यादा सतर्क होकर कमर सीधी करके बैठा था लेकिन सूर्यकांत की नींद से पुरानी दोस्ती थी। नींद अपनी दोस्ती का फर्ज निभा रही थी। वह सूर्यकांत से कह रही थी- 'दोस्त, अभी एक-दो घंटा तुम्हारे साथ बिताना है। इतनी जल्दी मैं तुम्हारी दोस्ती नहीं छोड़ने वाली।' सूर्यकांत फिर से ऊँघने लगता है। सर एक बार सूर्यकांत को ऊँघते देख लेते हैं। उसके बाद भी नजरअंदाज करके पढ़ाने लगते हैं।

सर को आज फीस की बात करनी थी इसलिए सब बातों को नजरअंदाज कर रहे थे। सर ने क्लास समाप्ति के बाद फीस के लिए कहा- "कल फीस लेकर आना या फिर क्लास में मत दिखना।"

सर क्लास से बाहर निकल जाते हैं। नीलिमा का चेहरा थोड़ा उतरा हुआ लगता है। वह किसी से कुछ बात किए बगैर ही सीधे घर चली गई। गंभीर बात है। नीलिमा बहुत चंचल थी, वह सूर्यकांत और राजा से बात किए बगैर नहीं रह सकती थी।

राजा ने ही पूछा- "सूर्यकांत, क्या हो गया है, बिना बात किए ही चली गई।"

सूर्यकांत- "पता नहीं भाई क्या हुआ है। हो सकता है उसका कुछ घरेलू मामला हो।"

दूसरे दिन नीलिमा क्लास में नहीं दिखती है। उसके क्लास में नहीं दिखने से सूर्यकांत बेचैन हो जाता है। वह सर की क्लास के बीच में ही उठकर चला जाता है। सूर्यकांत के पीछे-पीछे राजा भी चला आता है। प्रशांत सर बड़ी-बड़ी प्रश्नवाचक निगाहों से नि:शब्द देखते रह गए। उन्होंने अपने अस्त्र चॉक से मारने का प्रयास किया पर अफसोस! उनकी मारक क्षमता कम थी। काश! उनके पास बाबर की तोप होती तो उसका प्रैक्टिकल भी आज हो ही जाता।

दोनों सीधे नीलिमा के घर पहुँचते हैं। नीलिमा के पापा घर के बरामदे में बैठकर पेपर पढ़ रहे थे। वहीं उसकी माँ रसोई में चाय बना रही थी। नीलिमा के पापा के आवाज लगाई- "नीलिमा!"

नीलिमा- "हाँ पापा बोलिए।" अंदर से आवाज आती है।

"सूर्यकांत और राजा आए हैं।" उसके पापा ने कहा। नीलिमा की फिर से आवाज आती है- "उन्हें अंदर भेजिए।" दोनों अंदर जाते हैं। बिस्तर पर बैठी नीलिमा के चारों ओर पुस्तकें बिखरी हुई थीं।

सूर्यकांत ने गंभीर स्वर में पूछा- "तुम आज कोचिंग के लिए क्यों नहीं आई?"

"अब मैं क्लास नहीं जाऊँगी।" नीलिमा ने जवाब दिया।

सूर्यकांत- "पर अधिकारी बनना तो तुम्हारा सपना है न?"

नीलिमा- "अधिकारी बनने के लिए क्लास जाना नहीं बल्कि पढ़ना जरूरी है।"

सूर्यकांत- "पर गाइडलाइन के लिए एक बार कोचिंग करना भी जरूरी है। सही दिशा में सही समय पर मेहनत करने से ही सफलता मिलती है। क्या पढ़ना है, क्या छोड़ना है, किस टॉपिक को किस पुस्तक से पढ़ना है, ये सब कोचिंग वाले ही बताते हैं।"

नीलिमा- "तुम लोग तो कोचिंग जा रहे हो न, मैं तुम लोगों से पूछ लूँगी।"

सूर्यकांत उसके उतरे चेहरे को देखकर समझ जाता है कि कुछ न कुछ परेशानी जरूर है। उसने नीलिमा के हाथ को अपने सिर पर रखकर कहा- "तुम्हें मेरी कसम नीलिमा, प्लीज अपनी परेशानी बता दो।"

नीलिमा ने तुरंत अपना हाथ सूर्यकांत के सर से हटा लिया और उसकी आँखों से मोती जैसे आँसू की दो बूँदें टपक गईं। वह रूँधे गले से बोली- "फीस के लिए अभी बजट नहीं है।"

सूर्यकांत- "बस इतनी-सी बात, पगली!"

नीलिमा- "इतनी बड़ी समस्या तुझे इतनी-सी बात लगती है?"

सूर्यकांत ने बात बनाते हुए बोला- "हाँ, सर बोल रहे थे कि कल टेस्ट होने वाला है और टेस्ट में टॉप करने वाले की फीस माफ करेंगे।"

नीलिमा- "मजाक मत कर।"

सूर्यकांत- "मेरी बात को तो हमेशा मजाक समझती है। बता भाई राजा।"

राजा- "हाँ नीलिमा, सूर्यकांत सही बोल रहा है।"

सूर्यकांत जानता था कि नीलिमा स्वाभिमानी लड़की है, एहसान कभी भी नहीं लेगी। इसलिए वह उसकी मदद अप्रत्यक्ष रूप से करना चाहता था।

दोनों ने जाकर प्रशांत सर को सारी बात बताई तो वे भी तैयार हो गए। वैसे भी फीस तो सूर्यकांत दे ही रहा था, ऊपर से निःशुल्क पढ़ाने का क्रेडिट उनको मिलने वाला था।

अगले दिन क्लास में नीलिमा, राजा और सूर्यकांत समय पर पहुँच जाते हैं। नीलिमा की आँखें लाल थीं। वो रात भर टेस्ट के लिए पढ़ती रही थी। टेस्ट में टॉप करके फीस माफ कराना उसका उद्देश्य था। टेस्ट प्रारंभ होता है, नीलिमा को 50 प्रश्नों में से 45 के उत्तर सही-सही याद थे। उसने प्रश्नों को हल करने के बाद कॉपी सर को दे दी।

टेस्ट का समय समाप्त हुआ। सभी विद्यार्थियों ने अपने-अपने पेपर सर को सौंप दिए। सर ने पेपर लेते वक्त देखा कि सूर्यकांत और राजा ने उसमें अपना नाम ही नहीं लिखा है।

वो डाँटते हुए बोले- "चलो अपना-अपना नाम लिखो।" दोनों अच्छे विद्यार्थी की तरह पेपर में अपना नाम लिखते हैं।

सर ने कुछ समय में ही पेपर चेक कर लिए। उसके बाद खड़े होकर बोले- "मैं सबसे कम अंक पाने वाले का पेपर पहले दूँगा और टॉपर का सबसे आखिर में।" सर ने सबसे पहले सूर्यकांत का नाम लिया। उसने 50 में से 18 अंक प्राप्त किए थे। पचास बच्चों के बैच में अंतिम स्थान पर सूर्यकांत था।

दूसरे नाम का एनाउंसमेंट हुआ- राजवीर प्रताप। सर ने चारों तरफ देखा, नजर गड़ाकर भी देखा। लेकिन कोई खड़ा नहीं हुआ। दूसरी बार एनाउंसमेंट हुआ- राजवीर कौन है? अपना पेपर ले लो।

सूर्यकांत के बाजू में बैठा हुआ राजा खड़ा हुआ। सबने पहली बार उसका

असली नाम सुना था। राजा ने 50 में से 19 अंक प्राप्त किए थे। फिर भी वह खुश था कि वह किसी से तो आगे है।

अंत में सर के हाथ में केवल तीन पेपर बचे थे। पहले, दूसरे और तीसरे स्थान पर आने वालों के। सूर्यकांत को पूरी उम्मीद थी कि नीलिमा ही टॉप करेगी और स्कॉलरशिप वाला जो नाटक किया गया है उसकी विजेता बनेगी। तीसरे स्थान पर आने वाले का नाम लिया गया... नीलिमा। क्लासरूम में तालियाँ बजने लगीं। सब तालियाँ बजा रहे थे पर नीलिमा अंदर से रो रही थी। उसका स्कॉलरशिप का सपना टूट गया था क्योंकि स्कॉलरशिप सिर्फ टॉपर को मिलने वाली थी।

सूर्यकांत और राजा एक-दूसरे को देख रहे थे। वो दोनों समझ ही नहीं पा रहे थे कि नीलिमा की फीस माफ कराने के लिए क्या किया जाए। तभी सूर्यकांत झटके से उठकर बोला- "फर्स्ट, सेकंड और थर्ड तीनों को निःशुल्क कोचिंग प्रदान की जाएगी। सर ने प्रतिभाओं को निखारने के उद्‌देश्य से यह स्कीम लागू की है। हम सब सर के अभारी रहेंगे, बहुत ही नेक विचार हैं।"

सर आश्चर्यमिश्रित भाव से सूर्यकांत को देखते रहे। तालियाँ बजती रहीं। सर भी मुफ्त में श्रेय मिलने का मजा ले रहे थे। उनका सीना चौड़ा हो चुका था। वो भी बोले- "हाँ, सूर्यकांत ठीक कह रहा है, प्रथम तीन स्थान प्राप्त करने वालों को कोचिंग मुफ्त।" तालियों की आवाज और बढ़ गई।

नीलिमा की कोचिंग की व्यवस्था हो गई थी इसलिए वह बहुत खुश थी। लेकिन क्लास में तीसरे स्थान पर आने की वजह से थोड़ी दुखी भी थी। वह मन ही मन सोच रही थी- 'मैं पचास बच्चों की क्लास में थर्ड आई हूँ, तो लाखों के बीच तो खो ही जाऊँगी। ऐसे मेरा सलेक्शन नहीं होगा। मुझे और पढ़ना होगा, मुझे और पढ़ना होगा।'

सूर्यकांत आवाज देता है- "नीलिमा! नीलिमा! नीलिमा...!" तीसरी बार की तेज आवाज से उसकी तंद्रा टूटती है। "कहाँ खो गई हो नीलिमा?" सूर्यकांत ने पूछा।

"बस कुछ सोच रही थी। जब पचास प्रतियोगियों के बीच हम लोग जगह नहीं बना पा रहे हैं, तो लाखों के बीच तो गायब ही हो जाएँगे। हमें अपने लक्ष्य के लिए बहुत मेहनत करनी होगी। सूर्यकांत, हम सब मिलकर एक साथ तैयारी करेंगे तो सबका अच्छा होगा। जब हम ग्रुप में पढ़ते हैं तो एक टॉपिक पर चार

दिमाग काम करते हैं। इसलिए ग्रुप में पढ़ना जरूरी है।"

"ठीक है, कुछ प्लान बनाते हैं। चलो, मैं तुम्हें घर छोड़ देता हूँ।"

सूर्यकांत को नीलिमा ने तैयारी करने के लिए कहा था इसलिए वह गंभीरता से मनन करते हुए, बिना कुछ कहे नीलिमा को घर छोड़कर बढ़ जाता है।

सूर्यकांत अपने ही मन से लड़ रहा था। एक मन जो पढ़ाई से भागता था और एक मन जो नीलिमा से प्रेम करता था, दोनों के बीच द्वंद्व युद्ध चल रहा था। जब भीतर युद्ध चलता है तो मन तो युद्ध लड़ने में लगा रहता है इसलिए वह बाहरी दुनिया से पूरी तरह कट जाता है।

कोचिंग रुटीन में चलती रही। सूर्यकांत और राजा समय पर ही क्लास आते थे। वो नीलिमा को मानसिक रूप से जितना सपोर्ट कर सकते थे, कर रहे थे।

एक दिन घड़ी में 7.30 बज चुके थे। सर अभी तक नहीं आ पाए थे। उनके न आने की वजह से क्लास में शोर हो रहा था। नीलिमा खाली समय देखकर प्रतियोगिता दर्पण पढ़ रही थी परंतु हो-हल्ले की वजह से वह एकाग्र नहीं कर पा रही थी। बार-बार अपना ध्यान पुस्तक पर लगाती लेकिन शोर के चलते ध्यान बँट जाता। फिर वह झटके से उठी और क्लास के सामने रखे डायस के पास आकर डस्टर को जोर से दो बार डायस पर ठोका। डायस और डस्टर की टक्कर से ठक-ठक की आवाज आई। बात कर रहे सारे विद्यार्थी शांत होकर सामने खड़ी नीलिमा को देखने लगे। वह गुस्से से बोली- "तुम लोगों ने मजाक बनाकर रख दिया है। यहाँ बातचीत, मस्ती, मजाक करने आए हो कि पढ़ने? यदि पढ़ना तुम लोगों की फितरत नहीं है तो अभी भी समय है, सिविल सर्विस की फील्ड छोड़ दो। माँ-बाप को झूठे सपने दिखाना बंद कर दो। उन्हें बता दो कि तुम उनके सपने के लायक नहीं हो। माता-पिता तुम्हें कुछ नहीं कहेंगे। उनका खून-पसीने से कमाया पैसा बच जाएगा। वो भी यथार्थ में जीना सीख जाएँगे। वो कम-से-कम अपने परिचितों के सामने झूठे गर्व से नहीं कहेंगे कि मेरा बेटा सिविल सर्विस की तैयारी कर रहा है, वह अधिकारी बनेगा।"

सब शांति से नीलिमा की बात सुन रहे थे। तभी पीछे बैठे सूर्यकांत ने ताली बजाई। उसके बाद राजा ने, फिर पूरी क्लास ने ताली बजाई। सामने खड़ी नीलिमा फिर बोली- "मैं यहाँ कोई नेता नहीं हूँ और न ही कोई भाषण दे रही हूँ जिसके लिए ताली ठोको। मैं केवल तुम लोगों को समझा रही हूँ कि अभी भी समय है और यह समय हाथ से निकल जाएगा तो केवल एक चीज बचेगी, वह है-

पछतावा। मुझे किसी को असफलता के बाद सहानुभूति देने से ज्यादा अच्छा, समय रहते आईना दिखाना लगता है। आईना जो कभी भी झूठ नहीं बोलता।"

नीलिमा इतना कहकर अपने स्थान पर आकर बैठ गई। सूर्यकांत का मन फिर से ताली बजाने का हुआ। वह नीलिमा की बातों से मंत्रमुग्ध होकर ताली ठोकने ही वाला था कि राजा ने उसके हाथ रोक लिए। सभी विद्यार्थी अपनी-अपनी पुस्तकें निकालकर पढ़ने लगे।

नीलिमा बड़ी स्वाभिमानी लड़की थी। वह अर्जुन की भाँति अपने लक्ष्य के प्रति समर्पित थी। उसने अपने घर में गरीबी देखी थी। उसे कठोर जीवन का अनुभव था। यही अनुभव उसकी वाणी से निकल रहा था।

सूर्यकांत और राजा भी पुस्तक निकालकर पढ़ रहे थे। सूर्यकांत की नजर पुस्तक पर कम और नीलिमा पर ज्यादा थी। क्लास समाप्त होने के बाद वे बाहर निकले तो ऑफिस के पास पेपर पड़ा था। राजा ने पेपर उठाकर पढ़ना प्रारंभ किया तो देखा छत्तीसगढ़ लोकसेवा आयोग का स्टेटमेंट आया था कि आगामी कुछ दिनों में हम वैकेंसी निकालेंगे। राजा ने पास खड़ी नीलिमा को बताया। वह राजा के हाथों से पेपर लेकर पढ़ने लगी। सभी खुश थे क्योंकि अपने सपने को साकार करने का समय आ गया था।

जीवन का तांडव

आज गांधी चौक के आस-पास एक खुशनुमा माहौल था। दो सालों के बाद वैकेंसी आई थी। प्रतियोगी परीक्षाओं की तैयारी करने वालों के लिए आज का दिन किसी महोत्सव से कम नहीं था। ऐसा महोत्सव जिसमें छत्तीसगढ़ के सभी जिलों के विद्यार्थियों का संगम होता है। वैकेंसी आने के बाद छत्तीसगढ़ के कोने-कोने से विद्यार्थी अपना बोरिया-बिस्तर बाँधकर बिलासपुर के गांधी चौक के लिए निकल पड़ते हैं। कुछ प्रतियोगी तो बरसाती मेंढक की भाँति होते हैं जो समय आने पर टर्र-टर्र करते हैं। कुछ प्रतियोगियों के लिए यह सपनों को जीने का समय होता है। अश्वनी, भीष्म सिंह, राम प्रसाद जैसे समर्पित प्रतियोगियों के लिए अपने सपनों को मुट्ठी में बंद करने का समय आ गया था।

राम प्रसाद भी तैयारी के लिए अपने गाँव से पहुँच चुका था। उसका मन खेती में रमता था। उनकी खेती-बाड़ी भी अच्छी थी पर पिता जयराम और भाई श्याम प्रसाद और गणेश प्रसाद हमेशा अपने सपनों को राम प्रसाद के ऊपर थोपते थे। वह अपने पिता से कहता- “बाबू, मोला खेती करन दे न, मोला बहुत अच्छा लगथे।” पिता बोलते थे- “खेती तो कोई भी मनखे कर लेथे लेकिन अधिकारी कोई भी नई बन पाए।” वैकेंसी का पता चलते ही बैलों की तरह राम प्रसाद को हकाल दिया गया था।

राम प्रसाद का मन हमेशा अंदर ही अंदर कचोटता था। उसका मन हमेशा सवाल करता था। ‘हे ईश्वर, मेरे जीवन पर दूसरों का अधिकार कैसा, मेरी आँखों से दूसरों को सपने देखने का हक क्यों दिया। मुझे तैरना नहीं आता यह जानते हुए भी मेरे जन्मदाता, मेरे पालक मुझे समुद्र में ढकेल रहे हैं। इस समुद्र की लहरों के थपेड़ों से लड़ने का मुझे कोई अभ्यास नहीं है और न ही करना चाहता हूँ। संबंधों की खातिर, उनके विश्वास की वजह से मैं समुद्र में जा रहा हूँ। मुझे तैरना

नहीं आता तो थोड़ा-बहुत हाथ-पैर जरूर मारूँगा पर इसे पार नहीं कर पाऊँगा। जिन्होंने मुझे जन्म दिया है, मृत्यु पर भी उन्हीं का अधिकार है क्या?'

बिलासपुर की सड़कों पर फिर से हिस्ट्री, ज्यॉग्रफी, साइंस, मैथ्स की हवाएँ चलने लगीं। इन्हीं हवाओं का इंतजार सबको पिछले दो वर्षों से था। इन हवाओं के शरीर पर पड़ने से रोम-रोम पुलकित हो रहा था। सिविल सर्विस की तैयारी का दौर शुरू हो चुका था। छोटे-छोटे ग्रुप में चौक-चौराहों पर डिस्कशन करते लोग हर वक्त दिख जाते। तेल के दाम में बढ़ोतरी का देश की अर्थव्यवस्था पर प्रभाव, भारत-पाक सीमा विवाद से लेकर नक्सलाइट विषयों पर चर्चा होती थी। ऐसा लगता था मानो गांधी चौक में देश के सारे बुद्धिजीवी भरे हैं और संसद देश चलाने और नीतियों के निर्माण के लिए हमारे इन्हीं बुद्धिजीवियों पर आश्रित हो। सोते, जागते सब अपना कर्म संपूर्ण रूप से कर रहे थे।

महाभारत में तो एक ही अर्जुन था। वह अपनी विद्या में पारंगत था और उसकी धनुर्विद्या की तूती बोलती थी। लेकिन प्रतियोगी परीक्षा में तो हर प्रतियोगी अर्जुन है। सभी अपने-अपने पढ़ाई रूपी धनुर्विद्या में पारंगत हैं। वर्तमान प्रतियोगिता के दौर में केवल अर्जुन बनने से काम नहीं बनता, बल्कि अर्जुन के साथ एकलव्य और कर्ण की धनुर्विद्या को समाहित करने पर ही लक्ष्य को भेदा जा सकता है। श्रेष्ठ तो सभी प्रतियोगी हैं, पर सर्वश्रेष्ठ बनने के लिए तीनों के गुणों को समाहित करना पड़ता है।

भीष्म सिंह इस बार पहले से ज्यादा दबाव में थे। उन्हें हमेशा साहिल और उसके दोस्तों से किया गया वादा याद आता था। लगता था कि मैं इस बार अधिकारी नहीं बन पाया तो दुनिया ही खत्म हो जाएगी। मैं मजाक का और केवल मजाक का पात्र बनकर रह जाऊँगा। इसके चलते भीष्म सिंह की स्वाभाविक पढ़ाई खत्म हो चुकी थी और उनका चेहरा हमेशा तनाव में रहने लगा था।

राम प्रसाद को पिछली बार इंटरव्यू से लौट आना पड़ा था। वह तो अपने घर वालों के लिए तैयारी कर रहा था, इसलिए वह भी दबाव में था। हालाँकि पढ़ाई में वह किसी भी तरह की कमी नहीं करना चाहता था और पूरी लगन और निष्ठा के साथ तैयारी कर रहा था।

अश्वनी भी किसी तरह से एक पद पा जाने के लिए लालायित था। वह सुबह से रात तक पढ़ता रहता। आराम करने के समय में भी वह पढ़ता ही रहता। जब भीष्म सिंह और राम प्रसाद चाय पीने पास ही के ठेले में जाते तब भी वह

पढ़ता ही रहता था। दोनों अश्वनी के लिए चाय रूम में ही लेकर आते थे।

तीनों पूरी तरह से समर्पित थे मगर दबाव में आकर तैयारी कर रहे थे। प्रारंभिक परीक्षा की डेट आ गई थी। सब अपनी-अपनी पढ़ाई में व्यस्त थे। प्रारंभिक परीक्षा से तीन दिन पहले अश्वनी ने हड़बड़ाते हुए पूछा- "भैया, मेरा समसामयिकी अभी तक नहीं हुआ है, कैसे करूँ।"

भीष्म सिंह ने कहा- "पुस्तक दिखाओ, मैं निशान लगा देता हूँ, वही सब पढ़ना।"

उन्होंने अश्वनी से पुस्तक लेकर महत्त्वपूर्ण बिंदुओं पर निशान लगा दिए।

राम प्रसाद- "मेरे में भी लगा दीजिए भैया।"

उसकी किताब में भी कुछ पृष्ठों को पलट-पलटकर निशान लगा देते हैं। दोनों को जो समसामयिकी पहाड़ लग रहा था वह भीष्म सिंह के निशान लगाने से सरल हो गया था। भीष्म को भी तैयारी करते-करते पीएससी की परीक्षा पद्धति का काफी अनुभव हो गया था।

प्रारंभिक परीक्षा से एक रात पहले तीनों ने अपने-अपने रूम में कम-से-कम छह घंटे की गहरी नींद ली। सबेरे उठकर तीनों फिर अपने-अपने परीक्षा केंद्र की ओर चल दिए। पेपर मध्यम आया था जो न कि बहुत ज्यादा कठिन था और न ही एकदम सरल। समसामयिकी के लगभग पूरे प्रश्न भीष्म सिंह द्वारा लगाए निशानों से ही आए थे। ये उनका ही अनुभव था। उन्होंने सिविल सर्विस को अपना पूरा जीवन दे दिया था, इतना अनुभव तो स्वाभाविक था। उन्हें प्रश्नों की प्रकृति पता थी। किस-किस टॉपिक को छोड़ना है और किस किस को पढ़ना है इसका उन्हें अनुभव था।

तीनों जब परीक्षा हॉल से बाहर आए तो खुश थे। भीष्म सिंह और राम प्रसाद तो प्रारंभिक परीक्षा निकाल ही लेते हैं, अश्वनी की प्रारंभिक परीक्षा भी इस बार निकलने वाली थी। वह बहुत प्रसन्न था। कुछ दिनों बाद जब प्रारंभिक परीक्षा का रिजल्ट आया तो वह आशानुरूप था, तीनों का चयन मुख्य परीक्षा के लिए हो गया था।

तीनों एक बार फिर तैयारी में लग गए। वे उसी रूम में पढ़ाई करते थे। रूम में चारों ओर पुस्तकें ही पुस्तकें थीं। वो तीनों सबेरे 9 बजे से 12 बजे तक और फिर दोपहर 2 बजे से शाम 5 बजे तक लिख-लिखकर प्रैक्टिस करते थे। कमरे में कागजों का ढेर-सा लग जाता था। उन लोगों की तैयारी काफी अच्छी चल

रही थी। वो दीन-दुनिया से बेखबर थे। तैयारी से उन लोगों का आत्मविश्वास बढ़ गया था। वो दिन-प्रतिदिन तैयारी करके अपने-अपने विषय में अच्छी पकड़ बनाते जा रहे थे।

एक दिन तीनों ही तैयारी में लीन थे। तभी कमरे में कुछ प्रतियोगी छात्र पहुँचे। वे बोले- "भीष्म भाई, इस बार आयोग द्वारा कुछ तकनीकी गलती हुई है, जिसके चलते स्केलिंग में केवल समाजशास्त्र विषय को लाभ हुआ है। हम लोग इस पर आयोग में ज्ञापन देने जा रहे हैं। आपको भी हमारा साथ देना है।"

भीष्म ने तुरंत कहा- "हाँ भाई, यदि प्रतियोगियों के साथ कुछ भी गलत हुआ है तो हम जरूर साथ देंगे।" अश्वनी प्रारंभिक से पहली बार आगे बढ़ा था। वह क्रोध से बोला- "हमारा मुख्य परीक्षा के लिए चयन हो गया है तो हम क्यों जाएँ?"

भीष्म ने समझाया- "ऐसा नहीं कहते अश्वनी। हमेशा स्वस्थ्य प्रतियोगिता होनी चाहिए। यदि हम योग्य हैं, और हमारा पेपर अच्छा गया है, तो हमारा परिणाम नहीं बदलेगा, तुम घबराओ मत।"

अश्वनी ने 'ठीक है भैया' कहकर अपनी सहमति दे दी।

अगले ही दिन सुबह होते ही सारे अभ्यर्थी बिलासपुर से जनशताब्दी ट्रेन से रायपुर की ओर निकल पड़े। रायपुर में अन्य जिलों से भी लोग पहुँच चुके थे। समाचार पत्रों के माध्यम से इस ज्ञापन के बारे में सूचना दे दी गई थी। भीड़ का होना स्वाभाविक था। आशानुरूप भीड़ भी आई। भीड़ को देखते हुए आयोग ने पुलिस बुला ली। पुलिस भी पूरी तैयारी के साथ वहाँ पहुँची थी। वैसे भी पुलिस को मारने में जो मजा आता है, वह किसी और काम में नहीं आता। एक पुजारी को जितना मजा पूजा करने में आता है, उतना ही मजा पुलिस को पीटने में आता है।

आयोग ने प्रतिनिधि के रूप में आठ-दस लोगों के दल को बुलाया। भीष्म सिंह, अश्वनी, लोकेश, पंकज, हिमांशु, मुकेश, देव सिंह जैसे लोग दल बनाकर अंदर गए। अंदर बैठे एक 'मोटे-ताजे' अधिकारी ने पूछा- "बताइए, आप लोगों की समस्या क्या है?"

भीष्म ने आगे आकर कहा- "सर, इस वर्ष आयोग से कुछ गलती हो गई है, स्केलिंग पद्धति को सही ढंग से लागू नहीं किया गया है। इसकी वजह से समाजशास्त्र विषय को लाभ मिला है, जबकि अन्य विषयों को नुकसान हुआ है,

कृपया इस पर विचार करें।"

अधिकारी ने बड़े अहं भाव से कहा- "ऐसा न तो आज तक हुआ है और न ही होगा, आयोग से कभी गलती हो ही नहीं सकती।"

दल में से एक लड़का आगे बढ़ा ओर जोर से टेबल पर हाथ पटकते हुए बोला- "आप लोगों की तानाशाही नहीं चलेगी। आप लोगों ने जान-बूझकर स्केलिंग पद्धति में गलती की है।"

इतना सुनते ही आयोग के अधिकारी ने भड़कते हुए कहा- "आप लोग असफल हैं, इसलिए आरोप लगा रहे हैं।"

भीष्म सिंह ने उस लड़के को बाहर करते हुए कहा- "सर, आप इस विषय पर संज्ञान ले लीजिए और एक बार आप तकनीकी पहलुओं पर विचार कर लीजिए। ये प्रतियोगियों के भविष्य का सवाल है।"

अधिकारी ने विनम्रता से जवाब दिया- "ठीक है, इस विषय पर मैं संज्ञान लूँगा। आपके साथ न्याय होगा। यदि हमारी तरफ से यदि कोई गलती हुई है तो हम सुधार अवश्य करेंगे।" उसने नेताओं वाले अंदाज में आश्वासन दिया था परंतु अधिकारी झूठे आश्वासन में दक्ष नहीं हुआ करते, इसलिए चेहरे से साफ पता चल रहा था कि इस पर कोई कार्यवाही नहीं होने वाली है।

बाहर आकर भीष्म सिंह ने कहा- "भाइयो, आयोग से आप लोगों को न्याय मिलने की उम्मीद कम ही है। इसलिए मेरी सलाह है कि हमें हाईकोर्ट की शरण लेनी चाहिए।"

भीड़ से भी आवाज आई- "हाँ, हम हाईकोर्ट जरूर जाएँगे। हम अपना हक लेकर रहेंगे।" भीड़ ने एक स्वर में कहा- "हम न्याय लेकर रहेंगे।"

इस बीच एक व्यक्ति सामने आया। उसके चेहरे पर मोटी-मोटी मूँछें थीं, माथे पर तिलक लगा हुआ था। ये हाईकोर्ट के प्रसिद्ध वकील राकेश तिवारी थे। वो भीष्म सिंह और साथियों को आश्वासन देते हुए बोले- "देखो साथियो, यह केस बहुत स्ट्रांग है। इसको हम ही जीतेंगे। दूसरी या तीसरी हियरिंग में डिसीजन भी आ जाएगा।"

वकील साहब अपने वादे के मुताबिक तीसरी हियरिंग में डिसीजन ले आए। माननीय न्यायालय ने कहा- "स्केलिंग पद्धति में गड़बड़ी हुई है, इसे सुधारते हुए शीघ्र-अतिशीघ्र पुनः रिजल्ट जारी करें।"

परीक्षार्थी बहुत खुश थे। कुछ दिनों बाद प्रारंभिक परीक्षा का रिजल्ट पुनः

जारी किया गया। इसमें काफी नए लोगों का सलेक्शन हुआ। वास्तविक रूप से, नए रिजल्ट के बाद ही प्रतियोगियों की मेहनत की जीत हुई। सभी विषयों से बराबर संख्या में सलेक्शन हुआ था। भीष्म सिंह, अश्वनी और राम प्रसाद का दूसरी बार के रिजल्ट में भी सलेक्शन हो गया था।

मुख्य परीक्षा होने में कुछ ही दिन बचे थे। भीष्म सिंह पर दबाव बढ़ता जा रहा था। उनके चेहरे पर झुर्रियाँ साफ दिख रही थीं। शायद दबाव इस बात का भी था कि यह उनका अंतिम अटैम्प्ट था। इस परीक्षा के बाद वे कभी सिविल सर्विस की तैयारी नहीं कर पाएँगे। इस बार सलेक्शन नहीं हुआ तो गाँव में क्या मुँह दिखाएँगे। इन्हीं चिंताओं में वे अक्सर डूबे रहते थे। भीष्म सिंह ने अब योगाभ्यास भी छोड़ दिया था। वो उस समय का उपयोग भी पढ़ाई में ही करने लगे थे।

मुख्य परीक्षा का सेंटर जी.डी.सी. कॉलेज था। सबेरे करीब सात बजे अश्वनी और राम प्रसाद, भीष्म सिंह के घर पहुँचे। अश्वनी ने कहा- "यह क्या भैया, इस बार आप ही पुस्तक पकड़कर बैठे हैं जबकि हमको आपने सिखाया है कि परीक्षा के अंतिम समय में नहीं पढ़ना चाहिए, दिमाग को अधिक से अधिक शांत रखना चाहिए।"

भीष्म सिंह झेंपते हुए बोले- "हाँ अश्वनी, मैं अभी तक अंतिम दिन पढ़ना छोड़ देता था, लेकिन इस बार मेरा लास्ट अटैम्प्ट है, गाँव में मुख भी तो दिखाना है। इसलिए परीक्षा में जाने से पहले एक बार रिवाइज कर लेना चाहता हूँ।"

अश्वनी ने भैया के हाथ से पुस्तक छीन ली और कहा- "मैं नहीं जानता, आप भ्रामरी प्राणायाम करिए। इसके बगैर परीक्षा हॉल में नहीं जाने दूँगा।"

भीष्म सिंह इनकार नहीं कर पाए। उन्होंने कहा- "मुझे बस पाँच मिनट दो अश्वनी, मैं भ्रामरी प्राणायाम कर लेता हूँ।"

राम प्रसाद- "भैया, थोड़ा जल्दी करिएगा वरना लेट हो जाएँगे।"

भीष्म- "हाँ राम प्रसाद, बस पाँच मिनट में आता हूँ।"

इस बार मुख्य परीक्षा का पेपर कठिन आया था। सभी विद्यार्थी परेशान थे। किसी को समझ ही नहीं आ रहा था कि क्या करें? भीष्म सिंह, अश्वनी और राम प्रसाद का पेपर भी साधारण ही गया। इस बार कोई भी विद्यार्थी नहीं बता पा रहा था कि उसका सलेक्शन होगा या नहीं। भीष्म सिंह अनुभवी होने के बाद भी कुछ कहने की स्थिति में नहीं थे। अश्वनी ने उनसे पूछा- "भैया, इसका क्या होगा? मुख्य परीक्षा का पेपर तो कठिन आया था। कुछ भी समझ में नहीं आ रहा है।"

भीष्म ने कहा- "अश्वनी, चिंता मत करो, इस बार कटऑफ बहुत कम जाएगा। तुम घबराओ मत, तुम्हारा सलेक्शन हो जाएगा।

भीष्म ने राम प्रसाद की ओर देखते हुए उसको भी दिलासा दी- "तुम भी इंटरव्यू की तैयारी करो।"

राम प्रसाद- "हाँ भैया, आपके मार्गदर्शन में ही तैयारी करेंगे।"

भीष्म खोए-खोए से रहने लगे थे। उन्होंने कहा- "अभी तुम दोनों साथ बैठकर पढ़ना शुरू कर दो, रिजल्ट आते ही मैं भी तुम दोनों को ज्वॉइन कर लूँगा। हाँ, तैयारी करते वक्त इतना ध्यान रखना कि आत्मविश्वास को बनाए रखना और इंटरव्यू बोर्ड को गुमराह करने की कोशिश मत करना।"

भीष्म सिंह अनुभवी होते हुए भी इस बार घबरा रहे थे। अंदर से उन्हें लग रहा था कि इस बार मुख्य परीक्षा पास नहीं कर पाएँगे और यदि पास भी कर लें तो पद शायद प्राप्त नहीं कर पाएँगे।

सिविल सर्विस मुख्य परीक्षा का रिजल्ट भी एक दिन आ ही गया। रहस्य का परदा हट चुका था। कुछ लोग हर बार की तरह इस बार भी सफल थे और कुछ लोग असफल। सफल लोगों का असफल लोगों से दूर होने का सिलसिला भी शुरू हो चुका था। भीष्म सिंह, अश्वनी और राम प्रसाद तीनों पास हो चुके थे।

तीनों ने ड्रेस से लेकर जूते तक सारी तैयारी कर ली थी। अपने नाम से लेकर पिताजी के नाम, गाँव, राज्य की पाँच-पाँच विशेषताएँ, अपने नकारात्मक पक्ष, सकरात्मक पक्ष, अपनी हॉबी, अपने आदर्श को लेकर अच्छी तरह से तैयारी कर चुके थे।

इंटरव्यू भी अपने आप को जानने का मौका देता है। कुछ लोगों को तो पता ही नहीं होता कि उनकी हॉबी क्या है, आदर्श क्या हैं। वो अपनी हॉबी और अपने आदर्श दूसरों को देखकर तय करते हैं। इंटरव्यू देने वाला गौतम बुद्ध हो जाता है। उसे आत्मज्ञान की प्राप्ति हो जाती है।

निर्धारित दिन तीनों इंटरव्यू की परंपरागत पोशाक पहनकर पहुँचे थे। वहाँ बैठे सभी लोगों की रंगत उड़ी हुई थी। एक प्रतियोगी तो आँखें बंद करके माला हाथ में लिए फेर रहा था। उसको देखकर लग रहा मानो कोई संन्यासी तपस्या कर रहा हो। उसने इतनी ही लगन से पढ़ाई की होती तो आज इंटरव्यू के लिए बैठकर ईश्वर को याद करने की जरूरत नहीं पड़ती। कुछ लोग बार-बार पानी पी रहे थे। आयोग के टॉयलेट में तो इतनी भीड़ थी कि लग रहा था कोई अच्छी

फिल्म लगी है और उसका टिकट लेने के लिए भीड़ जुटी है।

एक-एक कर इंटरव्यू के लिए कमरे के अंदर बुलाया जा रहा था। जब इंटरव्यू देकर परीक्षार्थी बाहर आते तो बाहर बैठे विद्यार्थी उन्हें मक्खी की तरह घेर लेते। बाहर बैठे विद्यार्थी अंदर पूछे जा रहे सवालों को जानने के लिए उत्सुक रहते हैं। पर अंदर से बाहर आने वाला विद्यार्थी भी चालाक होता है, वह पूछे गए प्रश्नों की जगह जो प्रश्न नहीं पूछे गए, वो बता देता है।

अश्वनी और राम प्रसाद का इंटरव्यू ठीक-ठाक गया था। भीष्म सिंह अपने इंटरव्यू से संतुष्ट नहीं थे। पर उस असंतुष्टि को दोनों के सामने प्रकट न करते हुए उन्होंने कहा- "देखो, मैंने कहा था न सब कुछ ठीक हो जाएगा, सबका इंटरव्यू अच्छा जाएगा।" अश्वनी के बोलने के पहले ही राम प्रसाद ने कहा- "भैया, आपकी वजह से ही हम लोगों का इंटरव्यू अच्छा गया है।"

अश्वनी ने राम प्रसाद की बात को काटते हुए कहा- "भैया, यदि आप हमारी तैयारी नहीं कराते तो हमारा इंटरव्यू अच्छा नहीं जाता। आपने जिन-जिन मुद्दों को तैयार कराया था वही मुद्दे समसामयिकी में से पूछे गए थे।"

राम प्रसाद और अश्वनी सच्चे मन से प्रशंसा कर रहे थे। दोनों के लिए भीष्म सिंह पालक की तरह थे पर खुद भीष्म सिंह का मन अंदर से डरा हुआ था। डर उनके अंतिम अटैम्प्ट का था, डर चयनित न हो पाने का था। जिस तरह विरह की आग में जल रही नायिका को कोयल की कूक भी नहीं सुहाती और वह अधिक दुखी हो जाती है, उसी तरह राम प्रसाद और अश्वनी की सच्चे मन से की गई प्रशंसा भी भीष्म सिंह को चुभने लगी थी।

धीरे-धीरे वो अश्वनी और राम प्रसाद से दूरियाँ बनाने लगे। उनका वजन भी गिरने लगा था। उनकी आँखें और गाल धँस गए थे। कुछ ही दिनों में उनका बुढ़ापा भी दिखने लगा था।

शाम को गांधी चौक से अपने घर पैदल जा रहे थे। वो कुछ सोच रहे थे। इस सोच-विचार में इतने मग्न थे कि उनको किसी ने आवाज दी और वो सुन नहीं पाए। फिर एक बार जोर से किसी ने आवाज दी- 'भीष्म, भीष्म'। यह आवाज पहले से तेज थी। अबकी बार आवाज भीष्म के कानों तक पहुँची और झटके के साथ चिंतन-मनन की दुनिया से बाहर आए। फिर दाहिनी ओर एक किनारे पर बैठे कुछ लोगों को देखा। वो भीष्म सिंह के पुराने साथी थे। कभी साथ में तैयारी करते थे। लेकिन अभी वो अपने-अपने काम-धाम में लग गए थे। सबेरे सभी

काम पर जाते और शाम को इकट्ठे होकर शराब का सेवन करते थे।

भीष्म सिंह उनके पास पहुँचकर बोले- "अरे भावेश, तुम लोग यहाँ बैठकर क्या कर रहे हो? भावेश ने जवाब दिया- "हम लोग तो रोज बैठते हैं, तू ही नहीं दिखता। चल बैठकर गप्पें मारते हैं।" भीष्म भी उनकी मण्डली में शामिल हो जाते हैं। सब शराब पीते हैं। भीष्म ने आज तक शराब को हाथ नहीं लगाया था। भावेश ने एक पैग उनकी ओर बढ़ा दिया। भीष्म सिंह ने बड़े प्रेम में इनकार करते हुए कहा- "नहीं भाई, मैं नहीं पीता हूँ। मुझे माफ करो।"

भावेश ने फिर कहा- "एक पैग पीकर मर नहीं जाएगा, बल्कि जिंदादिल हो जाएगा। एक बार इसे होंठों से लगाकर देख ले भाई।"

इस बार भावेश के तर्क से भीष्म सिंह प्रभावित हुए। उन्होंने मन ही मन कहा- 'यह शराब ही तो है, जहर थोड़े ही है जो मैं मर जाऊँगा। यदि इसे पीने से तनाव थोड़ा दूर हो जाएगा तो एक बार होंठों से लगाकर देख लेता हूँ।'

वो भावेश के हाथ से गिलास छीनकर एक ही घूँट में पी गए और लरजती आवाज में बोले- "मेरे लिए एक पैग और बना भावेश।" भावेश ने फिर से एक पैग बनाया और वे फिर पूरा गिलास गटक गए। यह प्रक्रिया चलती रही।

भीष्म सिंह को नशा पूरी तरह चढ़ चुका था। सिर घूमने लगा था। उनके मन में एक साथ हजारों विचार घूम-घूमकर आ रहे थे। उन्होंने अपनी भावनाओं को भावेश पर उड़ेलते हुए कहा- "यह सिविल सर्विस मेरे जीवन को निगल गई। यह किसी डायनासोर से कम नहीं है। ऐसा डायनासोर जो गांधी चौक के आस-पास के 90 प्रतिशत विद्यार्थियों को निगल जाता है। प्रतियोगी भी नहीं समझ पाते कि एक बार या दो बार पीएससी की परीक्षा देकर अपना आकलन कर लें। यदि उन्हें लगता है कि उनकी रुचि किसी और चीज में है तो उन्हें अपनी रुचि के क्षेत्र में चल देना चाहिए।"

भावेश ने समझदार बनते हुए कहा- "हाँ भीष्म, इसलिए तो दो अटैम्प्ट देकर मैं अपने काम-धंधे में लग गया। शुरू में मैंने कपड़े की एक छोटी-सी दुकान डाली थी। अब बिलासपुर जैसे शहर में मेरी दो दुकानें हैं। खुद का घर और गाड़ी है। मेरा जीवन किसी से कम नहीं है। व्यावसायिक लोग मुझे भी जानने लगे हैं। इस शहर में एक अच्छे कारोबारी के रूप में मेरी भी गिनती होने लगी है।"

भीष्म ने कहा- "तू आए दिन मुझसे सौ-दो सौ रुपए उधार लेने वाला इतना बड़ा व्यवसायी हो गया है। झूठ बोल रहा है न?" भावेश ने शराब गटकते हुए

कहा- “मैंने पी जरूर ली है पर अभी भी होश में हूँ।”

“मुझसे मत फेंक भावेश।” भीष्म ने कहा।

भावेश ने भावुक होते हुए कहा- “मैं मजाक नहीं कर रहा हूँ! भीष्म, मैं सचमुच बता रहा हूँ। कल सबेरे मेरे साथ चलना, मैं तुम्हें अपनी गाड़ी, घर, दुकान सब कुछ दिखाऊँगा। रही बात उधार की तो मैं अभी भी तुम्हारा तीन सौ रुपए का कर्जदार हूँ। लेकिन मैं तुम्हें लौटाऊँगा नहीं भीष्म। कभी-कभी कुछ कर्जों में भी मिठास होती है।”

भीष्म ने कहा- “तूने ठीक किया भाई जो अपनी क्षमता को पहचानकर समय रहते सिविल सर्विस की तैयारी छोड़ दी और मनपसंद व्यवसाय में आ गया। वैसे भी भाई, दुनिया सफल लोगों को पूजती है। यह सफलता चाहे किसी भी क्षेत्र में हो, दुनिया आपको सलाम करेगी।”

भावेश ने कहा- “भीष्म भाई, समरथ को नहीं दोष गुसाईं!”

इस बीच भीष्म की स्थिति थोड़ी खराब हो गई। अचानक उल्टियाँ शुरू हो गईं। तबियत बिगड़ने लगी। भावेश ने उन्हें पानी पिलाया, बिठाया, फिर सिर पर पानी डाला। कुछ देर में उन्हें ठीक लगने लगा। हालाँकि अभी भी उनकी भड़ास पूरी नहीं हुई थी, उन्होंने कहा- “भाई, गांधी चौक में आने वाला हर इंसान डिप्टी कलेक्टर बनने का सपना देखता है। किसी भी हालात में एक पद पा लेना चाहता है। जो पद हासिल नहीं कर पाते उन्हें मजाक का विषय क्यों बना दिया जाता है? घर वाले बच्चों को तिरस्कृत क्यों करते हैं? क्या सफल व्यक्ति ही इंसान है, क्या पद पाने वाला अमरत्व प्राप्त कर लेता है?”

भावेश ने कहा- “चल, तुझे घर छोड़ देता हूँ, तुझे ज्यादा चढ़ गई है।” वह उन्हें उनके रूम तक छोड़ देता है। भीष्म सिंह लड़खड़ाते कदमों से अंदर चल देते हैं। वो दरवाजे की सिटकनी लगाने का प्रयास करते हैं, पर वह ठीक से नहीं लग पाती।

इधर अश्वनी और राम प्रसाद पिछले तीन-चार दिनों से भीष्म सिंह से नहीं मिले थे। दोनों उनसे मिलने को व्याकुल हो रहे थे।

राम प्रसाद ने कहा- “चलो अश्वनी, भीष्म भैया से मिलकर आते हैं। तीन-चार दिनों से दिखे नहीं हैं।”

अश्वनी ने जवाब दिया- “अभी तो रात हो गई है।”

राम प्रसाद- “अरे बड़े भैया ही तो हैं, दो मिनट उनके पास बैठकर आ

जाएँगे।"

अश्वनी कहा- "ठीक है राम प्रसाद, चलो मिलकर तुरंत वापस आ जाएँगे।"

दोनों भीष्म सिंह के रूम के लिए निकल पड़ते हैं।

भीष्म सिंह अपने रूम में बेचैनी से इधर-उधर टहल रहे थे। जबान के साथ उनके पैर भी लड़खड़ा रहे थे। बार-बार नकारात्मक विचार आ रहे थे। उनके मन में चल रहा था- 'मैं अपने घर में सबसे नालायक हूँ, मेरे सारे दोस्त अच्छे पदों पर पहुँच गए हैं। मैं ही निकम्मा निकला। इस वर्ष के बाद तो सिविल सर्विस दिलाने की उम्र ही निकल जाएगी। इस बार तो मेरा पेपर ही बिगड़ गया है। इस बार सलेक्शन नहीं हुआ तो मैं कहीं का नहीं रहूँगा। मैंने तो गाँव में भी कह दिया है कि यदि सलेक्शन नहीं होगा तो मैं गाँव में भी अपना मुँह नहीं दिखाऊँगा।' भीष्म सिंह को नकारात्मक विचारों ने उसी तरह घेर लिया था, जैसे चंदन के वृक्षों को सर्प लपेट लेते हैं। नशे की वजह से उनके नकारात्मक विचार बढ़ते ही जा रहे थे। निराशा, पीड़ा, अवसाद जैसी भावनाएँ उन पर हावी हो रही थीं।

भीष्म सिंह सोचते-सोचते अचानक हँसने लगते, फिर अचानक ही रोने लगते। कमरे के अंदर से उनकी हँसी और रुदन दोनों सड़क से गुजरने वाले आसानी से सुन सकते थे।

भीष्म सिंह ने अचानक अट्टहास करते हुए पागलों की भाँति कहा- "मैं भीष्म सिंह, डिप्टी कलेक्टर बन के रहूँगा। इस बार मैं ही टॉपर रहूँगा। हाँ, मैं ही टॉपर रहूँगा।" फिर हँसते हैं- "एक बार डिप्टी कलेक्टर बन जाऊँ फिर मैं दुनिया को बताऊँगा कि मैं भी सफल हो गया..." कुछ रुककर कहते हैं- "अपने पिता, भाई, भाभी को बताऊँगा कि मेरा भी इस समाज में अस्तित्व है। अपने दोस्तों को बताऊँगा कि मैं भी गांधी चौक के सफल लोगों में शामिल हूँ।"

वो फिर से लड़खड़ाते कदमों से इधर-उधर घूमने लगते हैं। दीवार पर लगे एक शीशे को जमीन पर पटककर तोड़ देते हैं। कुछ पुस्तकों को फाड़ डालते हैं। फिर अचानक रोते-रोते कहते हैं- "हे ईश्वर! मुझे माफ करना। तूने मुझे इतना सुंदर मानव जीवन दिया, इतना सुंदर कर्म क्षेत्र दिया फिर भी आज तक मैं कुछ नहीं कर सका। अपने माता-पिता, भाई-भाभी सबको मैं दुख ही देता रहा। मैं किसी के लिए भी कुछ नहीं कर पाया। अब मुझे जीने का कोई अधिकार नहीं है। मुझे मरना होगा। मेरे मरने में ही सबका हित है। जीवन के देवता, मुझे माफ करना। मृत्यु के देवता, तुम मुझे गले से लगा लेना। हे मृत्यु देवता! तुझसे एक

ही निवेदन है, तू मुझे असफल न करना, तू मुझे कष्ट न देना। मैं तेरी शरण में आ रहा हूँ।"

इसी मानसिक दशा में वो कपड़े सुखाने के लिए बाँधी गई रस्सी को निकाल लेते हैं। पंखा काफी ऊँचाई पर था। पढ़ने वाली टेबल को पंखे के नीचे लाते हैं। फिर भी उनका हाथ पंखे तक नहीं पहुँच पाता है। वो नीचे बिखरी पुस्तकों में से मोटी-मोटी पुस्तकों को छाँटकर टेबल पर रखने लगते हैं। पुस्तकों को जमाने के बाद भीष्म सिंह पहले टेबल पर चढ़ जाते हैं, फिर न चाहते हुए भी पुस्तकों के ऊपर पैर रखकर फाँसी के फंदे को अपने गले में डाल लेते हैं। उसका एक सिरा पंखे से बाँधकर पुस्तकों को पैर से धक्का देने ही वाले होते हैं कि दरवाजे पर खटखट होती है।

अश्वनी और राम प्रसाद पहुँच गए थे। एक खिड़की हल्की-सी खुली थी। उससे अश्वनी भीतर झाँकता है तो उसके होश उड़ जाते हैं। वह जोर से दरवाजे को धक्का देता है। थोड़ी ही अटकी सिटकनी धक्के से खुल जाती है। सिटकनी खुलने की आवाज सुनते ही भीष्म सिंह पुस्तकों को पैरों से गिराकर फाँसी पर झूल जाते हैं। तेजी से भीतर पहुँचकर अश्वनी उनके पैरों को हाथों में थामकर उठाए रखता है। इस बीच राम प्रसाद किनारे रखे हँसिए से रस्सी काटकर भीष्म सिंह को सँभालता है। वे बाहर आकर सड़क से गुजरते ऑटो को रोककर उसके सवारों को उतारते हैं और भीष्म को नजदीक के हॉस्पिटल लेकर जाते हैं।

वहाँ उन्हें आईसीयू में ले जाया जाता है। पाँच मिनट के अंदर कई डॉक्टर पहुँच जाते हैं। डॉक्टरों की टीम लगभग आधे घंटे तक जरूरी ट्रीटमेंट देती है। फिर डॉक्टर आईसीयू से बाहर आने लगते हैं।

एक डॉक्टर को रोककर अश्वनी ने पूछा- "सर, अभी भैया कैसे हैं?"

डॉक्टर ने जवाब दिया- "साँसें चल रही हैं, पर गर्दन में गंभीर चोट है। कल एमआरआई करने के बाद ही पता चलेगा।"

दूसरे दिन टेलीफोन और समाचार पत्रों के माध्यम से कोचिंग में पढ़ने वाले बच्चों के पास भीष्म सिंह की खबर पहुँच चुकी थी। हॉस्पिटल के बाहर भीड़ लग गई थी। ऐसा लग रहा था मानो कोई बहुत बड़ा सेलिब्रिटी एडमिट हो। हालाँकि उनमें से दो-चार लोग भी पहले भीष्म की खोज-खबर ले लेते तो ऐसी नौबत ही नहीं आती। वैसे, उनसे लगाव तो बहुतों को था। यह भीष्म सिंह के प्रति स्नेह ही था कि कोचिंग वाले प्रतियोगियों और अधिकारी बन चुके मित्रों ने चंदा इकट्ठा

करके अश्वनी को लगभग तीन लाख रुपए दिए। ये चंदा महज एक दिन में हो गया था।

एमआरआई की रिपोर्ट आ चुकी थी। अश्वनी को डॉक्टर ने अंदर बुलाया। डॉक्टर ने बताया- "दम घुट नहीं पाया इसलिए उनकी साँसें चल रही हैं। गर्दन की हड्डी टूट गई है, जिसे सी3 और सी4 कहा जाता है। इसका मेडिकल साइंस में कोई इलाज नहीं है। उनकी साँसें धीरे-धीरे कम होती जाएँगी। आप लोग चाहें तो उनको घर लेकर जा सकते हैं।"

अश्वनी मुँह लटकाए, आँखों में आँसू लिए बाहर आ गया। पर उसने अभी हार नहीं मानी थी। उसने भीष्म सिंह के अधिकारी मित्रों के जरिए बड़ी जगहों के डॉक्टरों से भी संपर्क किया। लेकिन सब जगह से वही कहा गया कि इसका कोई इलाज नहीं है।

अश्वनी ने राम प्रसाद से धीमे स्वर में कहा- "इतनी भीड़ में, इतने लोगों के प्यार के बीच भी भैया अकेले हो गए थे। काश! अपने मन की बात हमें ही बता देते!"

राम प्रसाद ने उसे दिलासा देते हुए कहा- "अश्वनी, हिम्मत रखो, अभी भैया की साँसें चल रही हैं, ईश्वर कोई-न-कोई चमत्कार जरूर करेंगे।"

कुछ ही देर में भीष्म सिंह को हिचकी आने लगी। कुछ डॉक्टर दौड़कर उनके पास गए। उनके सीने को हाथों से दबाने लगे। मुँह से उनको साँस देने का प्रयास करने लगे। फिर कुछ देर बाद एक डॉक्टर ने उनके मृत होने की घोषणा कर दी।

अश्वनी और राम प्रसाद का रो-रोकर हाल बेहाल हो गया। उनके संरक्षक, उनके गुरु उनको छोड़कर चले गए थे। रोते बिलखते, लाल-लाल और बड़ी-बड़ी आँखों से अश्वनी ने राम प्रसाद को दिलासा देते हुए कहा- "इनकी मृत्यु पर शोक कैसा? हम मूर्ख हैं इसलिए शोक कर रहे हैं। इन्होंने तो खुद अपनी मृत्यु का वरण किया है। भीष्म सिंह बड़े भैया थे, हमारे संरक्षक थे, लेकिन याद रहे, कोई भी हो, यदि आत्महत्या करता है तो उसका हमें बहिष्कार करना चाहिए। उसके पार्थिव शरीर का कोई दाह संस्कार न करे ऐसा कोई सामाजिक विधान बनाना चाहिए।" राम प्रसाद ने अश्वनी को गले लगाकर कहा- "अश्वनी, अपने आपको सँभालो, ये संकट की घड़ी है। इसमें अपना विवेक मत खोओ।"

अश्वनी- "मैं अपना विवेक नहीं खो रहा हूँ, मैं वही बात कर रहा हूँ जो सत्य

है। जिस धरती पर जन्म लेने के लिए ईश्वर भी तरसते हैं, जिस धरती पर राम, कृष्ण, महावीर, गौतम बुद्ध जैसे ईश्वर ने जन्म लिया, उसी धरती की छोटी-मोटी समस्याओं से न लड़कर चल देना किसी भी मनुष्य के लिए अशोभनीय है। राम राजा होते हुए भी अपने कोमल पैरों से नंगे पाँव जंगल-जंगल वर्षों तक भटके थे। राम के समक्ष क्या कम समस्याएँ थीं? कृष्ण जी के गर्भ में आते ही समस्याएँ शुरू हो गई थीं। यदि ईश्वर ने ब्रह्मांड की सबसे सुंदर जगह धरती पर आपको जन्म दिया है तो आपको समस्याओं का सामना करना ही पड़ेगा।"

राम प्रसाद ने भी दुख मिश्रित क्रोध से कहा- "सृष्टि के रचनाकार ब्रह्मा भी आँखों से आँसू बहा रहे होंगे। वो सोच रहे होंगे कि मेरी सर्वश्रेष्ठ कृति मनुष्य ही सबसे कुरूप होता जा रहा है। विष्णु जी भी प्रायश्चित कर रहे होंगे। महेश क्रोध की अवस्था में भृकुटी ताने तांडव नृत्य कर रहे होंगे। आत्महत्या तो घृणित से घृणित कृत्य है।"

भीष्म सिंह के पार्थिव शरीर को उनके गाँव के लिए रवाना किया गया। पार्थिव शरीर के साथ अश्वनी और राम प्रसाद गए। इन दोनों के अतिरिक्त किसी और के पास समय नहीं था। सब व्यस्त लोग थे। वैसे आजकल पैसे ने संवेदनाओं को निगल लिया है। ईश्वर की फैक्ट्री में संवेदना का रसायन खत्म हो गया है। उनकी फैक्ट्री में संवेदना की जगह एक नया रसायन 'तर्क' आया है। इस रसायन ने मनुष्य को मशीन दिया है। ऐसी मशीन जो केवल और केवल लाभ के लिए काम करती है। पार्थिव शरीर में यदि लाभ दिखेगा तभी इंसान श्मशान तक जाएगा, अन्यथा वह दूर से ही हाथ जोड़कर अपनी बहुमूल्य संवेदना लिखकर व्हॉट्सएप कर देगा।

रात भर सफर करने के बाद पार्थिव शरीर सबेरे-सबेरे भीष्म के गाँव पहुँचा। गाँव के लोगों की भीड़ इकट्ठा थी। उनकी आँखें भी नम थीं। ये वही लोग थे जो जीते जी उन्हें ताना देते थे।

शव को जब नीचे लिटाया गया तो भाभी की नजरें उसके गले में लटकी सोने की चैन पर पड़ी। यह चैन भीष्म की माँ ने बचपन में उन्हें पहनाई थी। भाभी पार्थिव शरीर के पास जाकर सोने की चैन निकाल लेती है। हाथ की घड़ी और पर्स भी निकाल लेती है। थोड़ी दूर जाकर वह पर्स खोलकर देखती है। उसमें लगभग ग्यारह सौ रुपए थे, साथ में एक परचा भी था। वह परचा खोलकर देखती है तो उसमें लियो टॉल्सटाय की पुस्तक 'वार एंड पीस' का नाम लिखा था।

अर्थी को फूलों से सजाया जाता है। अंतिम यात्रा की सभी तैयारियाँ हो चुकी हैं। पंडित जी के मंत्रोच्चारण के साथ चार लोग अर्थी को कंधे पर लेकर चलने लगते हैं। राम राम सत्य है, सबकी यही गत्य है, यह वाक्य गूँजने लगता है। सारा माहौल गमगीन हो उठता है।

अश्वनी और राम प्रसाद दोनों बेसुध अवस्था में एक-दूसरे को सहारा दे रहे थे। वो दोनों शवयात्रा के सबसे पीछे चल रहे थे।

चलते-चलते अश्वनी की नजर एक तालाबंद मकान पर पड़ी। उस मकान के सामने एक अखबार पड़ा था। अश्वनी चलते-चलते उस अखबार को उठा लेता है, वह आज का ही अखबार था। उसके पहले पन्ने पर ही सिविल सर्विस 2005 के टॉपर्स के नाम छपे थे। टॉप टेन में भीष्म सिंह ने नौंवी रैंक हासिल की थी। वे चयनित हो चुके थे। अश्वनी और राम प्रसाद का नाम चयनितों की पूरी लिस्ट में कहीं पर भी नहीं था। फिर भी वो आज खुश थे, उनके भीष्म भैया ने टॉप टेन में जगह जो बनाई थी।

जीवन और मृत्यु धैर्य नामक कड़ी से जुड़े हुए हैं। यदि यह कड़ी टूटी या छूटी तो परिणाम भयानक ही होगा। इसलिए इसका दामन हमेशा थाम के रखना चाहिए। कभी जीवन में घोर निराशा घेर ले तब भी इसका साथ नहीं छोड़ना चाहिए। भीष्म सिंह की सबसे बड़ी गलती यही थी कि उन्होंने धैर्य का साथ छोड़ दिया। इसका परिणाम यह हुआ कि आज वो जीतकर भी हारे हुए जैसे जा रहे थे। जीवन के वीर योद्धा की विदाई कायरों की तरह हो रही थी।

पार्थिव शरीर श्मशान घाट पहुँचा और सब उसे चिता पर लिटाने की तैयारी करने लगे। उसी समय अश्वनी ने क्रोध से कहा- "आप लोग जिस इंसान को जीवन भर ताने देते रहे, वही इंसान आज अपने सपनों को पाकर भी उसका उपभोग करने के लिए नहीं है। (पेपर को दिखाते हुए) ये देखिए, आज भीष्म भैया अधिकारी बन गए हैं, जाते-जाते भी आपके गाँव का नाम रोशन करके जा रहे हैं।"

राम प्रसाद ने भी आगे बढ़कर कहा- "आप लोग अपने बच्चों पर बोझ लादना छोड़ दीजिए। ताने देना छोड़ दीजिए वरना उनका भी यही हाल होगा।"

महाभारत में भीष्म ने धर्म की स्थापना के लिए मृत्यु का वरण किया था। उनका संकल्प हिमालय पर्वत की भाँति दृढ़ था। अपने दृढ़ संकल्प से उन्होंने यमराज को भी दहलीज पर खड़ा करके हुक्म दिया कि मैं जब तक न कहूँ मेरी

दहलीज पार न करना। यमराज भी भीष्म के हुक्म का इंतजार करते रहे। एक भीष्म यह है जो चातक पक्षी की भाँति सिविल सर्विस रूपी स्वाति नक्षत्र की बारिश का इंतजार करता रहा। जबकि पानी की बूँदें तो इधर-उधर पड़ी हुई थीं। वह प्रकृति के नियमों से भी स्वतंत्र था। वह अपनी प्यास कहीं भी बुझा सकता था। लेकिन वह अपनी प्यास की जगह अपने जीवन की ज्योति को ही बुझा बैठा।

अश्वनी ने कहा- "मुझे याद है, मेरे सामने ही इस गाँव से भीष्म सिंह भैया ने वादा किया था कि यदि मैं अधिकारी नहीं बनूँगा तो इस गाँव में कदम नहीं रखूँगा। वो आज अधिकारी बनकर ही इस गाँव में आए हैं।"

पार्थिव शरीर को चिता पर लिटाया गया। शव को मुखाग्नि दी गई। धीरे-धीरे शरीर जलता गया। शरीर के साथ मनुष्य के सपने, दूसरों से आगे बढ़ने की इच्छा, महत्त्वाकांक्षा सब कुछ जल जाता है। यदि कुछ बचता है तो- पवित्र आत्मा। वही पवित्र आत्मा कहीं न कहीं से अपने शरीर को देख रही होगी।

विराट आत्मा, दिव्य चेतना आज अपने घर को जा रही है। ऐसा घर जहाँ केवल प्रकाश ही प्रकाश है। ऐसा संसार जहाँ न कोई लक्ष्य है, न कोई भागदौड़, न ही कोई समस्या। वहाँ तो आनंद ही आनंद है।

शरीर के जलने के बाद सबने पाँच-पाँच लकड़ियाँ चिता में डालीं जिन्हें पंचतत्वों का प्रतीक माना जाता है। सबसे अंत में राम प्रसाद और अश्वनी जाते हैं। राम प्रसाद भी पाँच लकड़ियाँ डालकर दूर खड़ा हो जाता है। अश्वनी चिता को प्रणाम करता है, फिर पाँच लकड़ियाँ उठाकर चिता में डालने ही वाला होता है कि उसके मन में कुछ खयाल आता है और वह लकड़ियों को जमीन पर फेंककर हाथ में रखे अखबार को चिता पर डाल देता है। उसकी आँखों से आँसू छलक उठते हैं।

मेहनतकश

इधर सूर्यकांत और नीलिमा के जीवन में 2005 सिविल सर्विस की अलग कहानी है। साल 2005 सिविल सर्विस की वैकेंसी आना नीलिमा, सूर्यकांत और राजा के लिए बसंत के आ जाने जैसा अनुभव था। बसंत ऋतु में आमों में बौर लटकने लगते हैं, वृक्ष पर हरी-हरी पत्तियाँ फिर से आ जाती हैं। वो नवजीवन का संदेशा लाती हैं। कोयल की कूक सुनाई पड़ने लगती है। उसी तरह वैकेंसी के आने पर नीलिमा के अंदर की कोयल भी कूकने लगी थी।

ये तीनों के लिए प्रथम प्रयास था। वो इससे पहले कभी भी पीएससी की परीक्षा में नहीं बैठे थे। कोचिंग के सर द्वारा बताई गई बातों को ध्यान में रखते हुए तीनों तैयारी में लीन हो गए। नीलिमा ने सर की एक बात गाँठ बाँध ली थी- 'दस पुस्तकें पढ़ने से ज्यादा अच्छा एक पुस्तक को दस बार पढ़ना है।' नीलिमा इसी सिद्धांत को ध्यान में रखकर पढ़ाई करती है। वह समय-समय पर पढ़ी हुई विषयवस्तु को दोहराना नहीं भूलती। धीरे-धीरे वह सभी विषयों को पढ़कर समाप्त करने लगी। नीलिमा की अपेक्षा सूर्यकांत और राजा का सिलेबस काफी बचा हुआ था।

दोनों का मन पढ़ने में कम ही लगता था। दोनों रूम से बाहर निकलकर वट वृक्ष के पास घंटों गप्पें मारते रहते थे। राजा अक्सर राजनीति की ही बात करता था। वह सिगरेट भी फूँकता रहता था। सूर्यकांत बुरी आदतें छोड़ चुका था। राजा के रूम में बिस्तर के नीचे एक पेटी थी जिसमें वह शराब छिपाकर रखता था। शाम होते ही वह नीलिमा के वहाँ से हटने का इंतजार करता रहता था। जैसे ही राजा को मौका मिलता, उसमें से एक-दो पैग लगाकर चुपचाप पढ़ने बैठ जाता था। पीने के बाद उसका दिमाग दुगना काम करने लगता था। उस समय वह चाचा चौधरी के दिमाग को भी मात दे सकता था। पर राजा का दिमाग राजनीति

संबंधी विषयों पर ही एक्टिव रहता था।

एक शाम अचानक बारिश होने लगी। मिट्टी की भीनी-भीनी सुगंध मन को सुकून दे रही थी। बारिश को देखकर राजा का मन मोर की भाँति नाचने लगा। उसे शराब की तलब हुई, किंतु नीलिमा बिस्तर पर बैठकर पढ़ रही थी।

राजा ने कपड़े निकालने के बहाने शराब की बोतल निकाली और सीधे बाथरूम में चला गया। सूर्यकांत ने यह सब देख लिया था, लेकिन नीलिमा पढ़ने में मग्न थी इसलिए ध्यान नहीं दे पाई। राजा पीकर आने के बाद टेबल पर बैठते हुए बोला- "मैं पढ़-पढ़कर थक गया हूँ। अब मैं नहीं पढ़ने वाला।"

सूर्यकांत ने मजाकिया स्वर में कहा- "हाँ भाई राजा, वैसे भी सबसे ज्यादा तो तू ही पढ़ता है। बीच-बीच में थोड़ा आराम भी कर लिया कर भाई।"

नीलिमा झल्लाते हुए बोली- "दिनभर सिगरेट फूँकते बैठे रहते हो। बड़ा आया पढ़ने वाला।"

राजा ने लड़खड़ाती जुबान से कहा- "ये भी कोई पढ़ाई है। बिजली का आविष्कार किसने किया, पानीपत का युद्ध कब हुआ? ऐसे ही न जाने कितने तथ्य हमें पढ़ने पढ़ते हैं। क्या केवल तथ्यों को रटकर ही विद्वान बना जा सकता है? ऐसा होता तो सर्वाधिक विद्वान तोता होता...है न नीलिमा।"

नीलिमा ने उत्तर दिया- "तथ्य पढ़ाई में ही नहीं जीवन में भी जरूरी हैं। रविवार भी तो एक तथ्य है न, इसी तथ्य के आधार पर रविवार को कोचिंग नहीं जाते। तथ्य जीवन को अर्थपूर्ण बनाते हैं। तथ्यों के आधार पर ही हम बहुत से महत्त्वपूर्ण निर्णय लेते हैं।"

राजा का दार्शनिक पक्ष जाग चुका था, वह फिर बोला- "नीलिमा, जीवन में भाव का कोई महत्त्व नहीं है?"

नीलिमा ने राजा से एक प्रश्न पूछा- "अच्छा बताओ राजा, तुम्हारी माता की तबियत खराब है और उसी दिन परीक्षा है तो तुम किसे चुनोगे?"

राजा ने जवाब दिया- "माताजी को हॉस्पिटल कोई भी लेकर जा सकता है, वैसे भी हॉस्पिटल में जो भी करना है डॉक्टर को ही करना है। मैं परीक्षा ही दूँगा।"

नीलिमा- "यहाँ भी तथ्यों के आधार पर ही तो निर्णय लिया गया। भाव तो यहाँ भी नहीं है, भाव शामिल होता तो तुम हॉस्पिटल में ही रहते।"

तथ्य और भाव के बीच होने वाले संघर्ष को सूर्यकांत ने शांत कराते हुए कहा- "देख राजा, भाव के साथ तथ्य भी जरूरी हैं। दोनों अपनी-अपनी जगह

सही हैं, तथ्य होंगे तभी तो भाव आएगा। जीवन और मृत्यु भी एक तथ्य है, इसी तथ्य के आधार पर ही तो खुशी या गम के भाव उत्पन्न होंगे।"

राजा कुछ और बोलना चाह रहा था, लेकिन सूर्यकांत ने शांत रहने के लिए इशारा किया। राजा चुप होकर बिस्तर पर पसर गया। नीलिमा अपनी पुस्तक को पलटने लगी। कुछ देर पढ़ने के बाद वह बोली- "ऐ लंगूर, तू सचमुच मेरे लिए अधिकारी बन जा न। थोड़ी मेहनत मेरे लिए, अपनी नीलिमा के लिए कर ले।"

नीलिमा ने बहुत प्यार से कहा था, लेकिन इसका जवाब सूर्यकांत ने हिचकिचाते हुए दिया- "हाँ जरूर नीलिमा, मुझसे जितना हो सकता है, मैं मेहनत करता हूँ। मेहनत ही तो मेरे हाथ में है। मैं अपना शत-प्रतिशत देने का जरूर प्रयास करूँगा।"

प्रारंभिक परीक्षा का दिन भी आ गया। जब तीनों पेपर दिलाकर निकले तो केवल नीलिमा के चेहरे पर मुस्कान थी। सूर्यकांत और राजा अपनी वास्तविक स्थिति समझ गए थे। दोनों का उदास और लटकता चेहरा ही परीक्षा का पूरा किस्सा बयान कर रहा था। कुछ दिनों बाद परिणाम आया, उसमें नीलिमा का सलेक्शन हो गया था। लेकिन वह तो सूर्यकांत का परिणाम जानने को ज्यादा उत्सुक थी। कुछ समय बाद जब सूर्यकांत आया तो नीलिमा ने खुशी से कहा- "मैं पास हो गई हूँ, तुम्हारा क्या हुआ सूर्यकांत?"

सूर्यकांत ने जवाब में कहा- "तुम्हारा हो गया है न नीलिमा, बस अपनी मुख्य परीक्षा की तैयारी में ध्यान लगाओ। मेरे और राजा की बात छोड़ो।"

नीलिमा ने कहा- "मुख्य परीक्षा की तैयारी के लिए बहुत कम समय है, तुम लोग मेरा सहयोग करना।"

"ये बोलने की बात है? हम लोग तो वैसे भी तुम्हारे साथ हैं।"

दूसरे दिन से नीलिमा फिर राजा के रूम पर पढ़ने आने लगी। सूर्यकांत और राजा प्रमुख प्रश्नों के उत्तर पूछ-पूछकर नीलिमा को याद कराते थे। हफ्ते में एक दिन टेस्ट का आयोजन भी करते थे। यदि किसी प्रश्न का उत्तर संतोषजनक नहीं मिल पाता तो उस टॉपिक के नोट्स शाम तक नीलिमा के पास पहुँच जाते थे। नीलिमा की तैयारी करवाने के लिए सूर्यकांत रात-दिन लगा रहता था।

नीलिमा मुख्य परीक्षा के लिए समाजशास्त्र में कार्लमार्क्स और मैक्सवेबर का तुलनात्मक अध्ययन कर रही थी। परंतु पुस्तकों में तुलनात्मक अध्ययन बहुत अच्छे से नहीं दिया था। उसने निराश होकर कहा- "मैंने सुना है कि इग्नू के नोट्स

में यह टॉपिक बहुत अच्छे से दिया गया है।"

इतना सुनते ही सूर्यकांत ने कहा- "मैं आता हूँ, प्रयास करता हूँ, यदि किसी दोस्त के पास होगा तो देखता हूँ।"

सूर्यकांत दूसरे दिन इग्नू के नोट्स लेकर आया। नोट्स देखकर नीलिमा उससे लिपट गई। खुशी से उछलते हुए बोली- "मेरा कितना खयाल रखता है, मेरा लंगूर।"

सूर्यकांत के होंठों पर भी एक हल्की-सी मुस्कान आ गई। वह बोला- "चल फालतू बात मत कर, पढ़ाई कर। बात करने के लिए अभी और भी मौके मिलेंगे।"

नीलिमा ने बताया- "सूर्यकांत, मेरा प्रवेश पत्र घर पर आ गया है, मेरी मुख्य परीक्षा अगले महीने 14 से 18 तारीख के बीच है। तू तो मुझे सेंटर छोड़ेगा न ?"

सूर्यकांत ने दुविधा में जवाब दिया- "मैं अगले महीने की 13 से 18 तारीख तक बाहर जा रहा हूँ। पर राजा तुमको छोड़ देगा। तुमको कोई भी परेशानी नहीं होगी।"

पहली बार नीलिमा की किसी बात पर सूर्यकांत ने हामी नहीं भरी। नीलिमा ने पूछा- "बहुत जरूरी काम है ?"

"हाँ ऐसा ही समझो।" सूर्यकांत ने जवाब दिया।

नीलिमा भी समझ गई कि वाकई बहुत महत्त्वपूर्ण काम होगा, इसलिए मना कर रहा है। फिर वह कुछ नहीं बोली, बस चुपचाप सूर्यकांत के चेहरे को निहारती रही।

मुख्य परीक्षा के दिन सबेरे-सबेरे राजा नीलिमा के घर पहुँचा। वह तैयार होकर पुस्तक के पन्ने जल्दी-जल्दी पलट रही थी। राजा को देखकर चिल्लाकर बोली- "माँ, मैं परीक्षा देने जा रही हूँ।"

माँ ने कहा- "दही-शक्कर खा के जाना।" माँ ने दही-शक्कर खिलाया। इसे शुभ माना जाता है।

नीलिमा ने बाहर आकर देखा तो राजा अकेला था। वह बार-बार अपने लंगूर को याद कर रही थी। उसे लग रहा था कि काश, आज के दिन उसका लंगूर उसके साथ होता।

इस वर्ष मुख्य परीक्षा के पेपर कठिन थे। फिर भी नीलिमा को उम्मीद थी कि वह कोई-न-कोई पद हासिल कर लेगी। पेपर समाप्त होने के दूसरे दिन

ही सूर्यकांत नीलिमा के घर पहुँचा। उसने पूछा- “तुम्हारे पेपर कैसे गए हैं?” नीलिमा ने आत्मविश्वास के साथ जवाब दिया- “पेपर कठिन आए थे, पर मेरे ठीक गए हैं।” मुझे इंटरव्यू की तैयारी करवा देना।”

तभी राजा भी पहुँच गया। वह बोला- “ये बोलने-कहने की बात नहीं है।”

कुछ दिनों में मुख्य परीक्षा का रिजल्ट आया तो आशानुरूप नीलिमा इंटरव्यू के लिए क्वालीफाई कर गई थी। इंटरव्यू भी जल्द ही होने वाला था। एक हफ्ते बाद ही नीलिमा का इंटरव्यू था। तीनों इंटरव्यू के लिए ड्रेस खरीदने मार्केट गए। वहाँ सूर्यकांत ने एक नीला सूट पसंद किया। नीलिमा उसमें खूब सुंदर लग रही थी। उसे भी ड्रेस पसंद थी, लेकिन बजट न होने के कारण उसने जान-बूझकर नापंसद कर दिया।

सूर्यकांत का मन उसी ड्रेस को लेने का था, उसने दुकानदार से कहा- “भैया, इसे पैक कर दो।” नीलिमा झल्लाकर बोली- “तुम समझते क्यों नहीं।”

सूर्यकांत- “इसमें समझने की क्या बात है, यह ड्रेस अच्छी है और इसे ले रहे हैं।”

नीलिमा ने सूर्यकांत का हाथ पकड़कर दुकान के किनारे ले जाकर धीरे से कहा- “तुम मेरी बात को समझो। मेरे पास बजट नहीं है। मैं इतना महँगा सूट नहीं खरीद पाऊँगी।” सूर्यकांत ने अपने हाथ को छुड़ाते हुए कहा- “नीलिमा, ये मेरी तरफ से तुमको गिफ्ट है।”

नीलिमा ने पैर पटकते हुए कहा- “इतना महँगा गिफ्ट मैं नहीं ले सकती। पैसा तो पैसा है सूर्यकांत, चाहे वह तुम्हारा हो या मेरा। जिस दिन तुम कुछ बन जाओगे उस दिन जरूर तुम्हारा गिफ्ट मैं लूँगी।”

नीलिमा की जिद के आगे सूर्यकांत की एक न चली। नीलिमा ने दूसरी ड्रेस अपने बजट में पसंद की। उसकी आँखों में खुशी देखने के लिए सूर्यकांत ने भी उसी ड्रेस के लिए हामी भर दी।

नीलिमा ने कहा- “इस बार कोई बहाना नहीं चलेगा, इंटरव्यू के दिन तुम मेरे साथ रायपुर चलना।” सूर्यकांत ने फिर धीमे से कहा- “मैं तुमको सीधे रायपुर में ही मिलूँगा, मेरा काम है। इसलिए एक दिन पहले ही जाना पड़ेगा।”

नीलिमा ने मुँह बनाते हुए कहा- “जब भी तुम्हारी जरूरत होती है तब कोई-न-कोई बहाना कर देते हो।” सूर्यकांत ने गंभीर स्वर में- “मैं रायपुर में तुमसे मिलूँगा न, ये मेरा वादा रहा।”

पिंक सूट में नीलिमा बार्बी डॉल जैसी लग रही थी, पर जिस सूट को उसने बजट के कारण पहले रिजेक्ट किया था उसकी बात कुछ और ही थी। कभी-कभी जीवन में समझौता करना पड़ता है। यह समझौता समझदारी का प्रतीक होता है। इससे जीवन शांति से गुजरता है। वैसे भी, भारतीय संस्कृति में कहावत प्रसिद्ध है कि चादर जितनी लंबी हो, पैर उतने ही फैलाने चाहिए। इसी सिद्धांत पर नीलिमा का भी विश्वास था।

नीलिमा को इंटरव्यू बोर्ड के सामने बुलाया जाता है। कुछ देर बाद जब वह बाहर निकली तो उसका चेहरा तमतमाया हुआ था। उसका इंटरव्यू अच्छा नहीं गया था। उसी समय सूर्यकांत भी पहुँचा। नीलिमा का चेहरा देखकर वह समझ गया था कि उसका इंटरव्यू अच्छा नहीं गया है। फिर भी वह साहस जुटाकर पूछता है- "तुम्हारा इंटरव्यू कैसा रहा?" नीलिमा ने गुस्से से कहा- "इंटरव्यू बोर्ड वालों को कुछ आता-जाता है नहीं, चले हैं इंटरव्यू लेने।"

अक्सर प्रतियोगी अपनी गलतियों को दूसरे पर थोपते हैं। प्रतियोगी हमेशा शत-प्रतिशत सही होता है। गलती तो हमेशा आयोग की ही होती है। आयोग असफल प्रतियोगियों के लिए हमेशा सेफ्टी वाल्व का काम करता है।

सूर्यकांत ने नीलिमा की बातों का जवाब देते हुए कहा- "नीलिमा, शांत हो जाओ, इंटरव्यू में जवाब देने और न देने से ज्यादा आत्मविश्वास को देखते हैं। वैसे भी, मुख्य परीक्षा के अच्छे अंकों के आधार पर तुम्हें कोई पद मिल ही जाएगा।"

सूर्यकांत की बात सुनकर नीलिमा थोड़ी शांत हुई। वह बोली- "चलो बहुत जोर की भूख लगी है, खाना खिलाओ।" राजा को साथ लेकर दोनों खाना खाने होटल चले जाते हैं।

कुछ दिनों बाद की बात है। शाम का समय था। राजा के परिचित कंप्यूटर की दुकान में नीलिमा, सूर्यकांत और राजा तीनों आयोग की वेबसाइट खोलकर बैठे थे। कंप्यूटर की स्क्रीन पर बार-बार सिविल सर्विस रिजल्ट 2005 दिख रहा था। पर वेबसाइट खुल नहीं रही थी। शायद फाइनल रिजल्ट अपलोड हो रहा था। कुछ समय बाद कंप्यूटर स्क्रीन पर रिजल्ट दिखने लगा था।

रिजल्ट में नीलिमा का नाम खोजा गया। उसका नाम सलेक्शन लिस्ट में नहीं था। दूसरी, तीसरी बार देखा गया पर उसका नाम नहीं था। चौथी बार राजा फिर से नीलिमा का नाम तलाश ही रहा था कि एक नाम पर उसका ध्यान गया।

सलेक्शन लिस्ट में 20वें नंबर पर लिखा था- सूर्यकांत।

राजा को विश्वास ही नहीं हुआ। उसे लगा कि कोई और सूर्यकांत होगा। उसने फिर पिता का नाम देखा, वहाँ योगानंद लिखा था। राजा अब भी विश्वास करने की स्थिति में नहीं था। उसने फिर से कन्फर्म करने के लिए डेट ऑफ बर्थ चेक की। जन्मतिथि भी सूर्यकांत की थी। राजा के चेहरे पर हवाइयाँ उड़ने लगीं। एक मिनट के लिए वह स्तब्ध रह गया। दोस्त के सलेक्शन पर जितना बुरा लगता है, उतना ही राजा को भी लगा। उसने अपनी अंदरूनी कमजोरियों पर काबू पाया, फिर उछलकर बोला- "सूर्यकांत का 20वाँ रैंक है, वह डीएसपी बन गया है।"

नीलिमा का दिमाग पहले से खराब था। वह राजा पर चिल्लाते हुए बोली- "राजा, आज पीने के बाद भाँग भी खाकर आया है क्या? जिसका प्री ही नहीं निकला, जिसने मेन्स लिखा ही नहीं, जिसने इंटरव्यू दिया ही नहीं है, उसका सलेक्शन कैसे हो सकता है?"

राजा ने जवाब दिया- "देख लो नीलिमा, ये अपने सूर्यकांत का ही नाम है।"

नीलिमा, सूर्यकांत का नाम देखकर कुछ सोचने लगी। वह समझ गई थी कि मुख्य परीक्षा के समय सूर्यकांत क्यों गायब हो गया था। वह समझ गई कि उसने जान-बूझकर मुख्य परीक्षा का सेंटर बिलासपुर से बाहर लिया था। सूर्यकांत इंटरव्यू के लिए एक दिन पहले रायपुर आया था इसलिए वह नीलिमा से सीधे रायपुर में मिला था। वह सभी समीकरणों को समझते हुए बिना कुछ बोले कंप्यूटर सेंटर से घर चली गई।

सूर्यकांत दूसरे दिन मिठाई का डिब्बा लेकर नीलिमा के घर पहुँचा। वह अपने बरामदे में उदास बैठी थी। दीवार की ओर एकटक देख रही थी। वह अपने विचारों में खोई हुई थी। सूर्यकांत ने मिठाई का डिब्बा नीलिमा की ओर बढ़ाते हुए आवाज दी- "नीलिमा..." नीलिमा विचारमग्न अवस्था से बाहर आ गई। वह सूर्यकांत को सामने देखकर बौखला गई। उसने मिठाई के डिब्बे को फेंक दिया और चुपचाप अपने रूम में चली गई।

उसने अंदर से दरवाजा बंद कर लिया।

नीलिमा ने सूर्यकांत से दूरी बना ली थी। सूर्यकांत उसको समझाने का प्रयास करता रहा पर वह चुप ही रहती। उसने सूर्यकांत से बातचीत ही बंद कर दी थी। वह राजा से कभी-कभी बात करती थी, पर उनके संबंधों में भी खटास आ चुकी थी।

सूर्यकांत का सफल होना, नीलिमा को खोकर असफलता में बदल गया था। बिना कोई पद पाए यदि नीलिमा उसके साथ थी तो वह संसार का सबसे सफल आदमी था। सफलता और असफलता के मायने व्यक्ति के अनुसार बदलते हैं। वह एक पद पाकर दुनिया की नजर में बहुत सफल व्यक्ति हो चुका था, लेकिन नीलिमा को खोकर अपनी नजर में असफल था। अपनी नजरों में अपना मूल्यांकन ही सर्वश्रेष्ठ होता है।

सूर्यकांत का जीवन भी नीरस व उदास हो चुका था। वह फिर से अपने बंगले में रूम के अंदर ही रहने लगा था। धीरे-धीरे डिप्रेशन में जाने लगा। राजा रोज घंटों सूर्यकांत के साथ बैठा रहता। सूर्यकांत घंटों तक नीलिमा की ही बात करता रहता था। उसकी हालत खराब होने लगी थी। राजा ने उसकी स्थिति देखकर नीलिमा को समझाने का निश्चय किया।

शाम के समय वह नीलिमा के घर पहुँचा। नीलिमा प्रतियोगिता दर्पण पढ़ रही थी। उसने राजा से बैठने को कहा। राजा ने बैठते ही सीधे सवाल दाग दिया- "सूर्यकांत ने तुम्हारा क्या बिगाड़ा है ? उससे तुम क्यों नाराज हो ? उसे तो तुमने ही अधिकारी बनने के लिए कहा था न ? वह तुम्हारे लिए एड़ी-चोटी एक करके, जोड़-तोड़ करके अधिकारी बन गया। उसने केवल तुम्हारे लिए ही असंभव को संभव बना दिया और तुम ही उससे नाराज रहने लगी ?"

नीलिमा ने उत्तर दिया- "मैं तो पहले ही समझ गई थी कि वह कहीं से जोड़-तोड़ करके बना है। उसने किसी-न-किसी मेहनतकश का हक मारा है।"

राजा ने सूर्यकांत का पक्ष लेते हुए कहा- "यह सब उसने तुम्हें पाने के लिए किया है।"

नीलिमा ने जवाब दिया- "प्रेम को छल-कपट से हासिल नहीं किया जा सकता। प्रेम तो गंगा के पावन जल की भाँति पवित्र होता है, जिसमें सब कुछ स्पष्ट दिखता है। प्रेम केवल विश्वास है। जिस दिन यह विश्वास टूटा उस दिन सब कुछ खत्म हो जाता है।"

राजा ने समझाते हुए बोला- "विश्वास! वह तुम पर इतना विश्वास करता है कि तुम्हारा एक-एक शब्द उसके लिए कृष्ण द्वारा रण में अर्जुन को कही गई गीता के समान है। तुम्हारा हर एक शब्द सूर्यकांत के लिए मंत्र हो जाता है। उसके जैसा चाहनेवाला तुमको कभी नहीं मिलेगा नीलिमा। तुम मेरी बात को समझो।"

नीलिमा ने गुस्से से तेज आवाज में कहा- "राजा भैया, यदि तुम सूर्यकांत

का पक्ष लेकर आए हो तो आज के बाद मेरे घर कभी मत आना। उसके विषय में मुझसे कभी भी बात मत करना।" राजा आँखों में आँसू लिए चुपचाप वहाँ से निकल पड़ा। राजा नदी के दो किनारों को मिलाने वाले पुल की भाँति था। जो दोनों किनारों के बीच तो रहता है लेकिन दोनों किनारों को वास्तव में मिला नहीं पाता। दोनों किनारों की दूरी उतनी ही बनी रहती है।

राजा ने दोनों को मिलाने के लिए हरसंभव प्रयास कर लिया था पर नीलिमा की नाराजगी बहुत ज्यादा थी, उसकी आँखों में नफरत की धूल पड़ चुकी थी।

रोज की तरह आज भी राजा सूर्यकांत के घर गया था। वह सूर्यकांत की बातें सुन रहा था। तभी रूम का दरवाजा खटखटाने की आवाज आई। सूर्यकांत ने कहा, अंदर आ जाओ। वह घर का नौकर था, उसके हाथों में एक लिफाफा था। लिफाफे को आगे बढ़ाते हुए उसने कहा- "साहब, पोस्टमैन देकर गया है।" सूर्यकांत ने अपने नौकर के हाथ से लिफाफा लेकर देखा और राजा की ओर बढ़ा दिया।

राजा ने पत्र पढ़कर उत्साह के साथ कहा- "अगले हफ्ते तुझे ट्रेनिंग के लिए जाना है, समय कम है, कल से ही तैयारी शुरू करनी होगी। खाकी वर्दी तुम पर बहुत अच्छी लगेगी सूर्यकांत।"

सूर्यकांत ने बात टालते हुए पूछा- "तुम नीलिमा से मिले थे क्या?"

राजा- "हाँ, दो दिन पहले उसके घर गया था।"

सूर्यकांत उत्सुकतावश पूछने लगा- "बता न राजा, वो क्या बोल रही थी?"

राजा ने जवाब दिया- "उसे भूल जा सूर्यकांत।"

सूर्यकांत, राजा से नीलिमा के बारे में जानने के लिए ऐसे तड़प रहा था जैसे मछली बिन पानी तड़पती है।

वह बोला- "उसे भूलने के अलावा तू जो बोलेगा मैं मान लूँगा पर भूलने की बात मत कर राजा। प्लीज, वो क्या बोल रही थी बता न।"

राजा से सूर्यकांत की नीलिमा के बारे में जानने की तड़प नहीं देखी गई। उसने बता दिया- "नीलिमा बोल रही थी कि तू जोड़-तोड़ करके डीएसपी बना है। तूने किसी मेहनतकश का हक मारा है।"

सूर्यकांत ने कहा- "वो सही बोल रही है, मैंने मेहनतकश का हक मारा तो है।"

रात हो चुकी थी। ग्यारह बज रहे थे, सूर्यकांत के कमरे में खाना रखे हुए

एक घंटे से अधिक हो चुका था। वह बिस्तर पर लेटे-लेटे टेबल लैंप की बत्ती बार-बार जला-बुझा रहा था। उसके दिमाग में गूँज रहा था- मेहनतकश का हक मारा है... मेहनतकश का हक मारा है... मेहनतकश का हक मारा है...

वह बिस्तर से उठकर दोनों कानों में उँगली डालकर बैठ जाता है और जोर से चिल्लाता है- "हाँ... हाँ... मैंने मेहनतकश का हक मारा है। पर संसार में उत्तरजीविता का सिद्धांत काम करता है। जो शक्तिशाली होगा वही इस संसार में टिकेगा। यदि मैंने इस पद को पाया है तो यह मेरा है। व्यक्ति और समाज केवल परिणाम देखता है। साधनों को तो कोई पूछता भी नहीं।" वह कुछ देर कमरे में टहलता है। उसके मन के अंदर द्वंद्व चल रहा था। फिर वह जमीन पर बैठकर सोचने लगता है।

'नीलिमा मेरी लालसा है, मेरी प्यास है, मेरी साँस है, उसको पाने के लिए ऐसे कई पदों का त्याग सकता हूँ। जिस पद के लिए लोग अपना सर्वस्व समर्पित कर देते हैं, उस पद को अभी से त्यागता हूँ। हाँ, इस त्याग के बाद फिर मैं शून्य से उठकर इस सफर का प्रारंभ करूँगा। नीलिमा के लिए मेहनतकश बनकर इस पद को फिर से प्राप्त करूँगा, तभी मुझे प्रेम रूपी स्वर्ग की प्राप्ति होगी।'

नया पैटर्न

गांधी चौक स्वप्नों का मायावी संसार है। यहाँ सिविल सर्विस की तैयारी में समर्पण दिनचर्या का अंग हो जाता है। संबंध बासी हो जाते हैं। संबंधों की प्रफुल्लता और ताजगी विलुप्त होने लगती है। प्रतियोगियों की पीड़ा मन को छू ज़ाती है। यह संघर्ष उन्हें प्रशासनिक अधिकारी बनने से पहले ही यथार्थ से परिचित करा देता है। ऐसे यथार्थ से वे जीवन का मर्म जानकर संवेदनशील बनते हैं।

अश्वनी भी ग्रामीण जीवन के यथार्थ से परिचित था। पिछली सिविल सर्विस परीक्षा में फेल हो जाने के बाद वह काफी दुखी था। इस दुख को भीष्म सिंह की मृत्यु ने और बढ़ा दिया था। उनके बगैर बिलासपुर शहर में वह अपने आप को अनाथ महसूस कर रहा था। पूरी तरह से टूट चुका था। भीष्म सिंह की घटना के बाद राम प्रसाद भी कभी गांधी चौक में नजर नहीं आया। उसके भी चले जाने के बाद अश्वनी अकेला रह गया था।

अब उसे अकेले ही संघर्ष करना था। वह अपने छोटे-से रूम में बिलासपुर की 45 डिग्री की गर्मी में सीलिंग फैन के नीचे बैठकर पढ़ता रहता था। उसका शरीर पसीने से तर-बतर हो जाता था। उसने शुक्ला सर की कोचिंग जाना भी बंद कर दिया था। वह रूम में ही स्टोव पर खाना पकाकर खा लेता था। प्राय: एक ही समय खाना बनाता और रात को भूखे ही सोता था। कभी-कभी उसके रूम के नीचे रहने वाले लड़के बाहर खा लेते या शादी-ब्याह में चल देते तो वो अपना टिफिन अश्वनी को दे जाते थे। वही अश्वनी का रात का खाना होता था।

सूर्य जिस तरह हर दिन की शुरुआत पुराने अंदाज में, किंतु नई मुस्कान के साथ करता है, वैसे ही सूर्यकांत भी नई शुरुआत कर रहा था। वह घर से निकलकर गांधी चौक के पास स्थित पूनम लॉज में रहने लगा था। वहीं रहकर

एक आम प्रतियोगी की भाँति वह तैयारी करने लगा। एयर कंडीशनर में रहने वाला व्यक्ति एक कूलर के भरोसे भीषण गर्मी में तैयारी कर रहा था। वह एक सुखद भविष्य के लिए, अपने खोए आत्मसम्मान को वापस पाने के लिए तप रहा था।

राजा भी सिविल सर्विस के रिजल्ट के बाद अपने गाँव चला गया था। वहाँ उसने गांधी चौक को पूरी तरह भुला दिया है। वह किसी भी पुराने मित्र के संपर्क में नहीं है। उसने अपनी अलग ही दुनिया बसा ली है।

नीलिमा अभी भी सूर्यकांत से बातचीत नहीं करती है। वह अपनी तैयारी में लगी हुई है। आजकल अपनी सहेली प्रज्ञा के साथ डिस्कशन करती है। इस बार नीलिमा प्रश्नों के उत्तर लिख-लिखकर प्रैक्टिस कर रही है। इस बार की तैयारी से वह संतुष्ट थी।

2008 सिविल सर्विस की वैकेंसी नए कलेवर में आई। इस बार मुख्य परीक्षा को ऑब्जेक्टिव पैटर्न कर दिया गया था। दो सब्जेक्ट के बजाय एक सब्जेक्ट कर दिया गया था जिसके दो पेपर होने थे। इसके अतिरिक्त सामान्य अध्ययन, छत्तीसगढ़ भाषा के पेपर थे। इस नवीन पैटर्न ने सभी विद्यार्थियों को बराबरी पर लाकर खड़ा कर दिया था। इस पैटर्न में नए और पुराने छात्र एक ही पायदान पर खड़े थे। यह पैटर्न देखने में सरल परंतु प्रकृति से कठिन था। नई परीक्षा पद्धति में सतही ज्ञान के बजाय विषय के गहन अध्ययन की जरूरत थी।

इस पैटर्न के चलते फॉर्म भरने वालों की संख्या में वृद्धि हुई। जिन प्रतिभागियों को तैरना नहीं आता था उन्होंने भी इस सागर को उथला समझकर छलांग लगा दी। पढ़ने में रुचि न रखने वालों के लिए ऑब्जेक्टिव पैटर्न सबसे आसान होता है। उन्हें लगता है कि केवल तुक्का ही तो लगाना है। भगवान साथ दे तो सभी तुक्के सही हो जाएँगे। गली-मोहल्ले में नए पैटर्न की चर्चा होने लगी। गाँव-गाँव के मंगलू, झगलू जिनको सिविल सर्विस से कोई मतलब नहीं होता उन्होंने भी अपनी राय रखी। नए पैटर्न ने सिविल सर्विस को जन-जन तक पहुँचा दिया था।

गांधी चौक के पास ही भाऊ का चाय का ठेला लगता है। भाऊ 50 वर्ष के आस-पास का है। वह ग्राहक देखकर समझ जाता है कि चाय कैसी बनानी है। वह खुशमिजाज आदमी है। कितने ही अधिकारी चाय पीने आते-जाते रहते हैं। भाऊ अपने काम में मस्त रहता है। भीष्म सिंह से भी उसका एक अद्भुत लगाव था, भीष्म के साथ-साथ वह अश्वनी से भी जुड़ चुका था। अश्वनी भी रोज शाम

को पढ़ाई के अथक परिश्रम के बाद भाऊ के ठेले पर चाय पीने जाता था। भाऊ भी बड़े प्रेम से अश्वनी को निःशुल्क चाय पिलाता था।

इधर सूर्यकांत के मन में नीलिमा के लिए वही प्रेम आज भी जिंदा था। इसी प्रेम के लिए तो उसने अपना पद त्याग दिया था। इसी प्रेम की भट्ठी में तपते हुए अपने राजमहल को छोड़कर एक छोटे-से रूम में आ गया था और एक सामान्य प्रतियोगी की भाँति जीवन जी रहा था। वह भी किताबों के जंगल के बीच अपना रास्ता तलाश रहा था। सूर्यकांत भी हर शाम भाऊ के ठेले पर चाय पीने जाता था।

अश्वनी एक शाम चाय पीते हुए भाऊ से देश-दुनिया की बातें कर रहा था। उसी समय एक लंबा-चौड़ा, अच्छी हाइट, पर्सनैलिटी का युवक ठेले पर आया और बोला- "भाऊ, नींबू वाली चाय बना दे।"

भाऊ- "हाँ सूर्यकांत भैया, मैं आपको जानता हूँ। आपके बिना बोले ही कल से नींबू वाली चाय बना दूँगा।"

अश्वनी भी उसे पहचानने की कोशिश करता है। फिर ध्यान आता है कि राम प्रसाद के साथ एक-दो बार भेंट हुई थी। वह अपनी जिज्ञासा शांत करने के लिए पूछता है- "आप राम प्रसाद को जानते हैं क्या?" सूर्यकांत ने जवाब दिया- "हाँ, अच्छी तरह से। वैसे आजकल वह है कहाँ?"

अश्वनी ने जवाब दिया- "पता नहीं, बहुत दिनों से उसकी कोई खोज-खबर ही नहीं है।"

तभी भाऊ बोल पड़ा- "आप लोगों को बधाई हो भाई।"

अश्वनी- "किस बात की बधाई भाऊ?"

भाऊ ने भोलेपन से जवाब दिया- "मुख्य परीक्षा भी ऑब्जेक्टिव हो गई है। प्रश्नों के उत्तर भी उसी में रहेंगे, बस आपको खोजने हैं।"

सूर्यकांत ने कहा- "अपने आप की खोज से ज्यादा कठिन प्रश्नों के सही उत्तर को चार विकल्पों में से खोजना है।"

अश्वनी ने कहा- "अब तो बहुत कठिन हो गया है, सर।"

सूर्यकांत- "सर मत कहो, सूर्यकांत कहकर बुलाओ। और तुम्हारा नाम?"

अश्वनी ने जवाब दिया- "अश्वनी, सर।"

अश्वनी और सूर्यकांत अक्सर भाऊ के ठेले पर मिलते थे। वहीं पर चाय पर चर्चा होती थी। यह चर्चा विषयगत ही हुआ करती थी। दोनों के विचार मिलने लगे। सूर्यकांत ने कई बार अश्वनी के रूम जाने की बात कही पर अश्वनी ने

उसे टाल दिया। अश्वनी का रूम बहुत छोटा था, बैठने तक की जगह नहीं थी, इसलिए वह टाल देता था।

सूर्यकांत उसके ज्ञान से प्रभावित था। वह बोला- "अश्वनी, शाम को एक घंटा डिस्कशन कर लेते हैं, मेरे रूम पर ही आ जाना।"

अश्वनी भी जानता था कि दूसरों के साथ डिस्कशन से काफी फायदा होता है। उसके पास पढ़ने के लिए कोई साथी भी नहीं था। उसने हामी भर दी।

गांधी चौक के ठीक सामने एक लॉज था, पूनम लॉज। सूर्यकांत वहीं रहता था। यह लॉज कम और हॉस्टल ज्यादा था। यहाँ मंथली बेसिस पर पढ़ने वालों को रूम दिया जाता था। सूर्यकांत ने अपना आशियाना वहीं बना रखा था।

दोनों साथ में ही पढ़ने लगे। सूर्यकांत की पढ़ाई अव्यवस्थित थी। वह बहुत-सी पुस्तकें आधी पढ़कर छोड़ देता था। ऑब्जेक्टिव पैटर्न में केवल थ्योरी पढ़ता रहता था। अश्वनी ने खुलकर समझाया- "देखो सूर्यकांत, ऑब्जेक्टिव पैटर्न में थ्योरी के लिए एक प्रामाणिक पुस्तक पढ़ो और अधिक से अधिक ऑब्जेक्टिव सॉल्व करते चलो। अधिक से अधिक ऑब्जेक्टिव सॉल्व करना ही इस परीक्षा को निकालने का एकमात्र उपाय है।"

सूर्यकांत को अश्वनी की बात सही लगी। उसने और रुचि लेते हुए कहा- "कुछ और बताओ न।" अश्वनी ने उसे समझाया- "भाई, कल जो पढ़ाई करनी है, उसकी तैयारी रात में ही कर लिया कर, रात में ही अगले दिन पढ़ने वाले सभी टॉपिक्स की सूची बना लिया कर, फिर एक-एक टॉपिक को पूरा कर उसमें चिह्न लगा लिया कर।"

सूर्यकांत ने कहा- "ठीक बोल रहे हो अश्वनी, बड़े टारगेट को हासिल करने के लिए पहले छोटे-छोटे टारगेट हासिल करना अनिवार्य है।"

सूर्यकांत पढ़ाई से भावनात्मक रूप से जुड़ा था, उसके पास उत्साह था, जबकि अश्वनी के पास भीष्म सिंह से प्राप्त की हुई पढ़ने की टेक्निक थी। दोनों मिलकर एक-दूसरे की कमियों को दूर कर रहे थे।

उधर नीलिमा अपने सिद्धांतों के अनुसार तैयारी करती थी। आजकल वह अपने स्कूल के दिनों की सहेली प्रज्ञा के साथ अपने घर पर ही तैयारी करती थी।

प्रज्ञा लगनशील युवती है। वह वर्तमान में संविदा आधार पर एक बैंक में काम करती है। उसकी शादी हो चुकी है। वह घर से बैंक में काम के बहाने निकलती है और सबेरे 10 बजे से सायं 5 बजे तक नीलिमा के घर पर पढ़ती

है। बैंक मैनेजर भी प्रज्ञा का सहयोग करता है। नीलिमा ने पढ़ते हुए एक दिन पूछा- "प्रज्ञा, तू छुट्टी लेकर यहाँ पढ़ने आती है तो घर में वेतन के बारे में पूछते होंगे न?"

प्रज्ञा ने जवाब दिया- "अभी बैंक मैनेजर सर वेतन के बराबर उधार देते हैं, जिसे मैं घर में देती हूँ।"

नीलिमा- "क्या तुम्हारे ससुरालवाले पढ़ाई के खिलाफ हैं?"

प्रज्ञा ने जवाब दिया- "क्या मायका क्या ससुराल, स्त्री तो केवल नौकरानी समझी जाती है। जन्म होते ही स्त्री के माथे पर लिख दिया जाता है- घरेलू नौकरानी। घर के सारे कामों की जवाबदारी उसी के मत्थे होती है। जब किताब पढ़ने के लिए उठाओ तो घर वालों को लगता है, ये फालतू काम कर रही है, इसलिए इसे सार्थक काम दे दो। खाना बनाना, झाड़ू-पोंछा करना यही घर वालों के लिए सार्थक काम हैं।"

नीलिमा ने पूछा- "क्या मायके में भी पढ़ने को नहीं मिलता था?"

प्रज्ञा ने कहा- "हाँ, जब सिविल सर्विस के पेपर के आस-पास ही लड़के वाले देखने आते तो घर वाले जबरदस्ती ब्यूटी पार्लर भेज देते थे। पूरा समय तैयार होने में ही निकल जाता था। इसके बाद भी पढ़ाई हेतु रात्रि जागरण के कारण आँखों के नीचे पड़े कालेपन के लिए घर वाले कोसते रहते थे।"

नीलिमा ने जानना चाहा कि पतिदेव सहयोग करते हैं या नहीं।

प्रज्ञा- "शादी मैंने इसी शर्त पर की थी कि मैं सिविल सर्विस की तैयारी करूँगी। उन्होंने शादी के शुरुआती दौर में सहयोग भी किया। पर जब मैं गर्भवती हुई और मेरे तीसरे महीने में पतिदेव लंबे टूर पर लेकर गए तो थकावट की वजह से मेरा गर्भपात हो गया। पतिदेव की गलती का सारा दोष मुझ पर थोप दिया गया और सिविल सर्विस की तैयारी बंद करवा दी गई।"

नीलिमा बोली- "इस बात का तुमने कभी विरोध नहीं किया?"

प्रज्ञा ने जवाब दिया- "गलती नाम की कोई चीज पुरुषों के लिए बनी ही नहीं है तो उसका विरोध कैसा? सारी गलतियाँ स्त्रियाँ ही करती हैं। वो स्त्री जो अपना सब कुछ छोड़ अपने पति के पास आती है, वो स्त्री जो ससुराल में हर पल अग्नि परीक्षा देती है। राम का वनवास तो केवल चौदह वर्ष का था लेकिन एक नारी के रूप में माता सीता तो जीवन भर अग्नि परीक्षा देती रहीं। कुछ वर्षों की तपस्या के बाद इंसान भी भगवान की श्रेणी में आ जाते हैं जैसे महात्मा बुद्ध,

भगवान महावीर आदि परंतु स्त्रियाँ तो जीवन भर तपस्या करती हैं, तब भी उनको तिरस्कार की नजर से ही देखा जाता है।"

नीलिमा बोली- "हाँ प्रज्ञा, स्त्री को समानता का अधिकार केवल कागजों तक सीमित है, व्यावहारिक दृष्टिकोण से अभी भी स्त्रियाँ पिछड़ी हैं।"

प्रज्ञा- "अभी भी यदि सिविल सर्विस के बारे में ससुरालवालों को बता दूँ तो वो घर से ही निकाल देंगे। पर पढ़ाई से उनको जितनी नफरत है, मुझे उतनी ही मोहब्बत है। नारी द्वारा कभी-कभी कुछ छिपाने में भी सौंदर्य होता है। उसके दर्द में भी सौंदर्य होता है लेकिन वो इसे जाहिर करना पसंद नहीं करती। नारी को प्रकृति की भाँति अपने कार्य शांत रूप में करने में अच्छा लगता है। माँ, बहन, बेटी, पत्नी, प्रेमिका, हर रूप में वह अपने कर्तव्यों को मौन रहकर निभाती है। कभी भी अपने दुख-दर्द का एहसास नहीं दिलाती। नारी को ईश्वर ने जो अपार प्रेम देकर भेजा है, उसी ईश्वरीय प्रेम को हर रूप में लुटाती रहती है। पुरुष नारी को न कभी समझ पाया है न ही समझ पाएगा।"

दोपहर के बारह बज रहे थे। गर्मी में जब लू चल रही हो तो इतनी दोपहरी में घर से बाहर निकलने की हिम्मत किसी की भी नहीं होती है। पर सूर्यकांत को पढ़ते-पढ़ते समाजशास्त्र की एक किताब की याद आई। उसकी तीव्र इच्छा उसी पुस्तक को पढ़ने की हुई। उसने अपने रूम में इधर-उधर पुस्तकें हटाकर देखा। कुछ देर ढूँढने के बाद ध्यान आया कि वह पुस्तक तो अश्वनी के पास है।

सूर्यकांत भरी दोपहरी में ही पुस्तक लेने के लिए अश्वनी के रूम को खोजता हुआ आखिर वहाँ पहुँच ही गया। अश्वनी का वह छोटा-सा रूम था जहाँ ठीक से बैठने तक की जगह नहीं थी। सामने हॉस्टल का यूरीनल था जिसकी वजह से अक्सर बदबू आती थी। ऊपर से गर्मी में छत होने या न होने का कोई खास अंतर नहीं था। यह सब देखकर सूर्यकांत का दिल दहल उठा। यदि उसके दिल को कुछ तसल्ली दे रहा था तो वो थे दीवारों पर लगे विश्व, भारत और छत्तीसगढ़ के नक्शे। पूरी दीवार पर कागज चिपके थे। हिस्ट्री, ज्यॉग्रफी, साइंस आदि के महत्त्वपूर्ण तथ्यों से दीवार भरी पड़ी थी। ऐसा लग रहा था मानो कोई चुनाव हो रहा हो और नेता जी के पोस्टर दीवार पर लगे हों।

अश्वनी, सूर्यकांत को अपने कमरे में देखकर चौंक पड़ा। "इतनी भीषण गर्मी में यहाँ कैसे भाई?"

सूर्यकांत ने बताया- "समाजशास्त्र की पुस्तक लेने आया हूँ।"

अश्वनी ने बिस्तर पर रखी पुस्तकों में से निकालकर वह पुस्तक दे दी। सूर्यकांत उसके रूम को देख रहा था। मन ही मन वह सोच रहा था कि यह भी एक अद्वितीय संघर्ष है। ऐसी विपरीत परिस्थितियों में कोई योद्धा ही लड़ सकता है। वैसा ही योद्धा है अश्वनी।

2008 सिविल सर्विस की प्रारंभिक परीक्षा हो गई थी। इस बार प्रश्न सरल थे। सभी को उम्मीद थी कि उनका प्री एग्जाम निकल जाएगा। उम्मीद के अनुसार ही प्रारंभिक परीक्षा में सब सफल हो गए।

कुछ ही दिनों में मुख्य परीक्षा का आयोजन होने वाला था। सभी तैयारियों में लगे थे। मुख्य परीक्षा का पहला पेपर देकर अश्वनी सेंटर के बाहर निकला तो उसे गाँव के भागीरथी चाचा नजर आए। भागीरथी ने बताया- "बेटा, तेरे बाबूजी नहीं रहे, चल उनका दाह संस्कार करना है।"

"चाचा, अभी कुछ देर में मेरा दूसरा पेपर है, मैं कैसे जा सकता हूँ।" अश्वनी ने रोते हुए कहा। भागीरथी उसके समर्पण को देखकर खुश थे पर परंपराएँ उनको दाह संस्कार के लिए ले जाने को मजबूर कर रही थीं।

उन्होंने फिर कहा- "पुत्र के हाथों दाह संस्कार होने से पिता को मुक्ति मिलती है।"

अश्वनी बोला- "मुक्ति तो उनके सपनों को साकार करने से मिलती है न कि दाह संस्कार से। दाह संस्कार तो माया भी कर सकती है, आप भी कर सकते हैं, पर वर्तमान परिस्थिति में उनके सपने को साकार केवल मैं कर सकता हूँ।"

भागीरथी ने कहा- "लोग क्या कहेंगे अश्वनी?"

उसने जवाब दिया- "लोग तो पहले भी गरीबी का मजाक उड़ाते थे, उससे ज्यादा मजाक थोड़े ही उड़ाएँगे। ये समय लोगों के बारे में सोचने का नहीं, लोगों को जवाब देने का है।" अश्वनी एक लंबी साँस अंदर करते हुए बोला- "चाचा, आप वहाँ की व्यवस्था देखिए, क्रिया-कर्म करिए, दाह संस्कार माया से करा दीजिए।"

भागीरथी ने कहा- "माया दाह संस्कार कैसे करेगी?"

अश्वनी ने जवाब दिया- "वो भी तो उनकी ही पुत्री है। पिता की संपत्ति पर जब पुत्री का अधिकार हो सकता है, तो उसके दाह संस्कार पर क्यों नहीं? वैसे भी पिता को पुत्री से ज्यादा लगाव होता है। यदि पुत्र के द्वारा दाह संस्कार करने से पिता ईश्वर लोक जाएँगे तो पुत्री के द्वारा दाह संस्कार से वो ईश्वर ही हो जाएँगे।"

इस संवाद के बीच अगले पेपर की घंटी बज चुकी थी। अश्वनी ने कहा- "आप वहाँ देखिए, माया को सँभालिए, मैं अपने सपनों को सँभालता हूँ।"

परीक्षा में बैठे-बैठे, मस्तिष्क और आँसू के बीच समन्वय बिठाकर वह उत्तर लिख रहा था। वह व्यग्र और विचलित मन को एकाग्र करने का पूरा प्रयास कर रहा था।

कुछ दिनों बाद जब मुख्य परीक्षा का परिणाम आया तो अश्वनी, सूर्यकांत, नीलिमा, प्रज्ञा सब इंटरव्यू के लिए चयनित हो गए थे।

सबके इंटरव्यू भी अच्छे गए थे। कुछ अरसे में अंतिम परिणाम आ गया। सबके परिणाम सुखद थे। नीलिमा डिप्टी कलेक्टर बन गई थी। प्रज्ञा महिला बाल विकास अधिकारी। सूर्यकांत और अश्वनी नायब तहसीलदार बन गए थे।

रिजल्ट के बाद सूर्यकांत और अश्वनी गांधी चौक के पास बैंड-बाजे की धुन पर मदमस्त होकर नाच रहे थे। पटाखे लगातार एक घंटे से फूटे जा रहे थे। यह जश्न शादियों में होने वाले जश्न जैसा था। मेहनत से प्राप्त किया गया फल हमेशा आंतरिक शांति लाता है।

नीलिमा के घर पर उसकी आरती उतारी गई। उसका यह पद उसके पापा के जीवनभर की ईमानदारी का फल था। नीलिमा आज अपने पापा की आँखों में खुशी देखकर खुश थी।

प्रज्ञा के ससुरालवाले भी बड़े गर्व से बोल रहे थे- "देखो हमारी बहू को, इसने हमारा ही नहीं पूरे मोहल्ले का नाम रोशन किया है।" प्रज्ञा चुपचाप मुस्करा रही थी। मन में सोच रही थी- 'सफलता का श्रेय तो हर काई ले लेता है पर असफलता हमेशा अनाथ होती है। असफल होने वाला भी इससे पीछा छुड़ाता है और दोष किसी और पर थोप देता है।'

घमंडी मैडम

अश्वनी, नीलिमा, सूर्यकांत और प्रज्ञा, चारों की पोस्टिंग जांजगीर चांपा जिले में हो गई। यह दैवीय संयोग सूर्यकांत का प्रसाद था। हालाँकि उसने इस बात को गोपनीय रखा था। पहली पोस्टिंग नीलिमा की हुई थी। वह जांजगीर चांपा जिले में एसडीएम के पद पर नियुक्त की गई। अश्वनी और सूर्यकांत कलेक्ट्रेट में ज्वॉइन करने के बाद एसडीएम मैडम के चैंबर पहुँचे।

मैडम का चैंबर काफी बड़ा था। वहाँ दीवारों पर महापुरुषों के फोटो लटके थे। टेबल पर फाइलों का ढेर पड़ा हुआ था। मैडम कोई फाइल पढ़ रही थी।

सूर्यकांत ने काँच के दरवाजे को हल्का-सा खोलकर कहा- "मे आई कम इन मैडम?"

नीलिमा ने फाइल से ध्यान हटाकर देखा तो सामने सूर्यकांत खड़ा हुआ था, वह कुछ देर एकटक देखती रही फिर बोली- "यस, कम इन।"

सूर्यकांत और अश्वनी अंदर आकर अभिवादन करते हैं। नीलिमा ने औपचारिक रुख दिखाते हुए पूछा- "आप दोनों का परिचय?"

सूर्यकांत ने कहा- "मैम, मैंने आज ही नायब तहसीलदार के पद पर ज्वॉइन किया है।"

अश्वनी ने भी अपना परिचय दिया। नीलिमा बोली- "ठीक है, अभी अपने चैंबर में बैठिए, मैं आप लोगों को फ़ील्ड दे दूँगी।"

कुछ देर में नीलिमा ने पहले सूर्यकांत को बुलाया और एक आदेश देते हुए बोली- "मैं तुम्हें जांजगीर चांपा के शहरी क्षेत्र का प्रभार दे रही हूँ, तुम अच्छे से काम करना।"

सूर्यकांत आदेश की कॉपी लेकर वापस जाने लगा। वह दो-चार कदम ही चला था कि पीछे से नीलिमा की आवाज आई- "सूर्यकांत, तुम नायब

तहसीलदार हो और मैं एसडीएम, इस बात को मत भूलना।"

सूर्यकांत ने बड़ी विनम्रता से उसी अंदाज में बस यही कहा- "जी मैडम।"

दुनिया में यदि कोई सबसे नशीली चीज है, तो वह है घमंड। घमंड से जो नशा मनुष्य के मन-मस्तिष्क में चढ़ता है, उससे सारी दुनिया चींटियों के समान छोटी दिखने लगती है। बाकी हर नशा तो चढ़कर उतर जाता है, पर घमंड के नशे से मनुष्य का अंत निश्चित ही होता है, जैसे रावण का हुआ था।

अश्वनी को ग्रामीण क्षेत्र में स्थित उप-तहसील का पूर्ण प्रभार दिया गया। वह खुश था क्योंकि उसका गाँव भी उसके क्षेत्राधिकार में आता था। अश्वनी ने चार्ज लेते ही सबसे पहले अपने गाँव का दौरा किया।

वहाँ की पगडंडियाँ अभी भी वैसी ही थीं। गाँव में विकास केवल कागजों तक सीमित था। वास्तविकता कुछ और थी। जबकि ग्रामीण विकास के नाम पर करोड़ों रुपए डकारे जा चुके थे।

अश्वनी की बत्ती वाली शासकीय गाड़ी सीधे भागीरथी की पुरानी दुकान के पास रुकी, जिस पर बलभद्र ने कब्जा करके शराब भट्ठी बना ली थी।

शासकीय गाड़ी के रुकते ही भट्ठी से बलभद्र दास के गुर्गे बाहर भागे। साहब के सामने सभी हाथ जोड़कर खड़े हो गए। अश्वनी ने कहा- "शराब भट्ठी चलाने का परमिशन दिखाइए, साथ ही इस जमीन के पेपर भी दिखाइए।" बलभद्र के गुर्गे ने कहा- "साहब, ये सब तो मालिक ही बता पाएँगे, ये उन्हीं का है। विधायक जी की भी इस शराब भट्ठी में पार्टनशिप है।"

अश्वनी ने कहा- "पार्टनरशिप चाहे किसी की भी हो, कल तक इसके पेपर नहीं दिखाओगे तो उचित कार्रवाई होगी।"

यह बात आस-पास के सारे गाँवों में फैल गई। अश्वनी की सभी तारीफ करने लगे। बलभद्र भी घबराया हुआ विधायक महोदय के यहाँ पहुँचा। विधायक सत्यप्रकाश ने मंत्री जी के यहाँ निवेदन किया कि वो अश्वनी का ट्रांसफर सुकमा करा दें। पूरे डिपार्टमेंट में खबर फैल गई कि बाहुबली विधायक सत्यप्रकाश ने अश्वनी का ट्रांसफर करा दिया है।

बलभद्र अपने कुछ आदमियों के साथ अश्वनी के ऑफिस पहुँचता है। वह हँसते हुए कहता है- "तेरे जैसे कितने आए और गए, पर हमारा न कुछ हुआ है और न ही कुछ होगा। तेरे पिता को मैंने अपने यहाँ काम पर रखा था और तू ही मेरी कब्र खोद रहा है।"

अश्वनी ने जवाब दिया- “कब्र तो समय आने पर हर किसी की खुदती ही जा रही है, पर तेरे कुकर्मों का अंत शायद मेरे हाथों से लिखा है।”

बलभद्र तेज आवाज में कहता है- “तुझे पता नहीं है क्या, तेरा ट्रांसफर सुकमा हो गया है। नक्सलाइट इलाके में तेरी सारी अकड़ निकल जाएगी।”

उसी समय हाथ में एक लेटर लिए सूर्यकांत, अश्वनी के चैंबर में आता है। वह बोलता है- “देखिए महाशय, आपको पता नहीं है कि इनका ट्रांसफर कैंसिल हो गया है। इनकी यथावत पदस्थापना की गई है। अपने विधायक महोदय को बता दीजिएगा।”

सूर्यकांत ने अश्वनी का ट्रांसफर रुकवा दिया था। बलभद्र तिलमिलाता हुआ वहाँ से सीधे विधायक महोदय के घर पहुँच गया।

विधायक ने बलभद्र को देखते ही कहा- “बलभद्र, कुछ दिनों के लिए ये सारे काम छोड़ दे।”

बलभद्र ने जवाब दिया- “आप कैसी बात कर रहे हैं? ये सब बंद करने से काफी नुकसान हो जाएगा।”

विधायक ने गुस्से में कहा- “तू समझ बलभद्र। यह मेरी मजबूरी है। इस मामले में हाईकमान का फोन आ चुका है। अब तो मेरी विधायकी पर ही सवालिया निशान लग गया है।”

बलभद्र ने जवाब दिया- “उसकी इतनी पहुँच कैसे है?”

विधायक ने जवाब दिया- “उस लड़के के सिर पर योगानंद का हाथ है। सही समय आने दे फिर हमला करेंगे।”

दूसरे दिन अश्वनी अपना पूरा अमला लेकर शराब की दुकान को तोड़ने पहुँचा। वहाँ गाँववालों की भीड़ लगी हुई थी। मेले का वातावरण था। सबसे बड़ी बात, पहली बार बलभद्र के खिलाफ कार्रवाई हो रही थी। बलभद्र के सारे गुर्गों को गिरफ्तार कर लिया गया था।

थानेदारों को निर्देशित किया गया कि आस-पास जितने भी आपराधिक तत्व हैं, उन पर सख्ती से कार्रवाई की जाए।

भागीरथी यह सारी कार्रवाई एक किनारे खड़े होकर देख रहे थे। उनकी आँखें नम थीं। अश्वनी की नजर उन पर पड़ी, तो उसने उनके पास जाकर प्रणाम किया। भागीरथी ने कहा- “तू कितना बड़ा हो गया है, बेटा! जो काम किसी ने नहीं किया, उसे तुमने कर दिखाया।”

अश्वनी- "हाँ चाचा, मैंने केवल वही किया है जो मुझे करना चाहिए। जो भी किया वह मेरे कार्यक्षेत्र के अंतर्गत था।"

माया भी अपने भाई की सारी कार्रवाई देख रही थी। कार्रवाई समाप्त होने के बाद अपने भाई के पास आती है- "कैसा है भाई ?"

अश्वनी- "सब ठीक है, मैं बस व्यवस्थित हो जाऊँ, फिर तुझे भी बिलासपुर पढ़ाई के लिए भेजूँगा।"

अश्वनी पुनः अपने ऑफिस की ओर निकल पड़ा। उसकी शासकीय गाड़ी के पीछे पुलिस की गाड़ी भी चलती है। सुनसान सड़क पर दोनों ओर घने वृक्ष लगे थे। अचानक कुछ लोग गाड़ी पर हमला कर देते हैं। अश्वनी अपनी जीप के पीछे छिप जाता है। पुलिसवाले भी जवाबी फायरिंग करते हैं। सभी हमलावर लंबे-तगड़े थे, देखकर समझ आ रहा था कि वो बलभद्र के आदमी थे। वो छह लोग थे। उनमें से पाँच को पुलिस ने मार गिराया। एक को जिंदा पकड़ लिया गया। उसने बलभद्र की सारी सच्चाई बता दी।

गुर्गे ने कहा- "साहब, बलभद्र न जाने कितने निर्दोषों को मारकर अपने आँगन में ही दफना चुका है।"

इस सूचना के बाद बलभद्र के आँगन की खुदाई की जाती है। वहाँ पर कई कंकाल मिलते हैं। साथ मिली चीजों से पता चलता है कि एक कंकाल उसके चंगु चाचा का है जो उसके पिता के बहुत अच्छे मित्र थे।

तभी अचानक से छत से गोलियाँ चलने लगती हैं। अश्वनी भी पुलिसवालों को जवाबी फायरिंग के लिए बोलता है। पुलिसवालों की संख्या ज्यादा थी, वो एक-एक को गोलियों से भूनने लगे। बलभद्र को जब समझ में आया कि वह भी गोलियों के निशाने पर है, उसके बचने की संभावना नहीं है, तो दोनों हाथ ऊपर करके बोला- "मैं आत्मसमर्पण करता हूँ।"

बलभद्र के आत्मसमर्पण के बाद गाँव में पटाखे फूटने लगे। वहाँ और आस-पास के सभी गाँवों में महोत्सव का आयोजन होने लगा।

कुछ दिनों बाद भागीरथी चाचा ने पान ठेले की जगह पर एक बड़ी-सी दुकान खोल ली थी। उन्होंने शासकीय योजनाओं का लाभ लेकर दुकान डाली थी। उनसे आस-पास के दुकान वाले भी सामान लेने लगे थे। धीरे-धीरे भागीरथी की स्थिति सुधारने लगी। वो अब गाँव के लोगों की एक सोसायटी बनाकर पैसे जमा करवाते थे जिसे गाँव के ही जरूरतमंद लोगों को दिया जाता था। भागीरथी

की ख्याति बढ़ने लगी।

वो देखते ही देखते गाँव के लोगों के लिए देवता के समान हो गए थे। इस बार सरपंची चुनाव में गाँववालों ने मिलकर उन्हीं को खड़ा किया था। वे निर्विरोध ही सरपंच का चुनाव जीत गए। अब गाँव की सारी पगडंडियाँ पक्की हो चुकी थीं। ग्राम का विकास वास्तविक अर्थों में अब हो रहा था।

माया को अश्वनी ने पढ़ने के लिए बिलासपुर भेज दिया था। वह कॉलेज के साथ-साथ पीएससी की तैयारी भी करने लगी थी। अश्वनी अपना सपना साकार होने के बाद एक नया सपना अपनी बहन के लिए देखने लगा था। उसकी पढ़ाई के लिए किसी भी प्रकार की समस्या नहीं आने देना चाहता था।

माया भी बिलासपुर में खूब मन लगाकर पढ़ रही थी। वह कोचिंग के टेस्ट में हमेशा अच्छे नंबर लाती थी। उसकी गिनती कोचिंग के होनहार स्टूडेंट्स में होती थी। वह भी अपने सपनों के पथ पर चल पड़ी है।

अश्वनी की पहचान उसके डिपार्टमेंट में तेज-तर्रार अधिकारी के रूप में है। वह एक ईमानदार अधिकारी के रूप में जाना जाता है। कलेक्टर साहब के चहेते अधिकारियों में से एक है वह।

एक ईमानदार और सामाजिक व्यक्ति के अधिकारी बनने से समाज का हित होता है। सामाजिक हृदय ही समाज को समझ सकता। लकीर के फकीर के आधार पर तो कोई भी शासन चला सकता है परंतु सामाजिक हृदय, सामाजिक हित के आधार पर शासन चलाता है। वह जानता है कि समाज नियम के लिए नहीं है, नियम समाज के लिए बना है। समाज तो मस्तमौला हाथी है, वह अपनी मस्तानी चाल में चलता जाएगा, वह नियम को कहाँ मानने वाला है, नियम को ही मस्तमौला हाथी के अनुरूप बनाना होगा।

अश्वनी भी अपने क्षेत्राधिकार के अंतर्गत जितना हो सकता था, गाँव के गरीबों की मदद करता था। वह सामान्यजन के सहयोग से सामान्यजन के अनुरूप प्रशासन चला रहा था।

एक बार मुख्यमंत्री जी ने भी उसके क्षेत्र के दौरे में कहा था- "कोई भी पद बड़ा नहीं होता, बड़ा होता है व्यक्तित्व। वैसे ही व्यक्तित्व के रूप में आपके नायब तहसीलदार अश्वनी जी ने आप लोगों के हृदय में जगह बनाई है। मैं सभी अधिकारियों से कहूँगा कि वो भी अश्वनी से कुछ सीखें। अपने काम को एक मिशन बनाकर पूरा करें।"

धड़कनों का स्पंदन

समय जैसे-जैसे निकलता जाता है वैसे-वैसे परिस्थितियाँ बदलती जाती हैं। जैसे-जैसे परिस्थितियाँ बदलती हैं, वैसे-वैसे सोच भी बदलने लगती है। यह सोच महत्त्वाकांक्षी लोगों में ज्यादा बदलती है, क्योंकि महत्त्वाकांक्षा तो एक पड़ाव पार होते ही दूसरे पड़ाव पर नजर टिका लेती है। वह पहले पड़ाव तक साथ चलने वालों को भूलकर दूसरे पड़ाव से साथ चलने वालों का ध्यान रखने लगती है। नीलिमा में भी महत्त्वाकांक्षा के बीज अंकुरित हो रहे थे।

जांजगीर चांपा जिले में एक नए कलेक्टर आए थे। वो लंबे, गौर वर्णीय, गठीले शरीर के, देखने में हीरो जैसे लगते थे। उसकी उम्र 29-30 वर्ष की होगी। उनकी सबसे बड़ी क्वालिटी थी कि वे अविवाहित थे। उनका नाम नील श्रीवास्तव था। वो भी छत्तीसगढ़ के मूल निवासी थे।

नीलिमा कलेक्टर साहब के स्वागत के लिए गुलदस्ता लिए खड़ी थी। साथ में सूर्यकांत और अश्वनी भी इंतजार में खड़े थे। कलेक्टर साहब की चमचमाती लाल बत्ती की गाड़ी ऑफिस के सामने बने पोर्च पर रुकी।

कलेक्टर साहब फॉर्मल ड्रेस में कलाई पर महँगी घड़ी पहने, आँखों पर चश्मा लगाए कार से उतरे। गेट के पास चलते-चलते उन्होंने थोड़ी देर रुककर नीलिमा को देखा फिर अंदर चले गए।

कुछ देर बाद साहब के चपरासी ने आकर कहा- मैडम, आपको साहब ने बुलाया है।"

अश्वनी और सूर्यकांत भी मैडम के साथ ही कलेक्टर साहब के पास जाने के लिए बढ़ते हैं। दरबान दोनों को रोक देता है और बोलता है- "सिर्फ मैडम को बुलाया गया है।"

चैंबर में कलेक्टर साहब नीलिमा को देखकर खो गए। फिर नीलिमा ने

आवाज दी- "सर!"

कलेक्टर- "बोलिए नीलिमा जी, मैं कहीं खो गया था।"

नीलिमा ने आश्चर्य से पूछा- "आपको मेरा नाम पहले से पता है सर?"

कलेक्टर- "जो सबसे प्यारी होती है, वो हमारी होती है।"

नीलिमा ने जवाब दिया- "मैं और प्यारी, आप भी मजाक करते हैं सर।"

कलेक्टर- "पहले तो सर बोलना छोड़ दीजिए। आप मुझे नील बुलाइए।"

नीलिमा ने जवाब दिया- "जी सर!"

कलेक्टर ने कहा- "फिर से सर?"

नीलिमा- "जी, नील जी!"

समय के साथ कलेक्टर साहब का नीलिमा के प्रति झुकाव बढ़ता गया।

रात के साढ़े ग्यारह बज रहे थे। गली में सन्नाटा पसरा था। चौकीदार पहरा दे रहा था। नीलिमा टेबल पर कुछ काम कर रही थी। तभी फोन की घंटी बजती है। दूसरी तरफ से आवाज आती है- "शहर में एक्सीडेंट हो गया है, लोग गाड़ी मोटर जला रहे हैं। अमोरा गाँव के बस स्टैंड के पास जल्दी आ जाइए।"

वह तुरंत सूर्यकांत और अश्वनी को फोन करती है। एक गाड़ी में मैडम नीलिमा और दूसरी गाड़ी में सूर्यकांत और अश्वनी निकलते हैं।

घटना स्थल पर पहुँचने पर पता चलता है कि एक्सीडेंट में एक सात वर्षीय बालिका की मृत्यु हो गई है। इसी की वजह से जनता भड़की हुई है। जिस ट्रक से बच्ची की मृत्यु हुई है, लोग उस ट्रक को जला चुके हैं। उसके साथ ही उस रास्ते से गुजरने वाले एक बेगुनाह की कार छीनकर भी जला चुके हैं। कुछ लोग ड्राइवर को जान से मारने की धमकी भी दे रहे हैं।

भीड़ में से निकलकर एक व्यक्ति फोन करता है- "विधायक जी, बलभद्र को मरवाने वाला नायब तहसीलदार और एसडीएम मैडम यहीं हैं। आप ही बताइए क्या करना है।"

विधायक जी बोले- "सामने इलेक्शन है, जितना भयानक कर सकते हो करो। देखो वो बचने न पाएँ।"

विधायक का आदमी लोगों को भड़काने लगता है- "भाइयो, हमारी बच्ची वापस नहीं आएगी। ये लोग ड्राइवर को भी बचा रहे हैं। इनको ट्रक मालिक ने भेजा है, अपना एजेंट बनाकर। मारो इन लोगों को, इनकी गाड़ियों में आग लगा दो।"

"हाँ, भाइयो इनको मारो... इन लोगों को ट्रक के मालिक ने भेजा है।" भीड़ से आवाज आई।

भीड़ बहुत तेज आवाज करती हुई नीलिमा की ओर बढ़ने लगी। भीड़ उन लोगों की एक गाड़ी फूँक चुकी थी। भीड़ को हिंसक होते देख सूर्यकांत वहाँ उपस्थित एक पुलिसवाले की गन छीनकर हवाई फायर कर देता है। गोली चलते ही भीड़ रुक जाती है। फिर सूर्यकांत कहता है- "अश्वनी, तुम लोग मैडम को लेकर निकलो और यहाँ जल्दी फोर्स के लिए बोल दो।"

अश्वनी तुरंत मैडम नीलिमा को लेकर घटना स्थल से निकल जाता है। नीलिमा फोर्स के लिए फोन कर देती है।

सूर्यकांत अपने दो सिपाहियों के साथ भीड़ के सामने पड़ जाता है। भीड़ एक-एक कदम करके सूर्यकांत की ओर बढ़ रही है। तभी सूर्यकांत गोली चला देता है। गोली एक व्यक्ति के पैर में लगती है। भीड़ कुछ देर वहीं थम जाती है।

सूर्यकांत सिपाहियों को भी आदेश देता है- "थोड़ी-थोड़ी देर में फायरिंग करते रहो।" वो रुक-रुककर हवाई फायर करने लगे।

कुछ ही देर में फोर्स पहुँच जाती है और भड़काने वाले व्यक्ति को गिरफ्तार कर लिया जाता है।

चुनाव नजदीक होने की वजह से विधायक सत्य प्रकाश फायरिंग के विरोध में मोर्चा खोल देते हैं। इसे मुद्दा बना देते हैं। सभी समाचार पत्रों और टीवी चैनलों में गोलीचालन का विरोध होने लगता है। जनता के बीच भी रोष व्याप्त होने लगता है। सरकार पर दबाव बनने लगता है। नीलिमा का ट्रांसफर दंतेवाड़ा जिला कर दिया जाता है जो छत्तीसगढ़ के घोर नक्सलाइट इलाकों में से एक है।

ट्रांसफर की बात सुनते ही वह अपना आपा खो देती है। तुरंत सूर्यकांत को बुलाने भेजती है। उसी समय अश्वनी कुछ फाइलें लेकर मैडम के पास आता है। मैडम फाइलें देखती है। उसी समय सूर्यकांत पहुँचता है।

नीलिमा गुस्से से बोलती है- "नालायक, तुम्हारी वजह से मेरी नौकरी जाते-जाते बची। तुम्हें फायरिंग की क्या जरूरत थी?"

अश्वनी उसकी बात को काटते हुए कहता है- "मैडम, सूर्यकांत ने वहाँ जो भी निर्णय लिया वह परिस्थितिजन्य और सही निर्णय था।"

नीलिमा गुस्से से तमतमाकर बोलती है- "तुमको यहाँ बोलने के लिए किसने कहा है? तुम यहाँ से निकल जाओ!"

अश्वनी चुपचाप मैडम के चैंबर से निकल जाता है। मैडम फिर गुस्से और रुदन मिश्रित आवाज में बोलती है- "एक बार तो तुमने धोखा दिया था। अब मुझे नौकरी से निकलवाना चाहते हो? तुम्हारी एक गलती से तो मेरा सब कुछ खत्म हो जाता। मेरा कैरियर तबाह हो जाता। वो तो ईश्वर का आशीर्वाद है कि मेरा केवल यहाँ से ट्रांसफर हुआ है।" तेज आवाज में फिर कहती है- "यहाँ से निकल जाओ और फिर कभी भी अपना चेहरा मत दिखाना।"

सूर्यकांत बिना कुछ कहे वहाँ से चुपचाप निकल जाता है।

नीलिमा का पूरा दिन तनाव में गुजरता है फिर अचानक टेलीफोन की घंटी बजती है। कलेक्टर साहब की आवाज आती है- "हैलो नीलिमा, मेरे चैंबर में आओ, तुम्हारे लिए खुशखबरी है।" नीलिमा अनमने मन से 'जी सर, आती हूँ' कहकर वहाँ चली जाती है।

"जी सर बताइए।"

कलेक्टर- "बैठिए, नीलिमा मैम।"

नीलिमा- "प्लीज जल्दी बताइए सर, मेरी तबियत ठीक नहीं है।"

कलेक्टर एक लिफाफा निकालते हैं और देते हुए कहते हैं- "ये हमारी तरफ से गिफ्ट रख लो।"

नीलिमा लिफाफा खोलकर देखती है। उसमें उसके ट्रांसफर का कैंसिलेशन ऑर्डर था। वह वहीं पर खुशी से झूम उठती है, पर उसे याद आता है कि वह कलेक्टर साहब के चैंबर में है। वह अपने को रोकते हुए बोलती है- "माफ कीजिए सर।"

कलेक्टर साहब श्रेय लेने में कोई कसर नहीं छोड़ना चाहते थे। वो बोले- "मैंने चीफ सेक्रेटरी सर से स्पेशली तुम्हारे लिए बात की थी।"

"ओह! थैंक्स सर! आप मेरा कितना ध्यान रखते हैं। आज का डिनर मेरी तरफ से है।" नीलिमा ने कहा।

कलेक्टर- "पर हम डिनर के लिए बिलासपुर चलेंगे। वहाँ ईस्ट पार्क होटल में ही डिनर करेंगे।"

कलेक्टर साहब नीलिमा से पहले से प्रभावित थे।

रात्रि में कलेक्टर और नीलिमा दोनों एक ही गाड़ी से बिलासपुर के ईस्ट पार्क डिनर के लिए आते हैं।

कलेक्टर साहब एक प्राइवेट रूम बुक करते हैं। वो कैंडल लाइट डिनर से

पहले वाइन ऑर्डर करते हैं। उनकी वाइन को देखकर नीलिमा को सूर्यकांत से किया मजाक याद आता कि उसने मेरे लिए सिगरेट और शराब छोड़ दी और मजाक में कही गई बात को वह आज भी पत्थर की लकीर की तरह निभा रहा है।

नीलिमा को खोई-खोई देखकर कलेक्टर साहब पूछते हैं- "क्या बात है, किस सोच में डूब गई ?"

"नहीं सर, कुछ भूली-बिसरी बातें हैं।" फिर गंभीर स्वर में बोली- "सर, हमको शराब और सिगरेट बिलकुल पसंद नहीं है।"

कलेक्टर- "महँगी शराब और सिगरेट ही तो हमको दूसरों से अलग करती है। ये कलेक्टरी का आभूषण हैं। इनको हमसे न छीनो नीलिमा।"

बात खत्म होते ही कलेक्टर साहब के मोबाइल की घंटी बजती है। स्क्रीन पर चीफ सेक्रेटरी का नंबर देखकर तुरंत खड़े होकर यस सर, जी सर, प्रणाम सर करने लगते हैं। चीफ सेक्रेटरी साहब का फोन आते ही सब हवा हो गया। उनका नशा उतर गया। आभूषण न जाने कहाँ-कहाँ बिखर गए। फोन रखते ही कलेक्टर साहब ने कहा- "नीलिमा, तुम अपने तहसीलदारों से बोलो कि वो सभी पटवारियों की मीटिंग बुलाएँ। मीटिंग हम खुद लेंगे।"

नीलिमा- "पर खाना तो खा लेते सर।"

"नहीं, फिर कभी आ जाएँगे।"

"क्या बात है सर, कुछ तो बताइए।" नीलिमा ने कहा।

कलेक्टर साहब बोले- "आज सीएम साहब और योगानंद जी की मीटिंग थी। योगानंद राज्य से लीज पर जमीन ले रहे हैं। राज्य सरकार बदले में चाहती है कि वो यहाँ के मूल निवासियों को अधिक से अधिक संख्या में रोजगार दें। योगानंद जी ने वादा किया है कि 70 से 80 प्रतिशत रोजगार छत्तीसगढ़ के लोगों को देंगे। बस सीएम साहब ने कल ही योगानंद जी को चिह्नांकित जमीनें दिखाने और उनसे सहयोग करने के लिए कहा है।"

"पर इतनी जल्दी ये सब कैसे होगा सर ?"

कलेक्टर ने कहा- "ये सब कैसे होगा तुम जानो, हाँ, कल योगानंद जी और उनकी टेक्निकल टीम जमीन देखने जाएगी। उनकी व्यवस्था की जवाबदारी भी तुम्हारी है।"

रात के करीब दो बज रहे थे। मीटिंग का दौर चल रहा था। सूर्यकांत और अश्वनी अपने-अपने अधीनस्थ आरआई और पटवारियों से मीटिंग ले रहे थे।

फाइनली रात ढाई बजे दस जगहों को चिह्नांकित किया गया।

नीलिमा ने जाते-जाते पूछा- "ये योगानंद कौन हैं?"

अश्वनी ने बताया- "बहुत बड़े बिजनेसमैन हैं। चुनाव के समय दोनों पार्टियों को भारी भरकम चंदा देते हैं। इसलिए इनका काम कहीं पर नहीं रुकता है। इनके सभी राजनीतिक पार्टियों से अच्छे संबंध हैं। सीएम साहब से तो घरेलू संबंध हैं। हर छोटे-बड़े कार्यक्रम में आते-जाते हैं।"

गाड़ी में बैठने के बाद नीलिमा ने खासतौर पर सूर्यकांत से कहा- "तुम कल कोई गड़बड़ मत करना।"

सूर्यकांत शांत खड़ा रहा और वह नीलिमा के चेहरे को एकटक देखता रहा। कुछ देर बाद नीलिमा की गाड़ी उसकी आँखों से ओझल हो गई।

सबेरे के दस बजे थे। कलेक्टर साहब ऑफिस पहुँच चुके थे। नीलिमा उनके चैंबर में बैठी थी। सूर्यकांत और अश्वनी चैंबर के बाहर खड़े थे।

लगभग आधे घंटे बाद गाड़ियों का एक काफिला आकर कलेक्टर ऑफिस के सामने रुका। गाड़ियों की आवाज सुनकर कलेक्टर साहब खुद ही अगवानी के लिए गेट के पास आ गए।

योगानंद ने उनके चैंबर को देखते हुए कहा- "नाइस चैंबर सर।"

दीवारों पर लगी फोटो को देखते हुए बोले- "स्वामी विवेकानंद जी की तस्वीर की कमी है, मैं भेज दूँगा।" फिर योगानंद जी ने सूर्यकांत को देखकर कहा- "ये लड़का कौन है?"

नीलिमा ने तुरंत जवाब दिया- "सर, ये नायब तहसीलदार है।"

योगानंद जी ने मजाकिया स्वर में कहा- "ये लड़का कुछ काम भी जानता है कि बस जिम जाकर डोले-शोले बनाता रहता है।"

सूर्यकांत कुछ ऊटपटांग जवाब न दे, इसलिए पहले नीलिमा बोली- "सर, नया आया है। अभी सीख रहा है।"

कलेक्टर साहब- "योगानंद जी, ये हमारी बेस्ट टीम है। ये नीलिमा, ये अश्वनी और सूर्यकांत हैं। ये टीम आपको चुनिंदा शासकीय जमीन दिखाएगी।"

कलेक्टर साहब तीनों को बाहर जाकर रुकने के लिए कहते हैं। बाहर निकलते ही नीलिमा ने सूर्यकांत से कहा- "तुम प्लीज आज कोई गड़बड़ मत करना।"

सूर्यकांत- "कोई गड़बड़ी नहीं होगी, आप निश्चिंत रहिए।"

वो सब एक-एक करके शासकीय जमीनें दिखा रहे थे। इस बीच दोपहर के दो बज गए थे। दोपहर के भोजन के लिए सभी रेस्ट हाउस चले आए। अश्वनी और सूर्यकांत को भोजन व्यवस्था की निगरानी के लिए बोलकर नीलिमा चली गई।

मैडम के अपने रेस्ट हाउस वाले रूम में जाते ही सूर्यकांत योगानंद जी के रूम में घुसने लगा। अश्वनी बोला- "अरे जबरदस्ती कमरे में क्यों घुस रहे हो? सूर्यकांत भाई, सर डिस्टर्ब होंगे।"

'सूर्यकांत, आओ कुछ दिखाता हूँ' बोलकर उसे योगानंद के रूम में ले जाता है और दरवाजा अंदर से बंद कर देता है, ताकि नीलिमा न आ जाए।

उसे दरवाजा बंद करते देख अश्वनी डरकर बोला- "ये क्या कर रहे हो?"

हल्की-सी आहट पाकर आराम कर रहे योगानंद की नींद टूट जाती है। सूर्यकांत उनके चरण स्पर्श करता है। वह अश्वनी को बताता है- "ये मेरे पापा हैं, अश्वनी।"

अश्वनी आश्चर्यचकित मुद्रा में ही खड़ा रह जाता है। उसे ऐसा लगता है मानो कोई फिल्म चल रही हो। सूर्यकांत फिर से आवाज देता है- "अश्वनी..." वह हड़बड़ाकर विचारमग्न अवस्था से बाहर निकल आता है और योगानंद जी के चरण स्पर्श करता है।

योगानंद जी- "आओ अश्वनी बेटा, बैठो। मैं नीलिमा और तुम्हारे बारे में सब जानता हूँ। सूर्यकांत ने पहले ही बता दिया था।"

अश्वनी कहता है- "सूर्यकांत ने आपके बारे में हमको कभी नहीं बताया, अंकल।"

योगानंद- "बेटा, मैडम के सामने भूलकर भी अंकल मत बोलना।"

अश्वनी- "जी अंकल।"

योगानंद- "जाओ बेटा, तुम लोग भी खाना खाओ।"

दोनों जैसे ही गेट से बाहर निकलते हैं, सूर्यकांत और नीलिमा टकरा जाते हैं। नीलिमा गिरने वाली होती है पर सूर्यकांत उसको थाम लेता है।

नीलिमा तमतमाकर बोलती है- "नालायक, तुम जीवन में कुछ तो ठीक से करो।"

सूर्यकांत- "सॉरी!"

सेकेंड हाफ में योगानंद कुछ और शासकीय जमीनें देखते हैं। टेक्निकल

टीम नदी के किनारे की जमीन के लिए एप्रूवल देती है। योगानंद वह जमीन पावर प्लांट के लिए फाइनल कर देते हैं।

योगानंद जी खुश होकर 'धन्यवाद! जीती रहो बेटी' कहते हैं और गाड़ी में बैठकर निकल जाते हैं।

योगानंद की खुशी देख नीलिमा बहुत खुश हुई और पहली बार सूर्यकांत को वेलडन कहा। अश्वनी का कार्य तो हमेशा से ही अच्छा रहा है। उसे भी उसने गुड जॉब कहा।

आज कलेक्टर भी खुश थे। वो बोले- "नीलिमा, आज डिनर हमारी तरफ से, हमारे बंगले पर है।"

नीलिमा- "जी सर, मैं जरूर आऊँगी।"

नीले गगन में चाँदनी खिली थी। तारे भी जुगनुओं की तरह टिमटिमा रहे थे। मौसम खुशनुमा था। हल्की ठंडी हवाएँ चल रही थीं। कलेक्टर साहब के बंगले के गार्डन में रंग-बिरंगे फूलों की खुशबू हवाओं में घुलकर वातावरण को मादक बना रही थी। गार्डन में नीलिमा और कलेक्टर साहब बैठे थे।

कलेक्टर ने शुरुआत सिगरेट और शराब से की। वो बात को बढ़ाते हुए बोले- "नीलिमा, मेरे जीवन के आँगन में गमला तो है, पर उसमें खुशबू देने के लिए कोई फूल नहीं है। क्या तुम इस गमले का फूल बनोगी? मुझसे विवाह करोगी?"

नीलिमा ने सकुचाते हुए जवाब दिया- "सर, यह जीवन का महत्त्वपूर्ण निर्णय है। मुझे आप समय दीजिए, मैं अपने घर वालों से पूछकर बताऊँगी।"

नीलिमा का यह जवाब भारतीय संस्कृति में पली-बढ़ी लड़की का जवाब था। वह अपने घर पर बताती है। उसके माता-पिता भी शादी के लिए तैयार हो जाते हैं। विवाह की तिथि भी पंद्रह दिनों के भीतर ही निकल आती है। दोनों पक्षों के लिए समय बहुत कम था, इसलिए जोर-शोर से तैयारियाँ शुरू हो जाती हैं। विवाह की तारीख धीरे-धीरे नजदीक आती जा रही है। शादी में अब दो ही दिन शेष हैं।

सूर्यकांत शादी की तारीख तय होने के दिन से ही खोया-सा रहने लगा था। उसका मन ऑफिस के काम में भी नहीं लगता था। वह नीलिमा की यादों में ही खोया रहता था।

शादी के दिन जब नीलिमा शादी भवन पहुँची तो वहाँ की सजावट देखकर

दंग रह गई। उसे पिंक गुलाब से सजाया गया था। कारपेट भी पिंक कलर का था। पिंक कलर से स्टेज में ताजमहल की अनुकृति बनवाई गई थी। नीलिमा के मन में पुरानी यादें ताजा होने लगीं। वह समझ गई कि सूर्यकांत ने ही उसकी पसंद के अनुसार एक-एक चीज तैयार करवाई है।

नीलिमा ड्रेसिंग रूम में तैयार हो रही थी। हाथों में मेहँदी लगाई जा चुकी थी। मेहँदी सूख गई थी। उसे लाल जोड़ा पहनाया जा रहा था। दुल्हन के जोड़े में वह ऐसे दिख रही थी मानो स्वर्ग से कोई अप्सरा उतर आई हो। तभी एक छोटी-सी बच्ची एक गिफ्ट पैक देते हुए बोली- "नीलिमा दीदी, एक अंकल ने आपको देने के लिए कहा है।"

नीलिमा ने गिफ्ट बच्चे के हाथों से लेकर देखा। उसमें बड़े-बड़े अक्षरों से लिखा था- लंगूर! वह जल्दी-जल्दी गिफ्ट खोलकर देखती है। उसमें वही ड्रेस थी, जिसे नीलिमा अपने पहले इंटरव्यू के समय पैसों के अभाव में नहीं ले पाई थी। उसकी आँखों से आँसू छलक जाते हैं। वह इधर-उधर सूर्यकांत को ढूँढने का प्रयास करती है पर वह कहीं दिखाई नहीं देता है।

सूर्यकांत शादी भवन की छत पर अकेला बैठा था। कुछ शराब की बोतलें रखी थीं। कुछ सिगरेट के पैकेट भी रखे थे। वह अपने गम को भुलाने के लिए आज अंतिम बार शराब और सिगरेट पीना चाह रहा था। उसने नीलिमा की विदाई के बाद छत से कूदकर अपने जीवन की विदाई देने की ठान ली थी। वह बार-बार शराब और सिगरेट पीने का प्रयास करता पर उसका अंतर्मन नीलिमा से किए गए वादे के विपरीत नहीं जाना चाह रहा था। वह छत पर इधर-उधर टहलता फिर शराब पीने का प्रयास करता। लेकिन अंतर्मन हर बार रोक लेता था। अंत में सूर्यकांत शराब की बोतल तोड़ देता है। बोतल टूटने से काँच के टुकड़े इधर-उधर बिखर जाते हैं। वह सिर पकड़कर फर्श पर ही बैठ जाता है।

नीलिमा दुल्हन की ड्रेस में अपने ड्रेसिंग रूम से बाहर आती है, उसी समय शादी में सम्मिलित होने आया हुआ राजा दिखाई देता है। नीलिमा आवाज देती है- "राजा भैया...!" राजा पलटकर देखता है तो वह पूछती है- "आपने सूर्यकांत को देखा है क्या?"

राजा ताना देते हुए उससे कहता है- "अब तुम देखकर भी क्या करोगी? तुम अपनी शादी पर ध्यान दो नीलिमा।"

नीलिमा- "एक बार उसे देखने का मन कर रहा है, राजा भैया।"

राजा गुस्से से कहता है- "वह कोई सामान नहीं है कि जब जी चाहे खेला और जब जी चाहे फेंक दिया।" राजा थोड़ा रुककर कहता है- "तुम अभी उसके बारे में जितना जानती हो उससे ज्यादा अनजान हो।"

वह सूर्यकांत के बारे में एक-एक कर बताना प्रारंभ करता है।

"जब तुमने सूर्यकांत को हॉस्पिटल में ब्लड दिया था, तब उसने तुम्हारे लिए ही अपने हाथों की नस काटी थी।" राजा गुस्से से कहता है- "आज तुम यदि जीवित हो तो केवल सूर्यकांत की वजह से। दिल्ली में तुम्हारा स्वास्थ्य ब्रेन ट्यूमर की वजह से खराब हुआ था। यदि सूर्यकांत पाँच लाख रुपए का इंतजाम करके तुम्हारा दो घंटे के अंदर ऑपरेशन नहीं कराता तो तुम आज नहीं होती। जब तुम पढ़ती थी तो तुम्हारे नोट्स लाने वो पागल दिल्ली तक चला जाता था। तुम्हारे एक मजाक पर वह तड़पकर रह गया लेकिन उसने कभी सिगरेट और शराब को हाथ नहीं लगाया। उसके लिए कितने ही रिश्ते आए पर उसने सबको इनकार कर दिया। उसके जीवन का लक्ष्य ही तुम हो। क्या तुमने योगानंद का नाम सुना है ?"

नीलिमा कहती है- "हाँ, वो बहुत बड़े बिजनेसमैन हैं, उनका संबंध सीएम साहब से है।"

राजा कहता है- "सूर्यकांत उन्हीं का इकलौता बेटा है।"

नीलिमा को ऐसा लगा मानो पैरों तले धरती खिसक गई हो।

राजा- "वो तुम पर प्यार लुटाता रहा और तुम समझ नहीं पाई। उससे अच्छा लड़का तुम्हारे लिए कोई हो ही नहीं सकता।"

उसी समय अश्वनी भी वहाँ पहुँचता है। वह भी नीलिमा को बताता है- "हाँ मैम, आपकी और मेरी पहली पोस्टिंग भी सूर्यकांत ने ही कराई थी। जाँच से साफ हो गया है कि दंगे के समय यदि फायरिंग नहीं होती तो हम सबको वहाँ जिंदा जलाने की प्लानिंग विधायक ने कर रखी थी। आज पुलिस ने इस बात का खुलासा किया है। विधायक को गिरफ्तार कर लिया गया है। दंगे के बाद आपका ट्रांसफर भी सूर्यकांत ही ने रुकवाया था।"

नीलिमा की आँखों से अश्रुधारा बहने लगी थी। सूर्यकांत की चाहत से तो पत्थर भी पिघल जाए, वह तो फिर भी इंसान थी।

नीलिमा ने पूछा- "सूर्यकांत कहाँ है, अश्वनी ?"

अश्वनी बताता है- "वह छत पर बैठा है। बड़बड़ा रहा था कि आपकी शादी के बाद अपना जीवन समाप्त कर लूँगा। उसे बचा लो। उसे अपने लिए

बचा लो।"

नीलिमा बेसुध हालत में छत की ओर भागती है। अपनी आँखों को आँसुओं से भिगोकर एक-एक सीढ़ी चढ़ते हुए वह छत पर पहुँचती है।

सूर्यकांत सिर पकड़कर छत की फर्श पर बैठा था। उसकी आँखें लाल थीं।

नीलिमा ने आवाज लगाई- "मेरे लंगूर! ओ मेरे लंगूर!"

सूर्यकांत को नीलिमा की आवाज पहचानने में देर नहीं लगी। एक झटके से सिर उठाकर देखा। नीलिमा उसके सामने दुल्हन बनी खड़ी थी।

वह छत के दरवाजे के पास से सूर्यकांत तक पहुँचने के लिए दौड़ पड़ी। तभी सूर्यकांत देखता है कि उसका पैर काँच के टुकड़े पर पड़ने ही वाला है। वह झटके से अपनी हथेली नीलिमा के पैर के नीचे रखता है, नीलिमा का पैर सूर्यकांत की हथेली पर पड़ता है और काँच का टुकड़ा हथेली के पिछले हिस्से में चुभ जाता है। वहाँ से खून निकलने लगता है।

नीलिमा अपनी चुनरी निकालकर सूर्यकांत के हाथों में बाँध देती है और गले लगाकर कहती है- "मेरा लंगूर, मुझसे इतना प्यार करता है!"

सूर्यकांत जवाब देता है- "हाँ नीलिमा, मैंने तुम्हारी संगमरमर की मूरत को मन मंदिर में बिठाकर पूजा है।"

नीलिमा कहती है- "संगमरमर थी इसलिए तो कठोर हो गई और तुमको निर्मम चोट पहुँचा बैठी। मिट्टी होती तो तुमको गिरने ही न देती। यदि गिर भी जाते तो अपने आगोश में ले लेती पर तुमको चोट पहुँचने न देती। मिट्टी होती तो तुम्हारे अश्कों के साथ घुल-मिलकर तुम्हारी ही रह जाती हमेशा-हमेशा के लिए।"

सूर्यकांत फिर कहता है- "अश्कों को कभी भी आँखों से छलकने ही नहीं दिया मैंने। आँखें पथरा गई हैं। इन पत्थरों से अश्क झरने के रूप में प्रवाहित होने के लिए लालायित थे कभी। पर मुझे डर था कि अश्कों के साथ तुम्हारी यादें भी प्रवाहित न हो जाएँ। इसलिए मैंने अश्कों को तुम्हारी धरोहर समझकर सहेज रखा है।"

नीलिमा रोते हुए कहती है- "आगे भी इन्हें सहेजकर रखना मेरे लंगूर।"

सूर्यकांत नीलिमा के आँसू पोंछते हुए कहता है- "नीलिमा, मैं तुम्हारी आँखों से देखना चाहता हूँ। तुम्हारी धड़कन से मैं अपनी धड़कन उसी तरह मिलाना चाहता हूँ, जैसे सुर, ताल और लय मिलते हैं। इन तीनों के मिलन से संगीत बनाता

है, वैसे ही दो धड़कनों के स्पंदन से भी संगीत निकलेगा। ऐसा संगीत जिसकी तान पर हम दोनों मदमस्त होकर नृत्य करेंगे। मैं आज अपने लिए तुमको तुम्हीं से माँगता हूँ। क्या जीवन भर मेरा साथ दोगी?"

उसी समय सूर्यकांत के पिताजी योगानंद और माता जयंती देवी भी अश्वनी और राजा के साथ पहुँच जाते हैं। योगानंद को देखकर नीलिमा झिझकते हुए कहती है- "सर, आप!"

योगानंद- "सर नहीं, पापा बोलो बेटा। तुम आज से हमारी बेटी हो।"

शादी का मंडप वही रहता है, सजावटें वही रहती हैं, बस बदलता है तो दूल्हा। सूर्यकांत और नीलिमा का विवाह उसी मंडप में संपन्न हो जाता है।

संबंधों का प्रोटोकॉल

भविष्य में क्या होगा, यह तो भविष्य के गर्भ में ही रहता है। भविष्य के गर्भ से वर्तमान का जन्म होता है। वर्तमान के गर्भ से सफलता और असफलता में से कौन जन्म लेगा यह गुणसूत्रों से तय नहीं होता, यह तय होता है- कर्म से। माँ मेदिनी की सबसे बड़ी सुंदरता यही है कि वह अपनी गोद में पलने वाले सभी बालकों को कर्म की ओर प्रवृत्त करती है। वो कर्म के अनुसार फल देती है।

सर्दी का मौसम था, सूर्यकांत और नीलिमा हड़बड़ी में कहीं जाने की तैयारी कर रहे थे। साथ ही साथ नीलिमा योगानंद और जयंती देवी के लिए चाय बना रही थी। चाय बनाने के बाद आवाज देती है- "हम लोगों की ड्यूटी रायपुर में लगी है, वहीं जा रहे हैं।"

जयंती देवी जवाब देती है- "हमारी चिंता मत करो बहू, तुम लोग ड्यूटी को देखो।"

आज रायपुर में 'इंदिरा गांधी कृषि विश्वविद्यालय' का दीक्षांत समारोह है, जिसमें केंद्रीय कृषि मंत्री और अंतरराष्ट्रीय कृषि वैज्ञानिक भाग लेंगे। कृषि वैज्ञानिक मूल रूप से भारतीय हैं और अमेरिका ने उन्हें अपनी नागरिकता दी है। कृषि वैज्ञानिक ने 'डायमंड राइस' का विकास किया है। इस चावल से प्रतिरोधक क्षमता अप्रत्याशित रूप से बढ़ जाती है। इसलिए पूरी दुनिया में इस वैज्ञानिक की माँग है। डायमंड राइस से प्रतिरोधक क्षमता बढ़ती है, इसके चलते दवा वगैरह की जरूरत कम रह जाती है। इसलिए दवा उद्योग वालों से वैज्ञानिक की जान को खतरा है। इंटेलिजेंस ब्यूरो ने इस बात की पुष्टि की थी कि भारत में कृषि वैज्ञानिक पर हमला हो सकता है। भारत सरकार ने इस वैज्ञानिक को हाई एलर्ट सिक्योरिटी पर रखा है।

सूर्यकांत और नीलिमा घर से रायपुर के लिए निकलते हैं। सूर्यकांत अश्वनी

को फोन करता है- "जल्दी घर से बाहर निकल, हम लोग पहुँच रहे हैं।"

अश्वनी गाड़ी में बैठता है। नीलिमा को 'भाभी नमस्ते' कहता है। नीलिमा भी अश्वनी को देवर की तरह ट्रीट करती है।

तीनों इंदिरा गांधी कृषि विश्वविद्यालय के गेट पर पहुँचते हैं। वहाँ हाई सिक्योरिटी है। इन लोगों को परिचय पत्र देखने के बाद अंदर जाने दिया जाता है।

कार्यक्रम स्थल में जगह-जगह बैरियर लगाकर रखे गए थे। निश्चित अधिकारी, निश्चित बैरियर तक जा सकते थे। मंच के सामने पहली लाइन के घेरे में केवल सीएम साहब और उनके खास दो कार्यकर्ताओं को जाने की अनुमति थी। नील श्रीवास्तव अब रायपुर कलेक्टर थे, इसलिए व्यवस्था निरीक्षण हेतु उनको कहीं भी आने-जाने की छूट थी।

दूसरे बैरियर से मंत्रियों के बैठने की व्यवस्था की गई थी, जबकि तीसरे बैरियर के पीछे पत्रकारों के बैठने की व्यवस्था थी। नीलिमा, अश्वनी और सूर्यकांत की एंट्री इसी बैरियर तक थी।

सीएम साहब कार्यक्रम स्थल पर पहुँच चुके थे। उनके साथ एक नौजवान था, जिसका चेहरा पीछे से दिख नहीं रहा था। वह सीएम साहब की सारी जरूरतों का खयाल रख रहा था।

सीएम साहब के आने के बाद केंद्रीय कृषि मंत्री भी मंच पर पहुँच गए थे। अब कृषि वैज्ञानिक के मंच पर आने की बारी थी। उन्हें सिक्योरिटी रीजन से सबसे अंत में लाया जा रहा था।

कुछ ही देर में कृषि वैज्ञानिक भी स्टेज पर आए। उनका फूलों से स्वागत किया गया। केंद्रीय मंत्री ने बहुत संक्षिप्त में अपनी बात कही। फिर कृषि वैज्ञानिक को स्टेज पर भाषण के लिए आमंत्रित किया गया।

नीलिमा, अश्वनी और सूर्यकांत अपने कामों में व्यस्त थे। उनको कार्यक्रम में शामिल होने वालों के पास चेक करने और उचित जगह पर बिठाने का काम मिला था। वो अपना-अपना काम कर रहे थे। तभी स्टेज पर अश्वनी की नजर पड़ी। कृषि वैज्ञानिक उसको पहचाना-पहचाना सा लग रहा था। अश्वनी को पक्का यकीन हो गया था कि वह कृषि वैज्ञानिक राम प्रसाद है। उसका दोस्त राम प्रसाद, वही जो भीष्म सिंह के दाह संस्कार के बाद गांधी चौक में कभी नहीं दिखा था। अश्वनी कहता है- "देखो सूर्यकांत, हमारा राम प्रसाद आज अंतरराष्ट्रीय कृषि वैज्ञानिक बन गया है। वह जिस प्रशासन का हिस्सा होना चाहता था, उसी

प्रशासन को उसने अपने कार्य से अपनी सेवा में लगा रखा है।" सूर्यकांत ने राम प्रसाद को देखते हुए आश्चर्य से जवाब दिया- "प्रशासन तो प्रोटोकॉल की दासी है।"

सूर्यकांत की नजर राजा पर पड़ती है। सीएम साहब के साथ राजा ही था। नीलिमा भी अश्वनी और सूर्यकांत के पास पहुँच गई थी।

नीलिमा अचानक स्टेज की ओर देखकर उत्साह से बोल उठी- "सूर्यकांत देखो, राजा भैया सीएम साहब के साथ हैं और कलेक्टर नील श्रीवास्तव ने सीएम साहब के बाद राजा भैया को भी प्रणाम किया।"

सूर्यकांत ने जवाब में कहा- "चिंता मत करो नीलिमा, ये पूरा कार्यकम अपना है, कृषि वैज्ञानिक भी अपने बीच का ही आदमी है।"

नीलिमा राम प्रसाद से परिचित नहीं थी, वह आश्चर्य से बोली- "कृषि वैज्ञानिक तुम्हारा दोस्त! जिस वैज्ञानिक को पूरी दुनिया के देश नागरिकता देने को तैयार हैं, वो भी उन्हीं की शर्त पर, वो तुम्हारा दोस्त। ज्यादा मत फेंक, उल्लू बनाने को कोई और नहीं मिला, बस मैं ही मिली हूँ तुमको।"

कृषि वैज्ञानिक राम प्रसाद माइक के पास पहुँच गए थे। वो अपना संबोधन भ्राता और भगिनी से प्रारंभ करते हुए कहते हैं-

"दोस्तो, सपने देखो, खूब सपने देखो, नन्ही-नन्ही आँखों से सारी कायनात को पाने का सपना देखो। सपनों में यदि जान है तो सारी कायनात भी झुकती है। जो सपने नहीं देखता वह अपराधी है। जिसके पास कोई लक्ष्य नहीं है, वह अपने ही जीवन का अपराधी है। ऐसा व्यक्ति भटक जाने के डर से एक छद्म लक्ष्य तय करता है। वह लक्ष्य भी उसका खुद का न होकर दूसरे की राय पर आधारित होता है। वह उधार के लक्ष्य को अपना मानकर उसके पीछे जी तोड़ मेहनत करता है। पर उधार की चीज तो उधार की ही होती है, उसे वापस करना ही पड़ता है। उधार के लक्ष्यों से आप बहुत ज्यादा लंबा सफर तय नहीं कर पाएँगे क्योंकि उत्साह और इच्छाशक्ति नामक रास्ते के साथी आपका साथ छोड़ देंगे। इसलिए लक्ष्य आप अपनी रुचि के अनुसार चुनिए।"

तालियाँ बज उठती हैं। कुछ देर में तालियाँ बंद होने के बाद राम प्रसाद कहते हैं- "राम और कृष्ण जैसे अवतारी पुरुषों को भी इस पृथ्वी पर आकर युद्ध करना पड़ा, तब हम जैसे सामान्य पुरुष को भी युद्ध तो करना ही पड़ेगा। वो महान पुरुष थे, इसलिए उनका युद्ध और परिणाम भी महान था। हम सामान्य

पुरुष हैं, इसलिए हमारा युद्ध भी सामान्य होगा। वो सामाजिक संदेश के लिए लड़े, हमें अपने सपनों के लिए लड़ना होगा। श्रीराम के सामने भी लक्ष्य प्राप्त करने के पहले आशंका व्यापी थी, उनके मन में भी नकारात्मक विचारों ने जन्म लिया था। श्रीराम ने अपने आत्मबल से उसका दमन किया था। हम तो साधारण इंसान हैं। हमारे मन में दुर्बल विचार आना एक स्वाभाविक प्रक्रिया है, पर उससे लड़ना और विजय प्राप्त करना हमारे आत्मबल पर निर्भर करता है।"

फिर राम प्रसाद एक घूँट पानी पीकर आगे बोलते हैं- "सपने का भी एक सपना होता है कि कोई ऐसा आदमी सपना न देखे, जो सपने में भी सपना पूरा न कर पाए। सपना ऐसा आदमी देखे जो जल की भाँति चट्टानों से टकरा-टकराकर आगे बढ़े। जिसे अपने लक्ष्य के लिए ठोकरें खाने पर भी गुमान हो। जब कोई सपनों के पीछे भागकर अपने सपने को हासिल कर लेता है तो सपने को भी गर्व होता है। उसे गर्व हो भी क्यों न, उस व्यक्ति ने अपने सपने को पाने के लिए ही तो लंबी-लंबी रातें आँखों ही आँखों में काटी हैं। कई दिनों तक भूखे-प्यासे रहकर तप किया है। वह उस व्यक्ति की धड़कनों का ही तो स्पंदन है। उसके विचारों की उपज और कर्म का साकार रूप है।"

तालियों की गड़गड़ाहट से पूरा कार्यक्रम स्थल गूँज उठता है। राम प्रसाद अपने व्याख्यान को आगे बढ़ाते हुए कहते हैं- "हर प्रतियोगी सपनों की तलाश में तप रहा है। वह अंतिम साँस तक हर संभव प्रयास कर रहा है। सपना कहता है कि 'मुझे केवल... और केवल अग्निपथ पर चलकर ही प्राप्त कर सकते हो। अग्निपथ पर चलकर मेरे पास आओगे तो दोनों बाँहें पसारे, तुम्हारे आलिंगन के लिए मैं खड़ा मिलूँगा। फूलों की सेज मैं तुम्हें उपहार में दूँगा। ये उपहार प्राप्त करते ही तुम सफल लोगों की श्रेणी में आ जाओगे।"

फिर तालियाँ बजती हैं। अश्वनी, सूर्यकांत से कहता है- "राम प्रसाद तो तत्वज्ञानी हो गया है। इतने उम्दा व्याख्यान की मैंने उम्मीद नहीं की थी।" सूर्यकांत जवाब देता है- "समय अच्छे-अच्छों को ज्ञानी बना देता है।"

तभी राम प्रसाद की नजर अश्वनी और सूर्यकांत पर पड़ी। पुराने दिनों को याद करते हुए वे कहते हैं- "आप लोगों ने एक बहुत ही लोकप्रिय गीत 'शीशा हो या दिल हो टूट जाता है' सुना होगा। पर याद रखना, शीशा और दिल के टूटने से जीवन में बिखराव आता है, पर सपने के टूटने से धड़कनें बंद हो जाती हैं। साँसें थम जाती हैं। इसी स्थिति से प्रतियोगियों को बचना होगा। प्रतियोगियों

को 'अच्छे से अच्छा कर्म करके, बुरे से बुरा परिणाम' के लिए तैयार रहने वाले सिद्धांत को अपनाना चाहिए।"

बात को आगे बढ़ाते हुए राम प्रसाद कहते हैं- "यदि परिणाम बुरा भी हो, तब भी हमें अपनी कमजोरियों को ढूँढकर उन्हें दूर करना चाहिए। बुरे परिणाम की स्थिति में हमें मानसिक संतुलन बनाकर रखना चाहिए। मानसिक संतुलन खोकर आत्महत्या करने वाला इस दुनिया का सर्वाधिक स्वार्थी व्यक्ति होता है। इतना स्वार्थी कि माता, पिता, भाई, बहन के लिए जाने के बाद केवल आँसू ही छोड़ जाता है। आत्महंता खुद तो दुनिया से रुखसत हो जाता है, पर परिवार को जिंदा लाश बना देता है। आत्महंता के परिवार का हर एक सदस्य जीवन भर ग्लानि में जीता है। माता-पिता तो आँसुओं के समंदर के बीच यादों के टापू में रहते हैं। परिवार वालों को इतना कष्ट देने का अधिकार किसी को नहीं है।"

उनकी बातों को सब मंत्रमुग्ध होकर सुन रहे थे। राम प्रसाद फिर कहते हैं- "सपना जीवन का अंग जरूर है पर पूरा जीवन नहीं है। सपना जीवन का केवल एक अंग है। जीवन सपनों से बड़ी चीज है। सपना जीवन के बगीचे का केवल एक फूल है और एक फूल के टूट जाने या मुरझा जाने से बगीचे को कोई नुकसान नहीं पहुँचता है।"

नीलिमा सूर्यकांत के पास आकर कहती है- "तुम्हारा मित्र तो सॉलिड बात करता है।"

सूर्यकांत- "हाँ, पहले उसकी बात पूरी तरह सुन लें।"

राम प्रसाद आगे कहते हैं- "मैं माता-पिता से भी निवेदन करता हूँ कि अपने बच्चों को चाय या कॉफी बनाने की मशीन की भाँति न समझें। वो शत-प्रतिशत अंक अर्जित करने वाली मशीन नहीं हैं। यह आपके हित की बात है कि आपके बच्चे पूर्ण रूप से मशीन नहीं बन पाए हैं। वो जिस दिन शत-प्रतिशत अंक अर्जित करने लगेंगे, जिस दिन उनका जीवन मशीन हो जाएगा, उस दिन उनके अंदर का प्रेमतत्व समाप्त हो जाएगा। इस प्रेमतत्व के समाप्त होते ही सभी संबंधों में वे केवल लाभ खोजेंगे। जहाँ लाभ नहीं वहाँ संबंध नहीं, को अपना सिद्धांत बना लेंगे।"

इस बार मंच पर बैठे केंद्रीय कृषि मंत्री ने ताली बजाने की शुरुआत की। फिर सबने ताली बजाई। राम प्रसाद अपनी बातों को मजबूती से रखते हुए आगे बोले- "प्रतियोगी परीक्षाओं की तैयारी में गिर पड़ना, ठोकरें खाना, असफलता

कोई विशिष्ट घटना नहीं है, ये सब सामान्य घटनाएँ हैं। हताशा, निराशा, कुंठा आदि तैयारी का एक अंग है, इससे हमें अपने मनोबल से ही लड़ना होगा।"

राम प्रसाद केंद्रीय मंत्री को देखते हुए कहते हैं- "माननीय केंद्रीय मंत्री जी और मुख्यमंत्री जी के माध्यम से मैं निवेदन करता हूँ कि देश भर में प्रतियोगी परीक्षाओं की तैयारी करने वाले बच्चों के हित में इन सुझावों पर सरकार विचार करे-

1. संपूर्ण देश में प्रतियोगी परीक्षाओं की तैयारी कराने वाले संस्थानों में काउंसलर की नियुक्ति की जाए। काउंसलर के होने से बच्चे हताशा-निराशा की स्थिति में उसका सहारा लेकर अपना मानसिक संतुलन बना सकते हैं, जिससे मानसिक कारणों से हो रही आत्महत्याओं में कमी आएगी। जिस कोचिंग में पचास से कम बच्चे हैं वैसे तीन या चार कोचिंग वाले मिलकर एक संयुक्त काउंसलर नियुक्त करें।

2. कोचिंग सेंटरों में क्लास की शुरुआत और अंत भ्रामरी प्राणायाम से करें। इससे प्रतियोगियों के अवसाद में कमी आएगी। भ्रामरी प्राणायाम को केवल मानसिक स्वास्थ्य के लिए टॉनिक के रूप में देखा जाए, इसे धर्म से न जोड़ा जाए।

3. कुछ छात्र बहुत कमजोर होते हैं। वो पहली बार क्लास करने की वजह से विषयवस्तु को ठीक से नहीं समझ पाते। वो क्लास में पिछड़ जाते हैं। ऐसे बच्चों को यथासंभव दूसरी बार निःशुल्क कोचिंग दी जाए।

4. गरीबी रेखा से नीचे जीवनयापन करने वाले बच्चों को कोचिंग में निःशुल्क प्रवेश दिया जाए। जब प्राइवेट स्कूलों में निःशुल्क शिक्षा दी जा सकती है, तो कोचिंग सेंटरों में क्यों नहीं? कोचिंग सेंटरों में पढ़ने वाले कुल बच्चों के 10 प्रतिशत को निःशुल्क शिक्षा दी जाए।

5. देश की जितनी भी भर्ती एजेंसियाँ हैं, उनको इस बात का ध्यान रखना चाहिए कि सभी वैकेंसी साल में एक बार, एक साथ निकालें। इससे पढ़ने वाले छात्रों को लाभ होगा। अलग-अलग वैकेंसी के लिए अलग-अलग परीक्षा लेने से एक ही व्यक्ति कई पदों पर चयनित होकर छोड़ देता है। इससे वेटिंग वैकेंसी फिर से खाली हो जाती है। इससे पढ़ने वाले बच्चों को नुकसान होता है। एक साथ भर्ती लेने पर पदों की संख्या भी अधिक होगी और एक व्यक्ति एक पद के लिए चयनित होगा। चयनित लोगों की संख्या में वृद्धि होगी। सरकार का काम

भी प्रभावित नहीं होगा। इस नियम को सरकार यदि लागू कर दे तो प्रतियोगी परीक्षाओं की तैयारी करने वालों के लिए अमृत प्राप्त होने जैसा होगा।

अंत में मैं स्वामी विवेकानंद की इस बात से वाणी को विराम दूँगा- 'असफलता तो जीवन का सौंदर्य है। यदि तुम हजार बार भी असफल हो, तो एक बार फिर, सफल होने का प्रयत्न करो।'

धन्यवाद!"

उद्बोधन समाप्त होते ही सिक्योरिटी वाले राम प्रसाद को रेस्ट हाउस ले जाते हैं। उन्हें किसी से भी मिलने नहीं दिया जाता है।

राजा मंच के सामने बैठा था फिर भी वह राम प्रसाद से नहीं मिल पाया। राम प्रसाद ने भी भाषण देते वक्त राजा, अश्वनी, सूर्यकांत, नीलिमा सभी को देख लिया था, पर वह भी प्रोटोकाल तोड़कर मिलने में असमर्थ था। उससे भगदड़ होने का डर था, इसलिए वह भी सिक्योरिटी वालों के साथ चला गया।

राजा, नीलिमा, सूर्यकांत और अश्वनी सभी होटल के रूम में बैठे, वापसी के लिए अपना-अपना सामान समेट रहे थे। तभी नीलिमा ने कहा- "तुम लोगों का मित्र राम प्रसाद तो महाज्ञानी हो गया है।"

राजा ने कहा- "हरामखोर राम प्रसाद। अल्ला मेहरबान तो गधा पहलवान, महामूर्ख... महाज्ञानी... आश्चर्य।"

वैसे भी दोस्ती से कमीनापन निकाल दो तो दोस्ती समाप्त हो जाती है। दोस्त के आगे बढ़ने पर दोस्तों को थोड़ी तकलीक तो होती है। राजा को भी वैसी ही फीलिंग हो रही थी।

अश्वनी के मोबाइल का रिंगटोन- दोस्त, दोस्त न रहा, प्यार प्यार न रहा, बजता है। अश्वनी फोन उठाता है, उधर से आवाज आती है- "हरामखोरो, कहाँ हो?"

अश्वनी, राम प्रसाद की आवाज को पहचाने हुए कहता है- "तू मिल बेटा, तेरी खैरियत लेनी है।"

राम प्रसाद- "अबे तुम लोग रेस्ट हाउस के बाहर आओ, मैं कुछ जुगाड़ करके बाहर आता हूँ। फिर बिलासपुर चलते हैं।"

आधे घंटे बाद सभी रेस्ट हाउस के बाहर एक इनोवा गाड़ी में राम प्रसाद का इंतजार करते हैं। कुछ ही देर में भागते-छिपते राम प्रसाद गाड़ी के पास पहुँचता है। उसे इनोवा की पिछली सीट पर बिठाया जाता है। सामने राजा और अश्वनी,

बीच में सूर्यकांत और नीलिमा, अंतिम सीट पर राम प्रसाद बैठा था। राम प्रसाद लंबा था, उसे बैठते नहीं बन रहा था, फिर भी वह चुपचाप बैठा एंजॉय कर रहा था। वैसे भी संबंधों का प्रोटोकॉल, प्रोफेशन के प्रोटोकॉल से अलग और बड़ा होता है।

राम प्रसाद- "मुझे पीछे क्यों बैठा दिया है बे?"

राजा मजाकिया लहजे में बोला- "हरामखोर, तेरी वजह से एक हफ्ते से हम लोग परेशान हैं, थोड़ी परेशानी तू भी झेल ले।"

सूर्यकांत- "तेरी वजह से हम लोगों को भी दिन भर खड़ा रहना पड़ा। पैर में दर्द हो रहा है, थोड़ा दर्द तू भी झेल।"

अश्वनी गंभीरता से सवाल पूछता है- "तू सेलेब्रिटी बनने के बाद कैसा महसूस करता है?"

राम प्रसाद भी गंभीर हो जाता है और जवाब देता है- "वह सोने का पिंजरा है, जब जरूरत होती है उस पिंजरे से बाहर निकाला जाता है, काम होने के बाद पिंजरे में फिर बंद कर दिया जाता है। देखो न, तुम लोगों के साथ बिलासपुर जाने के लिए कितनी मशक्कत करनी पड़ी। तुम लोगों का जीवन ही अच्छा है। कम-से-कम स्वतंत्र तो हो। तुम जहाँ चाहो आ-जा सकते हो। जिससे चाहो मिल सकते हो।"

हमेशा दूर के ढोल सुहावने लगते हैं। गप्पें मारते-मारते बिलासपुर गांधी चौक पहुँच जाते हैं। गांधी चौक के पास राम प्रसाद कहता है- "भीष्म भैया के रूम चलो न, उनकी याद आ रही है।"

राजा गाड़ी भीष्म सिंह के रूम के सामने ले जाकर खड़ी कर देता है। रात हो चुकी थी, गेट बंद था। मकान मालिक से चाबी लेकर अंदर जाते हैं। मकड़ियों ने अपना जाला बना रखा था। देखकर ही समझ आ रहा था कि भीष्म सिंह की घटना के बाद किसी ने भी यहाँ कदम नहीं रखा है। सबकी आँखों में आँसू आ जाते हैं। अश्वनी देखता है कि पंखे के नीचे टेबल पर रखी पुस्तक में कोई कागज दबा है। उसे निकालकर देखता है, उसमें लिखा था- 'जीवन बहुत छोटा है। पर जीवन के हर क्षण में विराट संभावनाएँ समाई हैं। इन संभावनाओं को पहचानना ही सच्ची सफलता की राह है।'

उस कागज को अश्वनी किसी पवित्र वस्तु की भाँति सहेजकर अपने पास रख लेता है।

गांधी चौक में गांधी जी की प्रतिमा मुस्कराते हुए खड़ी है। गांधी सामान्य जन के मसीहा थे। ऐसे सामान्य जन के मसीहा जिसका कोई परिचय नहीं, जिसका कोई स्थान नहीं और न ही कोई अस्तित्व है। वही सामान्य जन गांधी चौक में हुँकार भरता है कि 'मैं मानव हूँ' और मुझे सपने देखने और उन्हें प्राप्त करने का पूरा हक है। वह चुनौतियों को हँसकर स्वीकार करता है और देवताओं को जूठे बेर खाने पर मजबूर करता है। इसी सामान्य जन ने वामन अवतार रूपी विष्णु जी की चुनौतियों को स्वीकार किया। इसी सामान्य जन ने कवच-कुंडल को सहर्ष दान कर दिया। सामान्य जन को जीवन में हर क्षण पग-पग पर परीक्षा देनी पड़ती है जिसमें जीतता भी यही सामान्य जन है। देवता भी हमेशा कर्मयोगी सामान्य जन के सामने हारना पसंद करते हैं।

गांधी चौक बेजुबान जीवन चेतना को मुखरित करता है तथा सामान्य जन को शून्य से शिखर तक पहुँचाता है। कोई भी मनुष्य रोने के लिए जन्म से अभिशप्त नहीं है। वह इस धरती पर अपना इतिहास बनाने आया है। इस धरती रूपी थियेटर पर आपके जीवन की पिक्चर चल रही है, चुनाव आपको करना है कि इसकी विषयवस्तु क्या होगी? इस पिक्चर को हिट या फ्लॉप करना आपके हाथ में है, क्योंकि आप ही इसके हीरो, प्रोड्यूसर और डायरेक्टर हैं।

सभी अपने चिर-परिचित यादों के महल पूनम लॉज में रूम लेते हैं। राम प्रसाद इस क्षण को यादगार बनाना चाहता था। वह पूछता है- "तुम लोगों की क्या व्यवस्था है भाई?"

सूर्यकांत और राजा समझ गए और बोले- "अबे इतनी रात में कहाँ से व्यवस्था करें?"

तभी अश्वनी अपना बैग खोलता है और सोमरस की बोतल उनके सामने रख देता है। सूर्यकांत ये सब छोड़ चुका था। पर आज शायद वह अपने आप को रोक नहीं पाया, वह रोकना भी नहीं चाहता था। तभी नीलिमा की आवाज सुनाई पड़ी- "मेरे लंगूर, आज अंगूर की बेटी का स्वाद ले ले।"

पूनम लॉज के रूम से जोर-जोर से आवाजें आने लगीं। छनकर आने वाली आवाजों में 'बे', 'स्साले', 'हरामखोर', 'कमीना', 'चीटर', 'फट्टू' जैसे शब्द भी अपने सौंदर्य के चरम पर थे। जब पुराने दोस्त मिलते हैं तो ऐसी ही आवाजें सुनाई देती हैं।

सबेरे उठते ही सभी गांधी चौक के किनारे के होटल में नाश्ता करके भाऊ

के ठेले पर चाय पीते है। सूर्यकांत सबके जाने के लिए गाड़ी का इंतजाम कर देता है। अश्वनी, सूर्यकांत और नीलिमा एक साथ एक गाड़ी में बैठते हैं, राम प्रसाद एक दूसरी गाड़ी में और राजा एक अन्य गाड़ी में बैठता है। सभी गाड़ियों की दिशाएँ अलग-अलग होती हैं। वो अपनी-अपनी दिशाओं की ओर बढ़ जाते हैं।

जीवन भी एक चौराहा है, जिसमें एक रास्ता बंद हो जाने पर भी अन्य रास्ते खुले रहते हैं। गाड़ियाँ अपनी-अपनी दिशाओं में बढ़ती जा रही थीं और गांधी चौक पर स्थित गांधी जी के कानों में आवाज धीमी होती जा रही थी। धीरे-धीरे गाड़ियों की आवाज आनी बंद हो गई और गांधी जी के कानों में बाबा कबीर का भजन गूँजने लगा।

"धीरे धीरे रे मना
धीरे सब कुछ होय
माली सींचे सौ घड़ा
ऋतु आए फल होय।"